勿忘我餐廳營業中

清燁 청예—著

吳念恩—譯

마음을 치료하는 당신만의 물망초 식당

CONTENTS

第一章

契約

終於，媽媽將合約遞向了我。想著該來的終究是來了，口乾舌燥的我不發一言地按壓黑色鋼珠筆，同時接下合約書。稍早才離開印表機的紙張還帶有列印的餘溫，我在日光燈的映射下，直勾勾地注視著印在上頭的黑色字體。合約書徹底展現出媽媽的性格，文章寫得工整簡潔，而內容也毫不馬虎，讀著這些文字的我不禁短短笑了幾聲。

這份合約書像極了媽媽，真不曉得她對親生女兒何必如此嚴格刁鑽。我還曾期待過媽媽不設定特別的條件、直接將餐廳移交給我，果然，門都沒有。一瞬間意識到過於天真的我有點可笑，又覺得始終如一的母親很是可愛。這意思是叫我拿出實力、透過堂堂正正的方式獲得認可吧？不過，合約列的條款很令我意外。

媽媽曾對我說，人過二十歲之後，絕對不可以隨便在合約上簽字。所以要在簽名欄填上我的名字之前，我把合約書內容反覆咀嚼了兩回。看到我這模樣，媽媽大概也感覺到我倆簡直是「有其母必有其女」，便與我一同笑了幾聲。我們母女倆彼此交換了伴著呼吸聲的笑容，接著才注視對方的雙眼。我想問的問題可多了。

「一定要跑這種流程嗎？」

我放下手裡的鋼珠筆後伸出攤平的手掌，在整份合約書前來回搖晃，而媽媽的視線也在無意識中跟著我的指尖飄移。媽媽交給我的合約中，列了一個非必要的流程，且它顯然對我而言是個困難的關卡，需要耗費我過多的時間與精力。簡單來說，那是一個不切實際的條件，使我不禁猜想媽媽是不是壓根不想簽這個約，讓我這親生女兒很不是滋味。

見我一臉氣呼呼，媽媽倒是神色輕鬆地回答我：

「當然囉，想成為琴貴妃餐廳的老闆，這就是必要的過程。」

「太嚴苛了吧。」

「哎呦，要是不能履行合約，妳想當老闆的理想就泡湯囉。」媽媽說道。發音時習慣性地拉長了「老」字的ㄠ音。

主人、總經理、經營人……比起上述的用詞，「老闆」的發音更是讓我感到悸動。發ㄠ音時把雙唇聚成圓形，再從洞窟般的嘴裡吐出溫暖的氣息，讓這詞顯得更為迷人。同時，「老闆」一詞還會讓我想起思念的爸爸，如今只長存於記憶中的聲音彷彿迴盪耳邊，老闆、老闆。

「我是這裡的老闆，妳總有一天也會成為老闆的。」

霎時，我彷彿看見了爸爸。

媽媽用食指輕敲兩下合約的簽名欄，作勢催促我趕緊動筆簽名。用不著她催促，我也會自己簽字，但無緣無故被人施壓，反而使我想調皮一下了。我於是雙臂抱胸、高傲地將身子往後靠，目光停在媽媽身上。

「我也已經長大了喔。一個優秀又成熟的女兒坐在這裡，做母親的怎麼連十分鐘都不願意等呢？」

媽媽忍不住「噗哈」爆笑一聲，雙眉同時皺成了八字狀，彷彿吾家初長成的女兒展現出的傲嬌令她哭笑不得。我接著更傲慢地將背徹底貼著椅背，以半真心、半玩笑的態度拿出了在外頭絕對不敢使的氣勢。全因為簽約的對象是媽媽，所以我才可能這麼做，也幸好媽媽看起來沒有對女兒的無禮感到不愉快。

「妳在說什麼啦。」媽媽略帶笑意地輕輕說道，並以「真是受不了妳」的表情望向窗外。下午兩點，這是一個隨意眺望，萬世風景都能美得令人屏息的時間。媽媽的視線停留在窗外好一段時間，我則望著她的側臉，接著才回頭看向合約書。

「老闆，老闆。」我反覆地在心中唸著這個詞，一邊閱讀白紙上的黑色方塊字。

媽媽並不是想和我交易什麼，而是想測試我的資質。道阻且長，艱難的旅程彷彿已經歷歷在目。很顯然地，任誰也不會願意簽署這合約，只有我——是的，所以我才更應該要挑戰吧？一股好勝心熊熊燃起。對我而言，比起執行簡單的任務，完成困難的事情能帶來的喜悅更甚，當意識到嘴角自然上揚，我也沒有特意再放鬆下來。我以大拇指用力地按下鋼珠筆的尾端，發出輕快的咔嚓聲響，紙筆間碰撞的摩擦聲填滿了整個空間。正當媽媽將視線從窗外移回紙上，我們之間的合約便完成了。

「好的，自今日起，琴貴妃與文忘草將謹守誓約，時效如契約所寫，一百天。okaaay～？」

Okaaay——媽媽又習慣性地拉長音，而我也繃緊臉部肌肉回道：「Okaaay。」我們之間的契約關係正式成立，雙方各自拿走一份合約書後，並排走出會議進行的空間。媽媽再次回到餐廳的座位區，我則使勁地推開店門、走向外面。外頭普照的燦陽猶在為簽約一事向我道賀，我想起了過去的某個約定，一個我在三十歲以前一定要實現的承諾。心中的風車嘎吱嘎吱地響，悄悄地運轉了起來。

「琴貴妃餐廳」是一間位於麻浦區瑞和洞[1]的非連鎖餐廳，這裡沒有主打任何一道料理、也沒有販售固定的品項，甚至採行百分之百預約制，若沒有在至少一週

1. 譯註：「동[dong]」是韓國的行政區劃單位，相當於臺灣的村里，設有洞事務所執行戶籍管理、社會服務和基礎設施的維護等。

前預約，則將無法入內用餐，可說是一家不怎麼友善的餐廳。這裡論位置也毫無優勢，周圍的社區過於靜謐，附近的建物也偏老舊。至於琴貴妃餐廳所在的建築，除了光線充足之外，亦說不出什麼其他優點，放眼向外頭望去，看不見任何一棟熟悉的大型購物中心，絲毫不具備吸引客人上門的條件。可說是集一身不適合開店的失敗要素。然而，琴貴妃餐廳便是以非企業加盟店之姿，創造了成功神話的餐廳，月銷售額輕輕鬆鬆就能達到五千萬韓元。預約的客人一路排到下個月、下下個月，琴貴妃餐廳總是高朋滿座，成為該區域唯一燈火通明的熱鬧場所。

能俐落徹底解決所有失敗因素的致勝關鍵，出乎意料的單純。琴貴妃餐廳只提供一對一客製化的套餐料理，韓式、西式、日式、中式皆任君挑選，接著餐廳將會針對預約的顧客打造世上獨一無二的料理。然而，由於餐廳實施百分之百事前預約制度，所以欲來訪餐廳的顧客還得接受苛刻的要求、按照格式填寫內容——餐廳端會提出不少複雜繁瑣的問題，包含詢問喜歡的口味和香氣、近期經歷的事情、想要藉由本次用餐尋得的價值跟體驗、兒時記憶中美好的食物、想要克服的記憶或陰影等。唯有預約者甘願經歷這個過程，餐廳才能為他提供專屬的套餐料理。

簡而言之，這空間販售的是心靈療癒的時間，以治癒及撫慰人們的創傷為首要目標。如果店裡端出冷掉的茶碗蒸當開胃菜，那定是最大限度地配合了該顧客的喜好，一份份料理中都蘊藏著真心誠意。雖然不知道身為老闆女兒的我能不能說這種話，但——「多虧」了這份用心良苦，餐點價格真是要命地昂貴，不過我也能為百分之百至誠的努力掛保證，這就是這家餐廳的價值——不，是我們的價值所在。既然客人依舊絡繹不絕，似乎代表人們都能在琴貴妃餐廳享受料理，並且帶走了味覺饗宴以外的其他收穫。

我是「琴貴妃餐廳」老闆琴貴妃女士的獨生女。而事實上，這家餐廳原本的主人是文廷原先生，也就是我的父親。爸爸在二十九歲以前曾於大型飯店工作，接著在步入而立之年的一月，迎接了我的誕生，並開始經營自己的餐廳事業。比任何人都熱愛人群與食物的他，從那時起便過著最為幸福的一生。

他堅持在沒有設定固定菜單的情況下，製作周圍居民最想吃的料理，這成為了餐廳的第一原則，傳承至今。此外，他強調，與相愛的人一同用餐時，整個世界都應該要美麗而明亮，這樣才能將心愛的人和餐點盡收眼底，也因著這樣的堅持，店面沒能離開瑞和洞、選址於光線良好的建物——考量到當時財力有限、又必須滿足陽光充足的條件，就只能落腳於此了。

所幸爸爸和媽媽都十分喜歡這個陽光普照的店面，即使遇到生意不好的時候，窗邊花朵依舊吸收了滿滿的陽光而盛開，他們光看著也能感到高興。也多虧了這樣的父母，我曬成了一個皮膚略黑的大人，深色的肌膚裡承載了父母傳承給我的陽光，那燦爛的光芒使我茁壯成長，如同這裡所有的花花草草般。

不知從哪裡寄來這麼多包裹，家門口堆滿了一箱又一箱的包裹，以至於家裡的門都快打不開了。望過去，訂購人全都是媽媽。

「我只是訂了一些必要的東西而已。」

我意識到訊息的後話是「妳自己想辦法整理」，接著便一個個拆開了箱子，反覆拆封、膠帶一撕再撕，搞得我手腕都痛了。要是有從裡頭冒出高級食材，我應該也不至於這麼疲憊，但開箱出來的東西讓我心生的想法都是「這個？何必？特別寄給我？」那些東西我開車去逛一圈市場就能買到了。我於是透過訊息小心地對媽媽提出了抗議：

「妳怎麼不直接全權交給我自己處理呢？」

得來的回應很簡短。

「最近網購便宜嘛。」

如人說「越富越小氣」，為了精打細算，媽媽硬生生在家門前造起了包裹山，也是啦，她就是如此始終如一，所以合約書上的內容也對親生女兒不留一絲慈悲。

我一面整理著物品，一邊再度為她既老實又充滿幹勁的辦事風格瞠目結舌。東西放上車後，我有立即要前往的目的地——我今後一百天內必須常駐的空間，也就是合約所述的場地。光是想像這一百天的長跑比賽，我便能感受到心跳加速，雖然擺出威風凜凜之姿，我其實無法確信自己能否完成任務。從此刻開始，我要遵守的事項如下：

★合約條件★

1. 為了成為琴貴妃餐廳的老闆，文忘草必須獲得七位顧客的簽名。
2. 取得顧客簽名的任務是改善客人的挑食情況。
3. 所謂的挑食，不包含身體的過敏反應，而單指心因性偏食。
4. 餐廳的店名取名「勿忘我餐廳」，文忘草在這一百天內，將成為餐廳的經營人兼主廚。
5. 顧客不得是朋友或親戚。

6. 有需要時，可徵求琴貴妃的建議，但不可全然仰賴此計。

簡單來說，這間「勿忘我餐廳」取自我的名字，而我必須在此地接待七位客人，改善他們的挑食習慣。至於要怎麼接客、以何種方式改善客人的挑食，責任完全由我自負。

簡易的臨時餐廳距離家裡只有五分鐘的車程，所以上下班很方便，但這就是它唯一的優點了。餐廳位於一棟三層樓商業建築的二樓，由於地處舊商圈，所以招攬顧客的條件奇差，何況大樓沒有電梯，餐廳卻在二樓。自古以來，餐飲業落腳在一樓，不已是普遍的潛規則了嗎？光看外觀，該建物好似隨時都會崩解，唯有進入建物、再靠自己的雙腳爬樓梯，才能登門拜訪這家餐廳。而且，要用手推開現有的門也是吃力活，好歹至少改成自動門嘛，「嘰——」聲大響，彷彿連店門都在哀號。

這是我第一次親眼看到店面的內部，裡頭空間相當寬敞。南洋海島風的開放式廚房看似有模有樣，但是店內座位區只有一張餐桌，旁邊擺著一張真皮沙發和一臺電視，看起來放在家裡才更適合的那種。這裡跟普通的客廳沒什麼兩樣，頂多是在廚房多花了點心思——我一下子就看出了媽媽的意圖，此地，勿忘我餐廳並非是單純做生意用的店舖，它提醒著我，不能忘記這是我通往琴貴妃餐廳的道路。

只為一位顧客精心準備的菜餚。從現在開始，我必須學習如何為料理賦予意義與正向價值。光想如何招攬第一位客人，我的腦子便呈現一片空白，卻又難掩無以名狀的笑意，為什麼呢？難道我其實一心一意想要接個令我自己難堪的課題嗎？即使完全沒有任何根據，但是一股「這會很有趣」的確信感已在我腦海中縈繞。為了戲劇般的進展，我剛開始的時候應該會消沉畏縮，接著逐漸拿出氣概，但我在此刻就已經忍不住笑意，這可不妙了，看來我的個性不適合當主角吧。

在整理所需的用品之前，我先拿濕抹布擦了餐廳裡的各處。顯然這空間已經建造多年，沾滿四處的灰塵量相當驚人。「呃啊！」我嫌惡地打著哆嗦，洗了又擦、擦了再洗地反覆拿濕抹布擦拭。我忍不住心想，媽媽怎麼不給我一個潔淨到可以直接開門營業的空間，讓我可以更集中於料理本身，不過我也想把這當作修煉的一部分，以此緩解心中的不滿。然而，每當看到自髒兮兮的濕抹布裡擠出的污水，我仍心中有所不甘。難道媽媽會擔心我連個廚房都打掃不好，所以刻意放任空間這麼髒嗎？媽媽老有低估我的傾向。我只以「做料理」為目標一路孤獨地前進，媽媽如此待我實在太過分了。

當然，要想經營一家餐廳，我承認我還有許多不足之處，我與那些專精於韓式或西餐之特定領域的廚師不同，我同時學習了多種料理，使我的專業性顯得不高，然後我也從來沒有在料理競賽中獲獎過。雖然如此！嗯，這麼說起來……我還真是差得遠了……

「好迷茫啊……」

我自言自語地說道，一邊不由自主地發出嘆息。俗話說「話語影響思維」，一說出自己的茫然，我便如漂浮在茫茫大海一般頭昏眼花。不，事情都還沒開始，我的意志力不能先漂走！我可不是為了迎接失敗才在合約書上簽字的。

「好，就來放手試試吧！」

我拿出氣勢、豪喊咒語，我可以的，我做得到！事情既然已經開始了，我一定要好好地完成它，讓媽媽震驚到目瞪口呆。

廚房整理乾淨後，首先擺上的是各個調味罐，食材若是提前買好，可能會擺到東西變得不新鮮，所以我還沒有準備。我篩選出對溫度不敏感的醬料，將它們收進常溫收納櫃，其餘則是移至冰箱冷藏。接著，我取出乾燥的香料和油類再整理。以油類來說，由於不同種類的油類各有風味，所以我拿簽字筆在瓶身標示了名稱跟生產日期，我必須一一確定油品的用途跟賞味期限，才能讓食物的品質有所保障。

香料類的使用量並不如想像中的多，因此實無必要大量購買，尤其勿忘我餐廳是提供一對一客製化餐點的空間，當然更是如此。我只取所需的分量，分裝到空瓶中、再擺到流理臺上。香料類如果太靠近高溫，可能會被烘熟、導致香氣發生變化，所以需要格外用心考量擺放的位置。最後要擺的是鍋碗瓢盆。全新的產品會有工廠特有的味道，因此必須先去除它們的異味。先在溫水中加入小蘇打，接著再將需要清洗的器具泡入水中——不必放置太久，只要待異味跟雜質都被清除即可。

在等待期間，我拿起手機，開設了一個 Instagram 的帳號。畢竟親朋好友都被排除在可接待的對象之外，我不能把做生意的腦筋動到熟人身上，也就是說我得吸引陌生人來訪，那麼社群平臺就是再好不過的管道了，既能立即開設、又可以免費使用。

某個瞬間，我一時興起從廚房正面朝著座位區望去，內部空間盡收眼底。琴貴妃餐廳平時重視採光的精神也反映在這個空間裡，挖空牆面設置的大窗戶使人感到涼爽，桌子則設在陽光最為充足的位置。空間以白色基調，零碎的小物主要是選用淺綠色和黃色，這也呈現了媽媽的個人偏好。要是我的話，應該會選擇更柔和粉嫩的色調，儘管這點有些可惜，不過，能給我這樣一間小小的餐廳，我就該心滿意足了。

為了營造出客廳的感覺，屋內四處擺放了虎尾蘭的盆栽，電視旁邊還有一盆巨大的龜背芋。據說龜背芋是近期在中年族群之間很有人氣的觀賞用植栽，看來媽媽也跟上了這波潮流。如果是我的話，我寧可在那個位置放上鮮豔的人造美人蕉。整體而言，這空間的擺設有些樸素也有點無趣，滿分一百的情況下，大概只能拿個八十六分左右的成績。

不過，以上傳內部裝潢照片的標準來說很足夠了，我趕緊打開手機的相機應用程式，抓好角度拍攝。正對餐廳，對準窗框維持水平，「咔嚓」。還要再拍一張桌子的照片。啊對了，媽媽叫來的包裹裡還有鏤空蕾絲桌巾，若是拿來鋪在桌上應該會更好看吧。拍好照片，上傳介紹餐廳的文案，接著把鍋碗瓢盆洗好，再進行最後的整理，檢查空調的冷暖氣機能……呼！一切終於大功告成。腦中想著待辦事項，心裡不禁焦急如焚，找蕾絲桌巾也找得慌慌張張，一邊還看了一下地面，想著出去之前得清一下地板再走。

還是這個明天再處理？不如現在順便做一做吧？該什麼時候訂食材才好呢？要挑非進口的在地食材嗎？還是為了節省成本買便宜的進口貨？光是煩惱這些就夠我忙了。難道就是這些會讓所謂的管理階層傷透腦筋嗎？曾經覺得微不足道的細枝末節都不容馬虎，以至於這些日子以來打理這一切的媽媽突然顯得很了不起。不過，我覺得這種思緒雜亂的狀態也還不錯，既然已經開始面對，不如就邊喝杯咖啡邊處理吧。

我去餐廳對面的便利商店買了袋裝咖啡和一杯冰塊[2]，總是一臉倦容的工讀生，也照例無精打采地站在結帳櫃臺前，或許她今天甚至遇上了特別不愉快的事情，她的表情死氣沉沉，以若有似無的音量說著結帳金額：

「這樣一共是三千韓元。不過，小姐……」

「怎麼了嗎？」

「現在有買一送一的優惠活動……所以您可以再拿一組……」

儘管她看起來非常疲憊，她仍舊貼心地用雙手指向咖啡的陳列架，而且雖然她表情彷彿隨時都想趕跑所有客人，卻用行動展現了親切。她是遇到誇張的奧客了嗎？我從工讀生的那份友善，同時感受到了感激之情與莫名的違和感，手裡一邊多拿走一袋咖啡。結帳檯的一個角落裡，備有「親切員工推薦箱」與可以填寫的單子。今天我的心情絕佳，於是猶豫了一下要不要去填上她的名字，但不知怎的，總覺得直接在當事人面前推薦人家怪不好意思的，於是我只是抽走一張紙，塞進口袋裡。

「謝謝您，祝您有美好的一天喔。」

2 譯註：韓國便利商店常見的平價飲料形式，從美式咖啡、拿鐵到果茶類的各式濃縮飲料，以真空包裝擺設架上，再搭配塑膠杯裝的冰塊購買飲用。

臉微微泛起紅暈的工讀生女孩看向了我，表情彷彿是頭一次聽到有人對她說「祝妳有美好的一天」一樣。我本來不太是那種自來熟、會主動打招呼的客人，這次卻從容地對她點頭示意，因為這是在回報她率先釋出的親切善意。填單推薦她為親切員工可能有點太多管閒事了，這種程度的回應應該剛剛好。工讀生女孩慌張地支吾，同時也向我點頭問候。外頭天氣晴朗，我心又有滿腔熱血，於是好像生了我不曾有的從容之心。要更努力才行喔。一定要表現到好。

媽媽又一如往常地到晚上十點才回家。即使以她現在的職位來說，能把收拾的作業交給員工們處理、自己先行下班，她卻總是堅持在店面守到打烊時分。這是媽媽為數眾多的習慣之一。而我也像平常一樣問媽媽：

「今天妳有試很多味道嗎？」

我這是在囑咐且確認她有否少攝取點鹽巴和白糖。

「就跟平常一樣囉。」

媽媽給出了一如既往的答覆，接著旋即移動到廚房。媽媽帶回來的黑色環保袋裡，裝有餐廳裡狀態良好的剩食，為了維持餐廳高水準的清潔與衛生品質，雖然食物不能在餐廳裡再利用，但是其中遇到狀況不錯、在家吃確定沒有問題的餐點，媽媽就會裝進環保袋裡。大部分會是當日用剩的洋蔥、胡蘿蔔、蔥根等，接著我的任務便是再次檢查一遍食材，留下我們可以吃的部分再清洗備料，一定要把這項工程完成，一天才能算是結束。今天剩特別多馬鈴薯，看來明天早上適合煮馬鈴薯大醬湯當早餐。

「妳去一趟勿忘我餐廳了嗎？」

媽媽一邊轉鬆緊繃的雙肩、一邊開口問道。我則正從水槽裡東翻西滾的食材中挑出馬鈴薯，嘴裡心不在焉地回答：

「嗯。」

一會兒後，媽媽拋來第二個提問，問我有沒有把包裹裡的東西都整理好，我也是簡短地回了話。並不是我嫌棄媽媽惹人煩，而是我個性本來就不太能一心多用，沒辦法邊挑馬鈴薯邊詳細回報今天發生的事情。儘管我只是簡短地回應，一閃神便已經遺漏了一顆馬鈴薯。媽媽撿起了被我錯過的傢伙，接著緊緊挨到我身邊，繼續問道。

「第一次去那邊的感覺如何？還行嗎？打算怎麼找客人上門？」

我好一陣子緊閉雙唇，然後才擠出毫無生氣的回應：

「媽媽，先等我處理完這件事。」

「真是的。」

打擾到我做事的媽媽丟下這句話後便離開了廚房，簡短的一句感嘆裡包覆著她的難過。

我將食材分類完畢後，接著將身子靠在客廳的沙發上放鬆。雖然不敢說自己有像工作一整天的媽媽那般疲憊，但今天的我也做了許多事情，肯定有資格癱在沙發上，後來甚至是全身都躺上去了。當我將背靠向沙發，我好像能感覺到一節節的脊椎舒展開來，而忍不住喊出聲來。

「呃啊～真舒服。」

「小姐，這裡不是睡覺的地方喔，請問是喝醉酒了嗎？」

我像一個模樣變形的花捲饅頭一樣，以亂七八糟的姿勢癱軟在沙發上，媽媽可能看我的姿態很可笑，於是拿著堅硬的物品敲了敲我的大腿，同時以玩笑的語氣說道。我只微微地抬起頭，一睹物品的真面目——那是一個木製的招牌。

「那是什麼呀？」

「明天記得拿去掛喔。」

「那是給我的禮物？」

「開店該有的總得都有吧。」

「說的也是啦……在推開門以前，幾乎分不清楚那是餐廳還是一般民宅。」

我伸長了手臂，將招牌盡最大程度遠離自己的身子，以好好觀察。上頭沒有特殊的設計或裝飾，只用黑色的基本體[3]印上「勿忘我餐廳」五個字，媽媽的風格不愧從一而終地樸素、簡約、平淡。

「為何偏偏給我經營餐廳的條件是要改正挑食呢？」

我的視線在木質招牌上的店名與媽媽兩者間來回游移，同時問出了我最好奇的疑惑。而媽媽也輪流看向招牌與我，接著回答。

那聲音帶有媽媽的平靜：「因為做料理的人要懂得愛人才行。」

我雖然想追問「這跟挑食有什麼關係？」，但並沒有開口。我對媽媽的一席話感到似懂非懂，反正木已成舟、合約已定，我已經在合約上簽了字，所以也不想再繼續追究下去。「要懂得愛人」是爸爸經常說的話，對我來說很是熟悉，不過我還是不曉得這和挑食有何關聯。

3. 譯註：基本體（바탕[Batang]체）是一種韓文印刷體，Batang有「基礎」之意，表示其為最基本且常用的字體，定位類似臺灣的新細明體，為運用範圍最廣泛的預設字體。

「那勿忘我餐廳的『忘我』，是隨便照我的名字文忘草取的嗎？」

「可不是隨便取的。妳的名字和餐廳的店名都有意義。」

「像是什麼？」

「妳知道勿忘草的花語是什麼嗎？」

「勿忘吾真誠之愛。」

「沒錯，就是這句。這正是妳跟餐廳需要的。」

這話像是哲學裡的課題。我看著媽媽的表情逐漸真摯嚴肅，便閉上了嘴巴。

看來再問也是枉然，我於是不再追問，繼續凝視著招牌，久久無法移開視線。這下真的要開始了啊，走向琴貴妃餐廳的競賽。

第二章

給人勇氣的泡菜水餃

怎麼會這樣呢？勿忘我餐廳正式開始營業的同時，我野心勃勃地開設了餐廳的社群帳號，過了足足一週後仍完全沒有客人上門。照我腦中預演的劇本，應該要有很多人預約諮詢才對呀！要想預約我的餐廳，肯定沒「琴貴妃餐廳」那麼競爭，但看無人問津，我不禁感到荒唐。畢竟這家餐廳主打的宗旨是「改善挑食的習慣」，所以不得不說，與客人之間的溝通顯得最為重要。於是乎我在公告中寫下：「如果有顧客想要預約用餐，則須於用餐前先來店裡一趟，並請想好自己的故事與需求」，沒有多要求其他個資。

雖然我不確定這些要求是否成為了阻礙的門檻，不過長達七天都無人諮詢依舊令我吃驚。我分明已經加上「麻浦區美食」、「套餐料理」等必備的標籤（Hashtag），在浪費了一百天中寶貴的七天之後，我決定大幅度地拉低自己的自尊心。即使心不甘情不願，但我認輸了——「#質感氛圍美食#一對一客製料理#究極美味[4]#年輕人最愛#熟男熟女美食……」我把可以使用的標籤都輸入了。看著原本的貼文，以及這些跟隨潮流而顯突兀的標籤，我的心中百感交集，卻也知別無他法。我還開設了自己的部落格，再苦苦央求朋友東熙幫忙宣傳，接著才好不容易接到了一件預約諮詢的委託，就這麼一件。

他是一個嚴謹仔細的人，一字一標點都不漏下地精讀了我寫的公告，又向我提了幾個追加的提問。貴為第一個預約者，我則是對顧客釋出了最大的善意，在回覆中塞滿了貼圖，想把「親愛的不具名且年齡未知的顧客，希望您來店裡看看！」的心意傳遞給他。他回信說「我再想想看」時，我的心怦怦直跳，接著的三小時後，他才確定赴約、敲定了來訪時間。他是個上班族，所以說自己晚上七點以後才能來餐廳，並問這樣我方不方便。要是我稍微展露出為難的態度，這客人大概會直接落跑，所以我以抱他大腿的心情央求他務必前來，即使約早上七點也沒關係。目前還沒收到後續的回覆。

「還是就把店面收一收啊？」

開張營業的七天後，我嚐到了殘酷現實的悲苦，原來自己當老闆就得面對這些啊。

七點零三分，第一次有外部的客人推開店裡的門。一見到陌生男子，我立刻

4. 譯註：原文JMTGR（존맛탱구리），韓國流行語，意即「超級好吃」，目前採意譯。

認出來，他就是幾天前讓我的心跌宕起伏的客人。我本以為他不會來了，心懷感激的我顧不得腳下的拖鞋有沒有穿好，便倉皇地跑上門迎接。

「歡……歡迎光臨！」

今天第一次開口講話，嗓子竟然不識相地破音了。身高目測約一百七十七公分的男子看起來被嚇了一跳，肩膀無意中往後退了些許，擺出警戒的姿態。現在您才是外部人員耶？我見到這畫面心中感到荒唐，但又若無其事地將他引導到沙發區。

「是……餐廳，對吧？外……頭標示這裡是餐廳……」

大概是注意到牆上的木招牌所說的話吧。

「是餐廳沒有錯喲。不過這裡是比較『特別』的餐廳。」

我為了讓他感到安心，所以長篇大論地說明來龍去脈、談論一些他根本就沒問的問題。這期間，他坐在遠處的沙發上，與我保持著一段距離，而且，他感到疲憊的訊號透過他的五官傳遞給我。真是的。

「您應該嚇到了吧？容許我自我介紹，我是勿忘我餐廳老闆文忘草。」

「啊，是、是。」

男子有點無力地答道，顯然正是尋常上班族平日晚上的聲音。他稍微點點頭以示招呼，眼球則忙著打量觀察我。喂，我不是什麼奇怪的人耶，全世界都看得到你的眼睛在上下打量我喔。但畢竟是第一位客人，所以我仍是盡量親切，可不能虛無地錯失開業的第一位客人。開張後的第一筆生意，我真的很想挑戰成功。

「我們餐廳提供給客人他們心中需要的料理，我們沒有既定的菜單，但我將會需要了解客人的個人偏好、挑食的事由及生命經驗等等，而且我預計會以此為基礎來製作料理，這裡絕對不是奇怪的地方，請放寬心！我們只選用最高級的食材！也不會收費！」

我應該要游刃有餘地說出不收費的事情，但被客人心中存疑的眼神嚇了一跳，便於情急之下脫口而出。

「因為您是我們餐廳開業以來的第一位客人，所以我現在有點緊張了！」

本想要收拾一下剛才手忙腳亂的爛攤子，這下氣氛卻更加緊繃了。男子沒有露出一絲笑容。明明稍微陪笑一下也不是過分的要求，真不愧是無情冷酷的現代人。他好一段時間只是聽我說話，然後掃視一圈店鋪內部。

「這裡真的可以改善偏食問題嗎？」

我用力地點點頭表示肯定。雖然時機偏晚，他能參與對話已經是萬幸了。

「我會來到這裡，是因為我有想要矯正的挑食習慣，但老闆您真的能改善它嗎……」

「如果是因心裡某些關卡所導致的偏食，我將會盡我最大的努力協助。雖然我不是能治療過敏症狀的醫生，但是我能夠以廚師的身分、藉由食物撫慰人們的心靈。」

話說得很是自信，但我還是看了看他的臉色。他會不會覺得我是邪教或是騙子啊？幸好他的神情相當平靜。那我為什麼反而更緊張了呢？他的雙眸文風不動、嘴角維持固定，可以從這些感受到隱微的距離感。也許，他與我這種粗枝大葉的人之間多少會有些難相處，肯定是的。空氣中彌漫寂靜與生硬，不過越是如此，我便越感好奇——身為第一位客人的他、挑食的他，我一定會幫助他改善情況，也希冀能看到他的臉龐綻放出變化。

「冒昧請您說明您挑食的來龍去脈嗎？」

「這……是我從來沒有開口說過的故事……」

「我會參考您的事由，在您下次到訪店裡時為您準備好料理。」

「一要開口覺得好緊張呀。」

咕咚。吞嚥口水耗了不過一秒鐘的時間，然而，在剎那間，時間彷彿靜止，籠罩在寂靜之中。這感覺就像是正在與長輩尷尬地對坐相視。空氣凝結，真希望他可以說點什麼話。不過這才發現我連一杯飲品都沒準備。想要緩和氣氛，最棒的方式就是吃吃喝喝了，於是我趕緊起身，從冰箱裡拿出了柳橙汁，再小心翼翼地將飲料放到桌上，避免杯子與桌子碰撞出聲響。然而，他僅是瞥了一眼杯子，並未伸出手來。我笑著將眼神看向柳橙汁，釋出信號叫他喝。

「都已經年過三十的人還在挑食，說起來真是有點丟臉……」

「沒關係的，您就放心地說吧。」

「那麼我就……」

他沒把注意力放到飲料杯上，而開始講起話來了。見自己的好意沒有被對方接受，我多少有些遺憾，不過如果是這杯柳橙汁成功轉換了氣氛，那已是再好不過。我稍微潤濕了乾燥的嘴唇，再與他眼神相望。他的視線一下子直直看向地板，才又回到與我視野同高的高度，似乎是心中有所遲疑猶豫。不久後，他搔了搔頭，又稍微放鬆一下僵硬的身體。在這短短時間內，我察覺到他尷尬的小動作，正在代他傳達他的真誠。看來真的是個隱藏多年的秘密，不禁使我更好奇事情的來龍去脈。

「我吃不了辛奇[5]。不是因為過敏，但就是吃不了。」他說道。手裡一邊來回搓揉兩掌，貌似想緩解自己的緊張。

5. 譯註：「김치[Kimchi]」，韓國泡菜。自二〇一三年起，韓國官方公告將中文標準譯名為「辛奇」，取自辛辣的「辛」與新奇的「奇」。

伴著乾澀的沙沙聲，顧客告解自己三十歲卻不吃辛奇的模樣有點可愛。而我也沒有草率地作出反應，我希望可以營造出氛圍，讓他能舒適地說故事。

「家父與家母待我甚是嚴格，自幼，我就比其他孩童接受更多管教跟鞭策。當然，也因此能比別人更快地功成名就，然而，挑食的毛病至今卻還沒痊癒。」

他屢次使用了些一般人在口語中不常用的詞彙，這些用詞大多給人矜持莊重的感覺。由此可以推想，所謂帶給他深遠影響的嚴父嚴母蘊含著何種意義，顯然他的父母教子有方，而使他長成了生硬嚴肅的大人。

「我不太能吃辣的食物，尤其是辛奇。每當這時，父母就會嚴厲地斥責我。他們說，如果我是個韓國人，就得能吃辛奇，並且說小孩子跟大人共餐時挑菜吃是不禮貌的行為。當和父母一起吃飯的時候，我都不得不將辛奇硬是吞下去，途中拿水或牛奶搭配著喝，還不可以露出痛苦的表情。」

「有的人真的會把辛奇醃得特別辣。問題是不是出在你們家吃的辛奇呢？」

「或許挑食的起始點是如此。但後來問題已經不是來自味道本身了。上小學後，我形同脫離了父母的視線範圍，於是在午餐時間開始更加積極地逃避吃辛奇，不分種類，只要是叫辛奇的小菜我都一律挑掉。」

「這樣不會被老師罵嗎？」

「是的，所以問題變得更嚴重了。某天的午餐時間，看不下去的班導把我叫到『思考椅』上，那是小孩子們要挨罵時坐的位子。班導說，在我吃完營養午餐裡的辛奇以前，我不可以離開那個座位，而他在午餐時段的整整一個小時都注視著我。我還以為自己逃出了父母的視野範圍，殊不知學校裡也有人監視我吃不吃辛奇。」

「天呀，這對年幼的孩子來說，應該是難以承受的恐懼吧。」

「別無他法的我終於哭了起來。然後全班同學都盯著我看，但老師似乎沒打算有所退讓，還親自拿筷子夾起辛奇，放進我的嘴裡。他強力地催促我：『趕快嚼、直接吞下去，快點！』雖然在現在這個年代，當時的教育方式已經被淘汰，但論那時的教育，可說比起『教導』、『感化』，更像是『改造』跟『強迫』。我於是邊哭邊吃下了辛奇。」

「這些記憶成了傷痕呀。」

「是的。從那之後，每次我看到辛奇的時候，我都會感受到莫名的羞恥與恐懼。無計可施的父母也終於放棄強迫餵我吃辛奇了。被區區一個食物搞得心神不得安寧，這很傷自尊心，我卻無法忘懷那些折磨我的記憶。」

「冒昧請問現在您還跟父母……」

「沒有。我跟父母的關係不算是特別糟，畢竟在他們嚴格的教育之下，我怎麼可能唱反調呢。我習慣了周圍的環境條件，並長大成人，然而唯獨跟辛奇還是不大熟悉。活到三十歲，卻成了一個害怕辛奇的大人，我感到非常慚愧，所以我想要改變。身為韓國人，卻不吃辛奇度日，其實這比想像中還累，所以現在，我才想好好克服這件事。」

他直到說完所有內容，才喝下了一口柳橙汁。萬籟無聲之間，他吞下一口液體的聲音迴盪於空氣中。我還沒習慣聽到這種故事，畢竟我不曾經歷這樣的感受，竟然有人害怕辛奇？我苦惱不知該回什麼話，時而嘟起嘴巴、時而又抿起雙唇。或許是察覺到我的為難，他開始收拾包包，從座位起了身。

「以上就是我的事由。我只要下週同一個時間來店裡就行了嗎？」

「哦哦，是的。」

把該說的話說完後，他便毫無留戀地準備離席。與其說他不近人情，倒不如說是徹底遵守底線。我彷彿不是在面對客人，而有一種跟商務客戶談話的錯覺。這畫面反而像是謹守禮貌的大人對我釋出的包容——為使對方不必刻意裝得有所共鳴，而自己先行離席。

「那麼就到時候見了。啊，然後，這屋子有點寒，還請幫我開好暖氣。」

再扎下去都要流出青血了。點出我們店面的缺點後，他整理了暫時變得凌亂的服裝儀容，重回筆挺整潔的都市人樣貌，微微低了頭，率先對我示意道別。我也不自覺地一起站了起來，並送他到餐廳的門口——與其說我是去送客，反而像是不由自主地跟著他去的。我看一下錶上的時間，才過二十分鐘。

「先生。」

我並不是真的想起什麼該交代的話才叫住他，而是想把自己的心意傳達給他，哪怕只拋出一句安慰的話也好。他轉過頭凝視著我，臉上帶著疑惑。喔……都叫住他了，該說什麼呢？儘管腦中正在腦力激盪，等待腦袋發出指示的眼睛跟嘴巴好似無頭蒼蠅般茫然失措。越是拖到時間，我們就越是面面相覷。

「先生……您……沒告訴我您的大名。」

啊，脫口而出的內容和想像中的截然不同。我並不是為了問他名字才請他留步的。本來想說的是「謝謝您這麼真誠地與我分享自己的故事」之類的話語，大概是我太緊張了。這都怪他相貌俊逸，於是我更難一邊望著那臉龐、一邊支支吾吾地說話。看著長相俊俏的人總會緊張嘛。

「我的名字是邊裕賢。」

這似乎是一個合情合理的提問，所以他臉帶歉意，順著問題回答了自己的名字。我亦若無其事地給予反應：「啊哈，好的」，然後為他推開餐廳的出入門，再行簡短的注目禮。

我望著他離開餐廳的背影，雜緒開始慢慢浮現。「如果他把這裡想得很奇怪怎麼辦？下禮拜會不會就不來了啊？如果他在網路上留負評怎麼辦？」無論如何，這不是個太順利的開始，實際接觸客人後，我的自信心更下降了。果然我還不夠格成為一名好廚師嗎？

我有好一段時間，搜尋引擎上的搜尋紀錄充斥著「辛奇偏食」、「怎麼樣讓挑食的人吃辛奇」、「不能吃辛奇的人」等關鍵字。從育兒論壇到保健知識普及平臺，我逐字閱讀一篇篇文章，彷彿有決心要搜集全國上下所有不吃辛奇的案例，但令人遺憾的是，其中沒什麼有參考價值的。

〔如果家裡寶寶不吃辛奇，可以過水再給小孩子。〕

這顯然並不適用於已受過良好教育的成年人。

〔建議把辛奇切成小塊，和米飯炒在一起。〕

靠這招也不可能瞞過一位成年男性的。我查找到的應對方法大多只針對不吃泡菜的兒童，而從某種角度來看，這也是理所當然……雖說網路上聚集了所有萬事通／生活知識王，但是在我的事業卻無用武之處。

突破瓶頸的解方反而在書中。為了更深入了解心因性偏食，我挖掘精神醫學、心理學相關的書籍，閱讀後確實起了幫助的作用。過程中，我發現了一個令人意外的事情，那就是——「偏食是在抗拒特定記憶，而非拒絕食物本身」。若不是因食物的味道、口感、食材的某種特性而感到反感，那麼則可以思考，偏食者並不是挑「食」，而是正在抗拒與該食物相關聯的記憶，而且，書中以「恐懼」、「害怕」等詞來描述抗拒的情感。裕賢先生對辛奇表現出的反感也是一種恐懼。然而，「如何消除恐懼」是關鍵，書籍卻沒有提出改善的方案。

「喔呃呃……」

挑燈讀書到深夜，我就連高三時也不曾這麼用功讀書，這幾天讀的文字大概比我這一生讀的分量還要多了。明顯拖到了就寢時間，積累的疲勞使我無法再坐在書桌前，我順時針方向轉動肩膀，設法緩解肩頸的痠痛。放鬆至此，我於是想呼吸窗外清涼的空氣，而直奔到客廳的窗前。

「從外面看的路人會被妳嚇到啦。」

媽媽見我大動作劃破深夜的空氣，用著表達難以理解之情的語氣地丟下一句話：

「看來有人年紀輕輕就要有五十肩囉。」

雖然我也想視作媽媽獨特的笑話一笑置之，但實際上我的心情並不愉快，滿腦子都操心著任務。如果是琴貴妃餐廳的客人們，情況會如何呢？若是媽媽，會用什麼樣的料理安慰邊先生呢？媽媽也有與「恐懼」對抗的瞬間嗎？我悄悄地轉過頭。

「怎麼了嗎？事情不順利嗎？」媽媽一眼讀出我的情緒，毫不猶豫地問道。

「媽媽，妳小時候有怕過什麼嗎？」

「當然有啊。」

「琴女士竟然也知道什麼是『害怕』喔。」

媽媽將右手托在下巴，陷入了沉思。我從來沒見媽媽害怕過什麼，現在苦惱的模樣也很陌生。就連爸爸剛過世時，媽媽也獨自守著琴貴妃餐廳，即使形單影隻，也沒有放棄孤身一人活下去，那模樣有種淒切的執著。因此，在我的生命中，媽媽是一個非常堅強的女人。

「腳踏車。」

「腳踏車？開什麼玩笑，妳不是前幾年還買了一輛登山車嗎？」

「臭小鬼……難道我是騎著腳踏車從娘胎裡出生嗎？剛開始學車時，我也很害怕，騎到腿都破皮瘀青了。」

「那妳後來怎麼越騎越上手的呢？」

「只要挺過一個難關就行。這關需要領悟，領悟到騎車其實沒什麼大不了的。」

媽媽豎起了食指，擺出數字「1」的模樣後揮舞手指，而我也回想起來了——我第一次騎腳踏車時，鮮紅的血浸濕了我的膝蓋，使我再也不敢靠近腳踏車本體。在那之後，我因為害怕摔倒，於是連挑戰都沒能再挑戰，明明別人都能輕易學會，為什麼只有我的身體自主拒絕呢？比起拿出意志力改善自己差勁的運動神經，我已經被自己的恐懼占據了，心中猜想自己再試也學不會，這使我感到恐懼畏縮，想著自己大概這一輩子都沒辦法騎腳踏車了。

不過出乎意料地，腳踏車其實不是個太難搞的傢伙。在我二十歲時，曾和當時的朋友們一起在漢江江邊野餐，見天氣很好，便有人臨時提議租自行車來騎，大夥兒各自挑了心儀的腳踏車。我感到驚慌失措，連聲高喊「我不會騎車」，他們卻偏偏都絲毫不顧情面，就連我的十年知己東熙也露出開心的表情，脫口而出狠心的話：

「那就趁這次機會學車呀。如果妳沒跟上，我也不管妳喔。」

「我會怕啦。」

「妳看看前面，連七歲小孩都會騎車啦。」

「我說我會怕齁。」

「先走囉。」

朋友們不知道都在開心什麼，自個兒嘻嘻哈哈地騎著車出發。我因為不想要一個人被留在租車的站點，於是也倉惶跳到腳踏車的坐墊上。滿腦子想著如果沒盡快跟上，可能會就此自己落隊，焦急戰勝了恐懼，急得跳腳的我便糊裡糊塗地向前進了。接著，當發現車輪滾動、我也不會摔倒時，最先浮現的想法即是「什麼嘛，沒什麼大不了的呀！」真的沒什麼大不了的。只要眼睛緊閉前進一回，從那之後就不會再摔跤——我卻不知這道理。不過，除了東熙之外，當時沒有體諒、照顧我的那些朋友，當然都沒有在聯絡了……

總之，恐懼終究不是一隻龐大的怪物，而只是一座低小的檻。我看透恐懼的特性後，腦中便如茅塞頓開冒出了點子，現在問題是——如何將第一次「跨欄」、跨越難關的經驗昇華為料理？

「我能靠食物克服恐懼嗎？」

稍早茅塞頓開後，再想到這個問題時，我的表情已經明朗許多。現在只需找到正確的方案執行，我已經做好隨時都能喊出「尤里卡[6]」的準備。

「合約第六條：不能太仰賴我。妳忘記了嗎？」

「媽媽，妳剛剛這句的語氣有夠像生意人的。」

「真的嗎？不知怎的覺得很滿意耶。」

小氣。連一點提示都不願意給的意思是吧。我們琴女士真是不留一點情面。

與其再跟媽媽撒嬌，不如再回頭專心舒展我的肩膀。獲得意外的收穫後，感覺距離解決任務又靠近一步了。不過當然，我還沒完全看清前方道路，克服恐懼與作出好吃的料理肯定是兩回事，我得自己找到連結兩者的紐帶才行。

加入彩椒、玉米、豌豆後製成了各式各樣的辛奇燉飯，然而成品並不令我滿意；將水蘿蔔辛奇[7]的湯汁冷凍處理後製成冰沙，也很難視為克服挑食的料理；最

6. 譯註：尤里卡（Eureka），源自希臘語，用以表達發現某件事物、真相時的感嘆詞。

7. 譯註：「동치미[dongchimi]」，將蘿蔔浸於鹽水醃漬的一種辛奇。

後我再煮了辛奇燉排骨，然後在擺盤時不上辛奇、只放排骨肉，料理完後我意識到，這道只是沾到辛奇湯汁的燉肉，連辛奇料理都稱不上。即便我打開了窗戶通風，彌漫室內的辛奇味道還是很難飄散，畢竟我已經三天三夜都在處理辛奇，也是合情合理吧。到底要如何透過這酸酸甜甜的食物，成功創造出跨越障礙的經驗呢？委託人需要克服的障礙是辛奇，而我得準備一道辛奇料理給他吃……這根本是不可能的任務。精準地過了三天而已，我不知已經消耗幾顆泡菜了。最後，是來訪勿忘我餐廳的媽媽拍了我兩下後背，我於是扔下了圍裙。

「我今天下午請半天假。」

「餐廳老闆哪有在放半天假的？」

「我腦袋一團亂，所以想要稍微淨化心靈。」

「堆滿辛奇的水槽就不用『淨化』一下嗎？」

為了避免第三次被手打後背，我才勉勉強強整理好廚房後離開餐廳。

「不准逃跑喔。」媽媽這麼說道。

而我也回覆媽媽，我不是要逃跑，如我所說，我再多次強調——我只是想要散散心，讓頭腦冷靜一下而已。接著是媽媽圍繞著「料理」進行的說教時間，我盡己所能地「左耳進、右耳出」，否則聽完後我的頭腦肯定會爆炸。直到我送她回琴貴妃餐廳後，終於能啟程前往我的目的地。

分明才剛起步，事情就已經難解到讓人懷疑到底有沒有可能完成。想好好經營一家餐廳，不是做好料理就行了嗎，為什麼還要我關照別人的偏食習慣呢？即使琴貴妃餐廳是販售「療癒心靈的料理」之地，也沒有人特地來矯正偏食習慣呀。況且，辛奇多好吃啊！又辣又酸又清爽的。

好吧，我承認，是我沒信心了。當遇到一個人害怕一種我不討厭的食物，我應該為他準備什麼樣的料理呢？我一路意志消沉，手裡同時在滑手機。就在這時，剛好有通電話打來了。

「忘草！在路上了嗎？」

「嗯嗯，我應該快到了。」

「過來的路上順便幫我買點包子。附近開了一家包子店，店裡都是老闆娘手工製作的包子，兩個豆沙、兩個菜包總共只要一萬韓元喔。然後豆沙當然都是我的囉。」

「一萬塊？是我自己出？」

「嗯啊！當入場費。」

「妳都點好了是吧。」

「嘿嘿嘿。」

這是十年知己最真實的面貌。看著朋友因家業而勞心勞力，竟然還要求外送豆沙包到府，這時代連朋友家都不能免費進出了啊。當意識到十年知己比辛奇還恐怖，我便噗哧地笑了——能因如此無意義的想法而發笑，是不是代表我的心態已經放鬆許多了呢。

東熙從高中開始就特別喜歡吃豆沙包。寒輔結束的放學路上，我們總會橫掃豆沙包店，她常說自己屬於沒有臉頰肉的類型，只要吃豆沙包，臉變得鼓鼓的就會看起來很可愛。在我看來呢，與其說她想要裝可愛，不如認可她就是個愛吃豆沙包的孩子。豆沙口味一直是東熙負責，而我主要吃蔬菜口味，因為東熙把豆沙包塞進嘴巴裡慢慢咀嚼的模樣很搞笑，所以我也經常跟著她吃，吃包子便成了一種嗜好。我喜歡我們一起享受吃包子，現在嘴角揚起的微笑也與當時如出一轍。

即使過了漫長歲月，豆沙包當前，我們依舊能笑嘻嘻地望著彼此。

「準備得很完美呢。進來吧。」

東熙一開門，在門口的我心中默數了三十秒。看到我停下腳步，東熙則慌慌張張地整理了客廳，並把一團白色的毛球塞進房間裡。牠呢，是幾個月前開始住在這間房子的新家人，跟我不是很熟。我呆愣愣地站在門口的三十秒，是屋主東熙將我們倆進行空間區隔所需的準備時間。倒數計時結束後，我便會微微抬起頭來，環顧屋內四周、再觀察一下腳邊後，才伸出腿小心翼翼地入門，所幸確認前方沒有任何威脅。

「辛奇果昔冰沙也淘汰？」

「別提了，不好吃。」

「那挑到辛奇的辛奇燉排骨呢？」

「那道最糟糕。」

我一坐到沙發，便從心底發出一聲嘆息。羅列那些令人厭倦的辛奇料理後，才覺得沉重的鬱悶感逐漸消失。我們時不時，同皺起眉頭、再一起瞇著眼尾，受到彼此的情緒牽動影響。這屋主總針對客人的苦惱作出細膩的回饋，無論何時都令我滿意。接著，換屋主描述自己的煩惱了。她憤憤不平地說，都怪歇斯底里的小主管[8]，害她的職場生活變得一團糟。我們於是互相丟棄情緒垃圾、再為對方撫平心中的心結。雖然沒有一件事情解決，但光是分享我們的想法，就足以帶給我偌

8. 譯註：在此選擇直接意譯成小主管，原文為韓國企業文化中的「代理」，通常為進公司三到五年後晉升的職等，低於組長，故譯成小主管。

大的安慰，緊繃的肩膀也舒展許多。

自我進屋的半小時以來，我們便是如此激烈地相互交代近況，這時長大概只算最普通的問安而已了。我們「廢寢忘食」地聊到口乾舌燥後，東熙才起身從廚房端來一個盤子，上頭擺著兩杯牛奶，以及我買的四顆包子。幸虧老闆娘用錫箔紙包覆得嚴嚴實實，食物尚有餘溫，搭配冰牛奶一起吃即是絕配。為了避免麵皮連同被剝開，我小心地用指甲褪去錫箔紙，光滑發亮的手工包子皮讓我不禁讚嘆。正當我想隨手拿走一顆包子的瞬間，東熙拍打了我的手。我慌忙地抬頭，看到她臉上透露出她不甚滿意。

「大口咬下包子，第一口卻是吃到蔬菜，妳知道那有多不爽嗎？」

「這女人又開始了。」

問題浮現——因為老闆娘沒有特別標記，所以無法區分哪些是豆沙包、哪些是菜包。這人誓死都是豆沙派，味蕾也特別挑剔，還強調第一口絕對不能吃到討厭的食物。

東熙於是指使我在這四顆包子中找到豆沙包。太荒謬了，畢竟從外表看起來都是一模一樣的白麵團，難道老闆娘真的沒在表面標釋出豆沙口味嗎……雖然「妳就隨便挑一個吃嘛」一句話已經湧上喉嚨，我又回想起東熙一口咬下圓圓豆沙包時沙餡。

的幸福容貌，所以忍住了脫口而出的衝動。我要是好好挑選，就可以看到幸福洋溢的微笑了。鼻子湊上去聞一聞，卻因為裝袋後味道混在一起，所以難以區分；我再小心翼翼地拿起包子，觀察包子的表面，所幸這次發現有一顆包子的底部沾到了豆沙餡。

我的兩手分別拿著豆沙包跟一杯牛奶，再將兩者遞向她，這是告訴她可以安心享用的信號。接過食物的她似乎滿心期待，還用舌頭舔了一下上嘴唇；我也隨便拿了一顆包子，至於這顆會是什麼口味，則要嚐一嚐才能揭曉。飢腸轆轆吃什麼都行，我們倆都各自喝下一口牛奶，再直直咬下包子。上下門牙穿透了麵團的熱氣、再次咬合在一起，這時才輪到舌頭纏上一塊餡料。這一定是豆沙口味。甜甜稠稠又有顆粒，餡料不久便遇上了臼齒，這正是我喜歡的甜度耶……

「妳不是說這豆沙包嗎？」

眼裡的她，神情與我嘴裡的幸福感相距甚遠。東熙停止咀嚼、吐出嘴裡「雀屏中選」的那口包子餡，慘了，裡頭全是蔬菜，表面的紅豆可能只是不小心沾上去的。東熙一臉不滿地嚼著蔬菜餡，並一面叨唸，導致我吃豆沙包期間都要挨她罵了。我也只能回「不是呀，我怎麼會知道裡面是包蔬菜呢」，嗯，經歷了一場激烈的辯護戰。

「確實是沒有一絲破綻。」

玩弄兩人於股掌之間的包子不知不覺間成了對話的中心，我們光是吃顆包子，也能聊上一個小時，直到牛奶被喝得精光、杯子被豎成九十度也一滴不剩。飽餐一頓、嘴巴也運動完了，換睏意襲來，尤其屋主早已沉醉於空間帶來的熟悉感，我也跟著她蜷起身體躺在地上。肌肉逐漸放鬆，精神集中於發懶的當下，我的世界彷彿頓時停止了。

有一個特別的柔軟觸感拂過肌膚。我尚似醒非醒，閉上眼睛，以朦朧的意識感知它。這觸感……是夢嗎？我放鬆身體、再動了動指尖，一股溫熱停駐在我的手掌上，有如觸摸到帶點餘溫的吃剩包子一樣。我再多使了點勁去感受，慵懶緩緩退散、意識逐漸清晰。我這是睡了多久呢？我睜開惺忪睡眼，視野裡的世界還是朝上的，我再將目光轉向溫熱的指尖，究竟是什麼東西在我……「啊！狗！狗！東熙，妳家狗狗啦！走開！」

是一隻狗。我大吃一驚，嚇得粗魯地將手藏進懷裡，當意識到被收回來的手還濕濕的，我背脊發涼、起了雞皮疙瘩。在睡夢中感覺何其鬆軟，睜開眼睛竟是迎接這番光景，這是我人生數年來從未有過的經歷。大概是我誇張的反應，讓那小傢伙也嚇一跳，警戒地豎起寒毛、腳步後退。一隻白色的馬爾濟斯躲進了主人的懷抱，聽到我的聲音，東熙也一陣驚慌失措後才急急忙忙抱起小狗，並且皺起眉頭瞪著我。

「球球是會咬人嗎？是會咬妳嗎？」

「抱歉，我被嚇瘋才……妳懂的……」

「小小一隻能有多嚇人啦，大驚小怪欸。」

儘管東熙才剛從睡夢中醒來，她還是用響亮的聲音數落了我。低沉的聲音使我反省了自己的行為，被捧在懷裡的馬爾濟斯望著我連聲吭哧叫，白色的毛團上鑲嵌著兩隻眼睛、一個鼻子——猶如卡了三塊巧克力餅乾一樣。對比我驚嚇的程度，牠確實挺小隻的，嘖，滿可愛的。

我很怕狗。因為某次上學途中，快遲到的我一路狂奔，卻被野狗咬了一口。牠平常在社區不大會吠叫，所以平時我不是太警戒牠，但是我偏偏忘記巷子的拐彎處是那傢伙的固定寶座。我直接衝上前，牠見到我對牠構成威脅，嚇了一大跳便咬住我的腳踝關節。從那以後，我成了怕狗人士，東熙則是唯一知道前因後果的朋友，這也是為什麼她會把小小一隻馬爾濟斯關進房間裡。然而，連知道理由的東熙都露出不滿的表情，顯然這次確實是我擾民了，畢竟嚴格來說，那傢伙才是這戶人家的新家人。

我感到有些慚愧。長到二十九歲還對著小狗大呼小叫，並不是一個好大人該有的樣子，更何況，這次還嚇到朋友一家人。自從我被狗咬了之後，總因恐懼而一味地躲避，分不清楚哪些狗才是會真正帶來威脅的傢伙。眼前小小隻圓滾滾的狗不可能危及我，我卻因為牠生而為犬隻，於是無差別地心生恐懼，也不顧及對方便表現出自己的情緒。

為了安撫被嚇到的馬爾濟斯，東熙摸了摸牠的頭頂，牠彷彿知道那是主人的手，哀嚎聲神奇地消失了。

「拍謝啦。」

在靜默之間，我難為情地致上歉意。東熙斜瞪了我一眼，深深地嘆了一口氣。我羞愧地難以見人，恨不得找條地縫鑽進去[9]。

「幫我對牠說一聲對不起。」

為了挽回局面，我只能反覆地道歉，一面轉動眼球看她臉色。

「不過想一想，這不知道是妳時隔幾年近距離接觸到狗狗欸。」

她的表情是驚喜。接著東熙突然把馬爾濟斯抱到我眼前。我嚇了一跳，身子下意識往後退，但我立刻睜開眼睛，並和那顆白色的毛球對視了。無論怎麼看，伸直那短小軀體的兩條腿，也不如我一雙手掌加起來的長度，再湊近看，牠的鼻子比我的指關節還小，映射著日光燈的瞳孔閃耀動人。原來碰觸到我的，只是一個如此弱小的傢伙。

東熙雙眼炯炯有神，就像是炫耀自家孩子的母親一樣。我感受到了一股無形的壓力，在我說出好話以前，她似乎不打算把狗狗移開，要我趁現在稱讚一下狗狗很可愛。這朋友平常從來不會這樣的，看來今天是下定決心要跟我耗了。被主人「捕獲」在懷裡的小傢伙又準備張嘴嚎叫了，哼哼唧唧的嘴裡有什麼東西在蠕動——柔軟、光滑、透著鮮明的粉紅色。分明剛才覺得那樣子很嚇人，仔細一看又覺得牠真的很小隻。

「牠不會咬人吧？」

「哪有狗不亂咬的？」

「什麼？」

9. 譯註：原文：「要是這裡有老鼠挖的地洞，我真想趕緊躲起來。」為韓國諺語「쥐구멍에 들어가고 싶다」的延伸，表示自己羞愧得難以見人。

「哈哈哈開玩笑的啦！牠連牙都沒長齊。」

我嚐試伸出手，手便哆嗦哆嗦顫抖不停。狗狗好像也緊張起來、停止了哭號。我吞了吞口水，飼主則脹紅臉興奮地點點頭。我們之間被沉默填滿，要乾脆把手放下來嗎？還是要試著把手擺到這傢伙的頭頂上？這麼小一隻的狗狗應該沒問題吧？帶著鮮明的意識，時隔多年摸狗的觸感與以往的印象非常不同。

「妳看吧！真的很可愛吧！」

飼主對於這一切感到相當自豪。克服恐懼的人是我，怎麼她還更高興啊。東熙喜笑顏開、笑得露出門牙，嘴角沾著剛才的蔬菜碎屑。我腦中的燈泡突然從原先的微亮轉為全亮了，果然來這裡是對的選擇。我並且准許她往後可以帶球球來我的餐廳。

這次，他的抵達時間是六點五十七分。該不會是為了償還上次遲到的三分鐘，所以這次提早三分鐘到吧。為了趕在五十七分抵達，裕賢先生可能一路快步走來，即使如此，他仍是一身整齊衣著，他真是嚴以律己的大人呀。今天，這位大人將成為我接待的第一位客人，勿忘我餐廳正式開始營業。

「為您送上餐點，這是辛奇水餃和牛肉水餃。」

「從外表上看起來長一樣呢。」

「是的，但嚐起來味道肯定不一樣。」

「嗯哼……」

我將裝有水餃的兩個盤子推向了他。其巾一盤，是像辛奇水餃一般略透著橘紅色的餃子，另一盤則是普通的餃子。我一邊請他自行享用，一邊為他附上餐具。由於我選用了黑色的小盤子，所以水餃的顏色形成了鮮明的對比。

他恭敬地用指尖指向水餃說道：「這……太普通了吧……您真的是用心準備的嗎……」

他的語氣裡充滿了失望之情，但是我並沒有因此感到失落，因為他還沒動筷享用。口乾舌燥、手掌發癢、冷汗直流，我緊張地注視著他，熱切想知道他會吃哪顆水餃。我一度期待他會堂堂正正地吃下橘紅色的餃子，可惜事與願違，筷子毫不猶豫地朝著一般水餃前行，看上去包得最好的水餃一口被吃進嘴裡。他大力地咀嚼幾下，然後卻嘆了口氣。

「味道還不錯。蔬菜口感清脆，沒有怪味，而且尾韻特別清爽的感覺，看來您用了好的蔬菜吧。但是，您想靠這味道說服我吃辛奇口味的餃子嗎？如果是這麼簡單就能解決的偏食問題的話，我還會來到這裡嗎？」

我像是乞討者一樣來回搓動因手汗變得濕答答的雙手，嘴裡一邊回擊道：

「餃子餡是用上好的橫城韓牛製作的，還請您將準備好的菜色都吃完再離開吧。」

「您都沒收錢就用了這麼好的食材呀。」

「就算我不收錢，也是盡我所能準備料理了。」

或許因為第一次接待客人，即使口中表明「沒什麼大不了」，卻顯得不大從容。由於情緒過於緊張，連肩膀都蜷縮到緊繃。儘管我看起來一點也不帥氣俐落，但也沒什麼大礙，因為我的計畫還沒有結束。

「啪。」他大概是餓了，直到吃進四顆普通水餃，他才放下筷子。接著是瀕死慘叫般的摩擦音充斥了勿忘我餐廳，這絕不是太親切的聲音——明明食物很好吃，斜嘴的他卻似乎很失望。看著裕賢先生的反應如此，現在輪到我對他提問題了。

「您下次還有意願再吃這款餃子嗎？」

緊張之情使我語尾帶些顫抖。他的眼神跟他的外表同樣嚴格銳利，先看了看我、再敷衍地將目光轉向餐廳角落，顯然不是太滿意當前的情況。可我毫不氣餒，更加和氣地再次問道。等了一會兒，他回答道：

「如同我剛才說的，食物的味道還不錯。」

行了，這句話就夠了，我高興得鼓起掌來。喧譁之間，冷冰冰的眼神再次看向我，緊接著是抱怨之辭，自己是為了聽說這裡可以改正偏食才來訪，但是這和當初的約定有出入云云。是的，他來到這裡，肯定不是只是為了吃牛肉水餃的吧。從他口吐的怨言，我感受到了他的真心。那還真是慶幸，代表我沒有白忙一場。

「裕賢先生，您剛剛吃的是辛奇餃子。」

我從廚房裡拿出了鋼盆給他看，裡頭盛的是他吃進的餃子餡。他看到菜、肉交雜的食材後，眉頭便皺得更緊了，就像被小孩子的惡作劇捉弄的大人一樣。

「若要說明有什麼區別，那就是這餃子使用了白辛奇[10]，而且切得非常細。先稍微炒過韓牛，之後我把牛肉的肉汁塗在餃子皮表面，方便中和掉辛奇散發的香氣，我還混入了適當分量的豆腐，用來增添柔軟的口感。至於蔬菜的部分，則都是白辛奇本身的口感，即使經歷了蒸煮的過程，白辛奇的特色還是滲透於白菜餡裡的，稍稍帶點回甘的清爽就是它的證據囉。」

10. 譯註：「백김치[baekkimchi]」，白辛奇是將大白菜泡入鹽水，醃漬過程中不加入辣椒粉，後加入些許辣椒絲、蔥段、洋蔥等食材提味提色，味道溫和、不太會辣，口感較為清脆。

「您說這盤是辛奇水餃？那這盤橘紅色的水餃又是什麼？」

「我在水餃皮麵團裡加入了胡蘿蔔粉，讓它呈現類似於辛奇水餃的橘紅色。也多虧這道程序，兩種水餃外觀上的差異非常明顯。這盤是真～的肉餃，請嚐嚐吧。」

「這盤嗎……？」

他臉上的表情透露了他的不信任。他微微向右歪頭後，連忙夾起橘紅色的水餃，望著天花板專心咀嚼。接著他猛然轉過頭，激動地說道：

「什麼嘛，這也是辛奇水餃啊。」

「那水餃裡放的肉餡比白辛奇水餃多。差別只在於，這個口味不是摻入白辛奇，而是放了一般的辛奇，所以辛奇的味道更濃，但它既是辛奇水餃，也是肉餃呀。」

「這話聽起來像在玩文字遊戲，但又有道理在。」

「可以肯定的是，您在吃下肚以前都不知情。」

光看外表不會知道這兩種水餃的「真本事」。人的經驗並非單純透過眼睛的視覺，而是在過程中運用五感才會成為記憶。過往不敢騎腳踏車的我之所以能乘車前行，也是因為我親自用雙腳踩了踏板；我之所以能夠克服對狗的恐懼，也是源於我親手觸摸了那隻小傢伙。

恐懼就如跨欄的欄架一般阻礙我們前進，但它其實也沒什麼了不起——感覺很堅固難摧，實際上卻並不是高不可攀——只要鼓起勇氣跨越它就結束了，我們再也不會回頭望向欄架。同理，學會騎車後，便再也不會害怕腳踏車，遑論狗是那麼可愛。辛奇不是會置人於死地的食物，它是軟弱的、無能為力的，它只是自以為厲害、由過去的痛苦記憶堆砌而成的高欄罷了，僅需要戰勝一次就成了。

在此同時，我也知曉，即使欄架的本質單薄簡陋，對當事人而言都可能是偌大的威脅。朋友們人人都會騎單車，我卻因為摔過跤而感到畏懼；即使知悉馬爾濟斯小小一隻，我仍因為牠是隻狗而懼怕。所以說，如果論人為了跨過欄架而採取哪一種行動，那將不會是用盡全身的力量，而僅是暫時閉上雙眸。閉上眼睛後，伸直雙腿就行了。

我相信裕賢先生做得到。如果跟東熙說包子是蔬菜口味，那她肯定不吃，而裕賢先生也一樣。所以為了裕賢先生，我準備了這些料理，讓他吃到的水餃終究都是辛奇口味的。

「這世界上能有多少表裡如一的事物呢？」

他喝下一口水漱漱口後，他又點了點頭，陷入了沉思。不一會兒，他將雙手環抱胸前，視線往遠處望去，而我則為這唯一的顧客保持靜默。我的表情難掩迫切之情，但我仍是靜靜地看著他，直到口水從他乾淨整潔的嘴裡噴濺出來。

「噗哈。」

裕賢先生的微笑裡參雜了荒唐，原先嚴肅的模樣也稍微緩和。他不知所措的手先是摸了摸瀏海，後來朝著水餃的方向直進了。他似乎覺得有些無言，於是拿筷子戳了幾下胖乎乎的水餃，看來他也有點搞笑的細胞，就像是個被孩子耍弄的大人也要「以牙還牙」似的，先把橘紅色的水餃剁成兩半。

「哎呀呀，您這是用水餃在開我玩笑是吧。」

他的話語不帶惡意，我從裕賢先生身上第一次看到了童心未泯的天真。即使他看見裡頭紅通通的辛奇內餡，他也沒有退縮——辛奇水餃，與裕賢先生一同靜止於原地。我將一顆橘紅色的辛奇水餃置於乾淨的小盤子中，水餃皮的水分未乾，表面依然油光發亮。

「這辛奇水餃再也不會欺負裕賢先生了。」

「應該吧……」

「不過，要是裕賢先生膽怯的話，它就會一直困擾您，畢竟退卻的人是很容易欺負的。」

「……」

我等待他自己吃進那顆水餃。令人窒息的沉默再次填滿了勿忘我餐廳。那也沒關係。這小盤子裡只裝著區區一顆水餃而已，我的手臂不會為此痠痛，他的肩膀也不會因此被狠狠重壓。縱使裕賢先生無法抹去圍繞著辛奇的過往記憶，我仍希望能夠告訴他——實際上相較於勇敢的他，在所有記憶中占據一席之地的辛奇是何等微不足道。

「也就是剛好可以入口的大小而已。」

裕賢先生將水餃送入嘴裡了。雖然他剛開始是被我騙到，然而現在情況不同了，他清楚這餃子皮包覆的是什麼樣的食材。而儘管如此，他仍舊以自我意志擁抱著這道餐點，辛奇再也不是他的坎了。辛奇水餃在口中滾盪——它的觸感，味道、香氣，加上餐廳的暖色照明——新的記憶即將透過五感體驗誕生。祝福他能更輕快地咀嚼，務必要細嚼慢嚥、再好好吞下這口勇氣……

我們又多聊了一會兒。他問我到底是在哪間超市買到這種韓牛的，而我只能為難地回應自己有跟飼養場簽約。當得知自己無法購買肉的地方之後，他露出了非常遺憾的表情。我於是跑到冰箱前，分了一點剩下的肉給他，我還花了十分鐘左右的時間，傳授今日水餃的食譜。跟他分享製作今天餃子的緣由，是一個「菜包皮太厚」的故事時，他再次笑了，臉上露出輕鬆自在的微笑。

「雖然無法斷言我今後能不能好好吃辛奇，但我很肯定今天獲得了一個很好的經驗呢。」

「還期待您能放下過去的一切，只想著今天嚐過的辛奇水餃。它真的只是顆沒有什麼大不了的小玩意兒而已。」

我將手指頭聚成圓圈，模擬小顆水餃比人的拳頭還小。他點點頭示意後留下了簽名——他簽上姓氏的羅馬拼音「Byun（邊）」，筆觸簡潔、動作迅速——這是我得到的第一個簽名。我彎下腰表示感謝，彎到我的視線都快跟肚臍齊平了。今日，我的引子只是達成小小的目標，往後他要如何嫻熟地克服對辛奇的恐懼則取決於他了，我也真心地期盼他今後也能像今天一樣跨越心中的坎、克服自身的恐懼。

轉眼間，餐廳窗外已是明月高掛。他將用畢的鋼珠筆還給我，然後推開了餐廳的門。這一週以來我費盡心思為他苦惱，當意識到自己跟客人再也不會見面，我的心突然有些空虛，大概是在為他想方設法的過程中也產生了感情吧。儘管想說一點沒齒難忘的問候語，腦中卻沒有浮現什麼合適的想法，又不想虛無地送走第一位客人。

「這是一段價值千金的時間。」

他同我的鞠躬一般深深地低頭示意，見他突如其來之舉動，我立刻驚慌失措地揮了揮手。該打招呼的人是我，結果先承蒙他的問候了。竟然說是很有價值的時間……我應該表現得挺不錯的吧？我的胸口像浸入熱拿鐵裡的棉花糖一樣被暖暖地融化了。迎來平生第一次體驗到的成就感，我連正眼瞧瞧對方的臉龐都不敢，結果還什麼也沒回答。裕賢先生則回歸平時嚴肅的樣貌，筆直地步行離去。緊身襯衫毫無一絲皺褶，讓他的背顯得格外寬大。裕賢先生轉身後，雖然我想最後一次再看看他的臉，但我沒有真的喊出他的名字叫住他，而只是心中期盼他在何地何時都能幸福。

我走回餐廳內打開了溫水，待洗的鍋碗瓢盆還留在水槽裡。我洗著盤子和筷子，一邊回想著今天見過的面容。我憶起了他反問我「什麼嘛，這也是辛奇水餃啊」的表情，再像一個孩子一樣，反覆咀嚼自己被肯定的那瞬間，腦海中重複播放著裕賢先生吃水餃的畫面。我不過是包包水餃而已，這事情竟然能讓我這麼開心啊。原來實戰接客是這樣的啊，我下定決心不得忘記今天的經歷。

「文忘草小姐在嗎？有您的外送喔。」突然傳來了某個女性的聲音。

我簡單用圍裙擦乾了手再奔向門口。

「我還在便利商店買好飲料囉，特別給您免外送費優惠！」

東熙擺出搞笑的表情，將一袋黑色塑膠袋推向我，一邊說著包子店的生意太好，所以自己只買到三顆。不過，除此之外還有一位陌生的客人。驚嚇之下，我身子往後縮了些，但想起來我作出的約定——這小傢伙已經獲准跨越我的餐廳門口了。我不再對牠感到害怕，況且今天能得到簽名，這傢伙也是其中的大功臣，所以牠看上去顯得格外討人喜歡。見牠占據了沙發的一角，東熙和我一起湊上前，我鼓起勇氣用指尖輕撫牠的頭頂，觸摸到柔順的軟毛。

「恭喜妳初次挑戰成功！」

我根本還沒跟東熙分享今天的事情，我於是問她是怎麼知道的。

「剛剛走出去的黑色襯衫男子……」

聽起來是裕賢先生的衣著。

「臉上掛著微笑呢。」

球球那顆圓圓頭頂像雪白鬆軟的小山丘一樣，我用一隻手緊緊地包覆住，再帶著愛意輕柔地來回撫摸。小傢伙似乎也覺得很舒服似的，輕輕地閉上了眼睛。我堅定地想著：看來，今天對我、對你、對裕賢先生而言都是個美好的夜晚啊。

風車乘著風轉動起來了。

第三章

戰勝悲傷的豬腳

我熬了整天的豬腳滷汁。食譜書上看到的中藥材實在不怎麼樣，我需要的是更清爽、且跟豬腳更搭的材料。第二位顧客不喜歡辛香料，所以我不能靠香料味來決勝負。他說道，具濃烈香氣的麻辣燙跟冬蔭功他都不敢吃，因此，我得想想別的辦法。所幸我匆匆地購買豬後腿，再練習煮幾遍後，很快就能上手，所以目前汆燙的工作很順利，豬肉都還保有紋理，且肉質之軟嫩足以堪比市面連鎖店的水準。現在，關鍵的問題有兩個。第一，是思考如何維持口感，同時在不使用辛香料的情況下去除羶味。即使跟一鍋鍋肉湯僵持不下的時間持續拉長，但我也可以忍受——接待第一位客人之後，我挑戰的欲望更加強烈了。

不過這次依舊牽涉到第二個問題——如何改善偏食。期限將近，該如何在有限的時間內完成豬腳料理，再端給這位客人享用？我摸不著頭緒。頭開始一陣陣地抽痛，我趕緊收拾雜緒，先集中精力熬湯，今天，暫且先研究豬腳的湯底吧。

第二位委託人大我三歲，他目前任職於公務機關，興趣是用Netflix看電影，專長是裝成一名資深影迷、寫一些深奧難懂的影評。喜歡的食物是水芹大醬湯，家裡有養一隻挪威森林貓，牠非常貪吃，所以總是讓他很頭痛——他就是如此「自來熟」的人，光聽他說這些無關緊要的資訊，就耗費了我許多時間。

「您不敢吃的食物是……？」

「說到食物，我非常喜歡吃東西，香草冰淇淋這種甜點應該也算食物吧？口感滑～順，在嘴巴裡面化開來，真的是PER~FECT!」

我感受到自己的耐心即將消磨殆盡，為了引導他拉回正題，我反覆試圖轉換對話的主題，但總是一次次被他帶偏。這位男士到底是來這裡做什麼呢，我不是來免費陪他聊天的。就當我的忍讓將化為怒火時，我才好不容易意識到事有蹊蹺——眼前這個人正在用盡全力逃避話題。這時，穿幫的他已無法再談笑風生，娓娓道出五年前的故事。

「對我而言，豬腳，既代表愛情、也代表著努力。」

他說他有一個無法忘懷的對象。因為對方說最喜歡吃豬腳，他們第一次見面時去吃了豬腳。接著，他也是以「向她介紹一家好吃的豬腳店」為由，邀她再次見面。後來雙方愛意漸濃，他們幾乎把她家附近的豬腳店外送都叫了一輪。她怕被看作貪吃的人，常常主張是「聽說吃膠原蛋白後皮膚會變好，所以自己才吃的」。聽著女方如此辯解，他連這些藉口聽起來都很可愛。就算他本來不太喜歡吃氣味濃烈的食物，仍是為了深愛的她吃了又吃，不知不覺間，他甚至會說自己最喜歡的食物是豬腳。然而，經歷一次次共度用餐的時光，現實很快地趕上了他們的腳步。

「我才發現，戀愛不是幻想。」

「您們遇到什麼難關了嗎？」

「她身為長女、父母經濟也不寬裕，這讓她好像腳上戴著腳鐐似的。她比我先找到工作，這讓我很安心，但是，我自己的表現太令人心寒了。為了她，我的首要目標就是在社會上找到立足之地。」

「您心裡應該也很不好過吧……」

「她等我等了好幾次，但我每次都落榜。為什麼當初沒有再更努力一點呢？」

「每個人的機運不同，偶爾也會有事與願違的時候。」

「是這樣的嗎……我和她一起吃的最後一餐也是豬腳。」

她的腳鐐是冰冷的。他全心全意烘暖的手也沒能讓腳鐐升溫，別股暖流將順著她的腿蔓延全身。當孤身的他求得一份體面的工作時，她身邊已經有了其他人。此後至今，他都不曾再吃過豬腳，不，是吃不了豬腳。

「哎呀……真是不好意思，我不太擅長表達情感，很怪吧。」

「沒關係。」

描述自己的事由，他雙眼微微泛紅地苦笑著——極致老掉牙的愛情故事讓一個人受盡了折磨。不分你我、世間的動物都能體會愛情，但唯有人們能讓這普遍的情感變得彌足珍貴。乍看之下開朗的人也會有傷痕，這次的對手不是痛苦或恐懼，而是必須面對某人五年前的情人。

我也拿自己沒輒，看到人流淚就心軟，想拯救他，於是正費我最大的努力熬著豬腳。討厭一種食物長達五年是件何其困難的事情，五年來無法擺脫某人的記憶，那心情又是多麼難以想像。

我繼續聚精會神地用大湯勺攪動著滷汁。我的料理能夠為他帶來力量嗎？能戰勝過去的她嗎？我的頭痛更加劇烈了。本想著即使不想出改善偏食的方案，今天也該集中於滷汁，但事與願違，抽痛的太陽穴，彷彿那位女子在我腦中敲鑼打鼓般，悲傷如席捲而來的海浪要將我吞噬、晃得天旋地轉。看來還是太勉強自己了。

我緊急吞了兩顆頭痛藥——我知道一顆就夠了，但我不能生病，必須盡快緩解頭痛。自勿忘我餐廳開業以來，我一直有管理好自己的狀態，大概是因為今天站在爐前太久了。我喝下冷水、再沖了澡，以刺骨之寒迅速讓身子降溫，頭暈症狀卻仍持續著。即使這只是暫時性的頭痛也不能接受，我絕不容許自己生病。千萬、千萬不能生病，我得履行契約，不許失敗。無論發生什麼事，一定得在三十歲之前繼承家業。藥效不彰，果然吃藥還是要先嚼碎再嚥下去嗎？

「妳不是白天吃過頭痛藥了，怎麼又要吃藥？平常齁，就該多多顧一下身體。」

「說這話的老媽今天不也是快十點才回到家？」

我無緣無故質問道。不只是我，明明媽媽也清楚「我們」不能生病的緣由，那為什麼要阻攔我？我不自覺瞪了媽媽一眼，她的神色露出了幾絲吃驚。可能是因為頭痛讓我變得太神經兮兮了。我甩開了媽媽的手，把藥丸放在手掌心，另一隻手則握著水杯，我不想開啟無謂的爭吵，這只是普通的偏頭痛，僅需簡單地吞顆藥，很快就能緩解疼痛。

「妳連晚餐都沒吃就……」

一陣怒火襲來，也不想想我為什麼會沒吃晚餐、空腹吃藥呢？媽媽就只會在我發燒時拿濕毛巾濕敷、嘴上表達擔心，並露出一臉擔憂的表情，我也清楚媽媽為什麼在我的病痛面前顯得無能為力。

「要是真的擔心我就幫我煮碗粥啊[11]。」

我說了不該說的話。因為媽媽是吃不了粥的人，而我很生氣媽媽有這種陰影。我很清楚這份憤怒的源頭在哪裡，但我不敢多做描述，再怎麼火大也絕不能這樣對待彼此——這是我們之間必須遵守的幾條規則之一。媽媽一聲不響地從櫥櫃拿出一包即食粥。

「……要不要給妳熱一下這個？」

那甚至不是媽媽準備的，而是我以前買來應急的存糧。溢到喉嚨口的煩悶感完全沒有緩解。

「媽，妳知道我今天真的有很多事情要煩惱嗎？我不想再為這種事耗神了，妳也知道呀。」——我又只是吞下這些話。接過了那碗粥後，我不是走向微波爐，而是煩躁地把粥重重放在房間的桌子上，粗魯地把怨氣轉嫁到物品上頭。「哐」一聲巨響，我關上房門，再猛然倒在床上、把被子拉到頭頂。

我和媽媽兩人都不能生病。身體欠安時，我們只能相依為命、加熱即食松子粥。爸爸走了以後，我們母女倆心中留下了深深的傷疤，媽媽的傷疤使她煮不了粥、也不願吃粥。

「對不起。」

聲音鑽過緊閉的門潛了進來，我更煩躁了，生氣是因為，應該抱歉的人是我，但卻先收到了媽媽的道歉。人要按照自己的本性過活，就像爸爸曾說，我們要一直和盛開的花朵共同生活，媽媽和我都是克服不了病痛的人，所以千萬不能生

11. 譯註：在韓國，粥被視為一種養生食品，這一點與臺灣的文化相似，臺灣人在生病時也會食用白粥或皮蛋瘦肉粥等來幫助恢復健康。但較為特別的是，韓國人平常吃粥的比例更低，在韓國文化中，「生病調養」與「吃粥」的連結更強，在生病或需要恢復體力時，家人會準備各種粥品來調養身體。

病，睡一覺起來就會沒事的，偏頭痛也只是暫時的，打起精神，況且現在是關鍵時刻，可不能繼續放任情緒消耗自身，更不能被令人厭煩的無力感所淹沒。

發動引擎，預計抵達目的地所需的交通時間是五十分鐘。我決定跟著導航的指示，開上高速公路。因為這是我第一次開車去水原，心中有點緊張。

「妳知道可以用哪四個字形容妳現在的模樣嗎？匹夫之勇。」

「妳這話過分囉。」

「確定要這麼意氣用事？」

「嗯哼，到時候假如我走錯路，再換給妳開。」

我好不容易才說服同行的東熙放心，幸虧昨晚跟今早有吃藥，現在狀態好多了。跟我同齡的女生中，應該不少人有偏頭痛吧？所幸東熙抱在懷裡的小傢伙完全沒在看人臉色，不像主人這般嘮叨。現在的我也能平靜地輕輕摸了，牠好像記得我的手一樣，聞了聞味道，再伸出舌頭呼哧喘氣，嗯，確實挺可愛的。

東熙問起這次的委託，於是我鉅細靡遺地向她描述了這位客人的所有資訊。

東熙也跟我在相同時機點感到疲乏，我便趕緊說明他的訴求，並聽了一些她認為不錯的建議，但卻沒有被她提到的解決方法所打動。不把他的情傷納入考量，單靠準備起司豬腳或韓式辣豬腳是不能改善偏食的，因為重點在於如何治癒他的心靈。東熙拋出所有她想得到的各種豬腳料理，我都默不作聲，以沉默跟沒有起伏的表情作為回應。東熙也是個執著的人，把各式各樣的菜名都列舉出來。直到連德國豬腳（Schweinshaxe）都被端了上來，我才勉強笑著制止她「決定菜單是以後的事」，她於是噘起嘴，接著轉移了話題。

抵達食品供應商所在地，我向老闆打了聲招呼。我們曾經打過照面，他看起來比以前老了許多。琴貴妃餐廳跟這裡有簽訂供貨合約，但餐廳固定的訂貨量並不多。也許是因為這件事的緣故，所以老闆心裡很不是滋味，一見到我便提起訂貨量一事挑毛病，畢竟他給的價格還算不錯。不過也沒辦法，琴貴妃餐廳沒有固定的菜單，而是依據客人提的要求準備客製化料理，很難預測什麼時候會需要料理豬腳。如果難以預測食材的存貨周轉率，那麼少量購買食材、採先進先出（FIFO）[12]的方

12. 譯註：FIFO（First In, First Out）是一種存貨管理和貨物處理的原則，主要應用於供應鏈管理和庫存控制中。FIFO原則指的是，先進入庫存的貨物應該先被使用或出售，最後進入庫存的貨物則應該最後被使用，以此原則保持了庫存的新鮮度和品質。

式是最明智的。不過我們餐廳堅持購入高價的上等肉品，持續從簽約合作的供應商進貨。即使我清楚供應商為什麼覺得不高興，但是那目前不是我可以解決的範圍。原以為可以一口氣拿到少量且新鮮的韓國產豬前腿，事情卻沒這麼容易。畫面確實搞笑，我再怎麼樣也是琴貴妃的女兒，親自找上最高級的供應商，竟然只有要買區區四隻豬腳而已！

由於我得在預算之內購買食材，所以按他提議的數量購買是不可行的，就算勿忘我餐廳能獲得金援購買必需品，購入食材仍不能超出規定的預算額，說什麼做好資金管理也是準老闆必要的資質云云。這裡有和琴貴妃餐廳簽約合作，所以我以為老闆自然會爽快地給我食材，看來是我太天真了。

「這個價格不行啦。頂多混著買，把前腿跟後腿都買走。」

「我一定要買前腿。」

「連後腿都不可能用這個錢買啦。何況這是韓國產的豬前腿……」

「真的沒辦法嗎？」

「最近你們餐廳也不太支持我們……」

計畫有點快要落空了。我依舊需要上等的豬前腿，我即使能熬製再好的滷汁，要是口中咀嚼的肉質不是最好的，那麼料理的風味也會大打折扣。老闆冷冷地拒絕使我感到沮喪，只好帶著東熙急忙離開了店鋪。所幸附近還有很多同性質的食品供應商，好險我有帶個人名片在身上的習慣，若是以後獲得老闆的大位，我一定先到處發琴貴妃餐廳CEO的名片。

高照的豔陽成了毒藥。要是天有幾片雲，移動時也能體會到幾絲涼爽，然而過分明媚的陽光反而再次觸發了昨晚的頭痛，早上吞了藥後，它的藥效沒能撐過下午三點，只能忍著反胃的感覺。東熙察覺到我身體出狀況，接著伸出手遞給我手帕。我為了裝沒事，數度拒絕她的好意，卻難以掩飾不停滲出的冷汗。

「我就想買上好的豬前腿！」這是身為廚師的堅持。我們一共拜訪了四家供應商，再加上有臉皮厚的東熙在一旁支持，重複了同樣的口舌之爭，卻還是沒有任何一個地方願意交易。沒想到找韓國產的四隻豬前腿是這麼艱難的事情。我一度想著乾脆在家裡附近的生鮮超市買食材，但還是咬緊牙關忍住了——既然要做，就要做到好。我回想起了裕賢先生，憶起他吃辛奇餃子時露出的淡淡微笑。我相信我也能把這份微笑傳遞給第二位客人，我會盡全力達成的。

「小姐，妳是零售商嗎？」

「不是的。我是代表麻浦區琴貴妃餐廳來的，這是我的名片。」

「啊，這麼一說小姐長得跟文老闆很像耶。」

「真的嗎？很久沒聽到有人這樣講了。」

「根本同一個模子印出來的。」

第五位老闆認識爸爸，店內不僅販售豬腳更有豬腳醬料。我瞥見了廚房裡常看見的醬料瓶，連忙抓住機會獻殷勤，手拿著看不見的合約在空中用力揮舞著，表明我擁有餐廳經營權後，會從他們家下很多訂單，多虧這樣才好不容易說服老闆。他為我打包了四隻豬前腿，並請我日後多多關照。一眼就能看出肉品的色澤佳，保存狀態良好、切面也乾淨利落，肯定不是久放未銷的商品。我鬆了一口氣，果然找對地方了。

拿好東西上了車，我待車子一啟動便迅速打開空調。

「還不至於要開冷氣吧。」東熙嘟囔道。

我從後座翻出了一件開襟衫，圍在東熙的腰際，同時包住了小狗，牠小小身子看起來禁不起感冒，需要特別照料。接著我默默握住方向盤，從這裡回家需要五十分鐘車程，再怎麼樣中間還是得和東熙換手一下。我的狀態很不好，從昨晚開始一直是空腹狀態，所以更不舒服了，我是不是不該空腹吃藥？

經過了一個多小時，還是沒能到家，我們決定先在東熙家休息一會兒。我一如往常地隨意躺到客廳沙發上，像顆白色毛球的小狗也跟著我咚咚咚追來，現在任牠跳上我的肚子還有些勉強，所以我用手輕輕推開了那隻小傢伙。好險牠僅是小心地哼哼唧唧幾聲、沒多久便放棄了。我閉上眼睛，世界彷彿天旋地轉，昨天如果算稍微中暑，今天就是積勞成疾的感覺了。

「我沒辦法照顧妳的時候，好歹妳也自己泡即食粥來吃啊，不是有買好放在妳家了嗎？」

我沒有反駁。東熙不懂我的心，也因為她知曉一切，所以我不想跟她追究是非對錯。她是連開車的時候都只聽我說話的人，應該不會是厭倦我才嘮叨這幾句吧。不過我還是很生氣，粥，只要一想到那該死的粥……

東熙在廚房裡丁鈴噹啷期間，我稍稍休息了一會兒。想來，我身體不舒服的時候，格外受到她很多幫助。如同人說「物以類聚」，東熙和我一樣對料理很感興趣，而且反倒是我缺乏一點天分，得從頭到尾都努力學習，東熙則跟我不同，她即使不特別學過，也能輕鬆完成料理，味覺敏銳的她，一旦吃下食物，便能大概猜出使用了哪些食材，缺點是她養成了絕對不計量過秤的壞習慣……

今天東熙又代替媽媽熬了粥，粥吃起來別有一番風味，帶有以往感受過的那陣溫情。

「我磨了一些蔥鬚進去，吃起來應該會有點嗆鼻。」

「就妳對我最好了。」

「這不就是有朋友的好處嗎？我再幫妳開一罐梨汁配著喝吧。」

「美食大師耶！大師！」

蔥的葉子與根部有不同的功效——葉子部分能提升活力，根部則有助於體溫調節，所以經常用於退燒。梨子也一樣有益於降溫跟止咳。東熙準備來配清粥的小菜果然是蘿蔔辛奇，由於稍微過過水、沖掉辣椒粉，所以顏色顯得淡了許多，這都是為了幫助消化而考慮的部分。

「可是我喜歡吃辣的耶。」

儘管我嘴上無緣無故地找碴，但她煮給我的粥總是讓我既感抱歉又充滿謝意。我想起了昨晚被我扔下的即食松子粥。從某個角度來看，它們本質上都是同樣的粥品，卻會隨著我依據何種記憶、和什麼人一起凝望它，而形塑成截然不同的食物。

「妳媽媽最近還是不好嗎？」

「別問了。」

「好啦。記得，妳也得先顧好自己，妳媽媽才能克服這關。」

「……」

「我希望妳一定要先顧好自己的心理狀態。」

我彷彿不知粥的滾燙，用臼齒細細咀嚼著。在清淡的味道裡，我能感受到煮熟米粒所蘊藏的微甜的滋味，即使辛苦地熬煮，米終究是米、粥終究是粥。

我慢慢品嚐著母親——不，是東熙的心意。我回想起很久以前媽媽熬的粥，同時懷念當時連白米粥都能吃得很香的家人們。記憶中的我們都掛著笑容，共享著一碗熱粥，相互安慰一切都會變好。我很想念那碗粥，粥本身不是令人生厭的食物，如今卻再也享用不到了。

我因著虛妄而發笑，原來罪魁禍首只是「空腹」嗎？我變得神清氣爽，彷彿頭痛跟反胃不曾困擾過我一樣，回家以來我只吞了退燒藥，藥效大概也不敵一碗粥的療效。

〔請我吃起司炸雞。〕

〔或是蜂蜜口味。〕

〔理直氣壯的咧。〕

〔我有什麼好不理直氣壯的。〕

〔連場面話都不客套一下。〕

一聽我說身體好些，她便迫不及待地求取報酬，隨即累積了十二則訊息，全是炸雞各口味的名字，簡直跟放高利貸的人沒兩樣。

大睡一覺後時間稍晚了，但我仍是去了趟勿忘我餐廳，打算在接待客人以前，再提前燙一次豬腳、也檢驗滷汁跟豬腳味道搭不搭。我將數瓶礦泉水嘩啦嘩啦地倒進滷汁桶裡，並把食材都先處理乾淨，接著把調低中藥材味道的配方放入滷包袋中，期許它們跟汆燙的豬腳可以搭配得當。

滷汁製成後，我按照食譜的指示將肉桂取出，再加入豬前腿開始熬煮。然而，意料之外的問題發生了——羶味變得更強烈了。事有蹊蹺，分明當初演練時羶味的問題並不嚴重——我勉強地再加入更多月桂和枸杞，效果仍不顯著。接著我取出八角和當歸、再重新放入肉桂，卻依然不見成效。我抱著碰碰運氣的心態又倒入了檸檬水煮沸，儘管羶味終於消除，肉質反倒變得軟爛。於是這次我減少了其他藥材量，投下大量的大蒜，卻導致豬腳完全喪失自身特有的風味。要想去除羶味，就可能導致香料味過於濃烈，要想中和掉香料味，又會使豬腳失去滋味。

「真傷腦筋。」

照這樣下去該不會要回歸原點了？時間所剩不多，無論如何，我都必須在委託人抵達以前完成最棒的豬腳料理，讓不喜歡濃厚香料味的人也能欣然享用豬腳，當然，現在我甚至也還沒解決後續更大的挑食問題——他可是一見到豬腳就會湧現傷心回憶的人，我煮出最完美的豬腳後，又要如何讓他將其吃下肚？啊，不知道啦，頭又要痛起來了，還是先專注在煮好豬腳吧。哎，好煩呀，怎麼事情這麼不如我意呢？果然是我的實力還不夠嗎？我還不夠格成為一名廚師，像爸爸媽媽一樣擔起一家餐廳嗎？

「煮東西至少也開個窗讓空氣流通吧。」彌漫廚房白濛濛的水氣向窗外逸散，是媽媽來了。昨天口角之後我倆還在冷戰，所以我沒有開口打招呼，假裝專注於滷汁熬煮，僅匆匆一瞥又回過頭。

「我就知道會這樣。」

媽媽手裡拿著一只箱子，裡頭裝有電風扇。她都還沒坐下來，便把零件拿出來開始組裝。因為這裡是簡單佈置的餐廳，沒有加裝空調，所以若是像現在這樣長時間站在高溫的爐前，理所當然會覺得頭暈目眩。況且我從小就不太耐熱，媽媽也很清楚這件事——但瞭解又有什麼用，真正生病的時候又……

「有什麼需要我幫忙的嗎？」

「條約上規定妳不能幫我啊」，我只是在心中憤怒地吶喊著，繼續我的沉默示威。每每有話想說，我總是習慣性地吞了吞口水，將忍住不說的話語埋進了食道裡。無論我多麼討厭媽媽、就算心中的鬱悶持續積累，我也不能再破壞我們危殆的關係。比起對媽媽發火，相信爸爸會更喜歡我忍住不生氣的，所以我沒有應聲。

為了減少香味，我已經把辛香料跟中藥材分開來了。

「妳打算去掉香料味？」

媽媽看著凌亂的水槽周邊，便洞若觀火般精準地看穿了現況。我點了兩次頭，媽媽則打開裝有香料和中藥材的滷包袋端詳一番，接著開始從冰箱中翻找食材。確定她的視線不在我身上後，我才稍稍轉過頭、凝視著媽媽的背影。還是好討厭。如果是我朋友的話，我肯定老早就把她轟出去了，就說跟家人之間吵架會很不方便，還不能隨心所欲地發脾氣。

「妳不應該把現有的材料再拿出來，而是該用別的食材來去除羶味。」

「……」

「就現在來看，可以簡單加個……」

「……」

「這個就夠了。」

她立刻拆開了包裝。被媽媽發現的是綠茶茶葉，那是目前都還沒用過的材料。因為我原本只是打算利用休息時間泡點茶來喝，而不是為了料理食物購入的。本想出面制止媽媽拆封，但一想到我現在還在跟她冷戰，我於是再次緊閉雙唇。琴貴妃女士卻注意到我的小動作了，真的很討厭。在很會察言觀色的她面前，我壓根藏不住心中的想法。媽媽觀察了我躊躇遲疑的動作後，將手擺到我的肩上，搞什麼嘛，是打算輕易地擺平這件事嗎？我可沒這個打算喔，我完全可以繼續表現出不高興的姿態，她最好作好心理準備。

「媽媽對不起妳。」

太賊了。媽媽終究是道歉了。類似的情節上演不只一兩次了，每當我使性子時，總是媽媽出面道歉。媽媽平時是何其固執的人，對我卻總是心軟。我心中的無名火反倒燒得更加旺盛，媽媽為什麼要跟我道歉啦。不是，我確實是在生媽媽的氣，但她道歉之後，我的怨氣頓時無處宣洩，我的心、我的厭惡該安放何處？

「對不起。抱歉沒能再多照顧妳一點。」

我滿懷敵意地盯著聲音的主人。然而，無論我把眼睛瞪得多麼大，隱微閃著淚光的瞳孔都無法掩藏我的真心。媽媽舉起單隻手擦了擦我額頭上的汗珠，手裡傳來了綠茶茶葉的味道。

「哪怕是微波的粥，我下次也會幫妳熱的，對不起妳了。」

羞愧之下，我的臉頰發癢，好像還有點燙。為了裝出若無其事的淡然貌，我撇過頭來迴避媽媽的視線，嘴脣微微顫動。我的沉默示威還沒有結束，但事與願違，我的眼前已經切換到別的畫面——我的眼淚已經不爭氣地模糊了視線。我知道錯不在媽媽，我明明那麼清楚媽媽沒能煮碗粥給我，絕對不是她的錯，還是覺得好煩。我討厭媽媽，我怨她無法克服自身的坎，因為太愛了，所以更憤恨這一切。

母女間爭吵的結局已定，不曾有過一絲偏差——我終究是開了口，遲來地向她分享了近期的生活瑣事，內容主要包含去了水原一趟、遇到認識爸爸的食品供應商老闆、以及老闆賣的豬前腿品質很不錯等等。後來，聽我談談委託人的故事，媽媽那琴貴妃餐廳老闆的架勢又回來了，她的神色有些不同，屢次托著下巴、陷入了苦惱之中。但是，我還是想自己追尋答案，託媽媽的福，羶味的問題有所進展，我請她讓我自己處理後續事務。

「妳沒問題嗎？」

儘管我沒什麼信心，還是先順勢點了點頭。媽媽將半勺的綠茶粉加進了熬湯專用滷包，原本盤算拿來以量制「羶」的大蒜則被取出些許、維持規定的分量，生薑也只加入少量，取而代之的月桂葉跟清酒則增加了分量，除此之外的食材也都多少加了一點。

「靠綠茶粉去羶味的時候，要小心染色喔。」

「哎呀對耶，染色！」

「妳可別煮出綠色的豬腳囉。」

媽媽用湯勺攪拌著滾燙的滷汁，一邊向我說明著。這是我第一次聽說這種作法，儘管我內心有些懷疑，但還是憑著對媽媽的信任，將一隻豬前腿丟了進去。在等待水燒開期間，我同步調了醬料，要是加入綠茶粉燙熟豬腳後，它還殘留些許羶味，我就得依靠醬料解決了。媽媽向我推薦了西式辣椒醬[13]，因為它和豬腳很搭，又比較符合年輕人的口味。我也點點頭表示同意。

我回憶起了初次跟媽媽學做料理的那天。在廚房裡，媽媽看起來比任何人都要帥氣，她的眼神在發光、舉手投足充滿了自信，那樣的她，曾經是我追逐的夢想。我直勾勾地盯著媽媽，她過去的容貌若隱若現地疊在此刻的側臉上，她是多麼堅強又多麼脆弱啊。奇怪的是，我怎麼樣也討厭不了這個人。

「看來妳身體好很多了吧，還能有說有笑了。」

「東熙代替妳幫我煮了粥。」

「每次妳生病都麻煩東熙了呢。她在粥裡放了什麼？」

「大蔥根。啊，好像還加了點白蘿蔔汁[14]。」

13. 譯註：「칠리 소스（Chili sauce）」泛指以辣椒作為主要成分製成的調味醬料，韓文中會區別韓式辣醬(gochujang)與西式辣椒醬，故譯為西式辣椒醬。

14. 譯註：白蘿蔔汁「무즙[mujeup]」，通常指的是將新鮮的白蘿蔔榨成的汁液，在韓國，蘿蔔汁常視為民俗療法的一部分，用來治療感冒或消化不良等症狀。蘿蔔汁可以單獨飲用，也可以用來製作各種料理或調味品。

「哇～她簡直跟醫生沒兩樣了。妳以後看到粥都該朝東熙的方位行禮致意吧。」

這是身為母親該說的話嗎？媽媽噗哧一笑，那上揚的嘴角讓我覺得非常荒唐。竟然叫我看到粥就鞠躬？就算東熙為我煮了這麼多碗粥，這也不是媽媽能開的玩笑吧。過度勞累到身體不適時，以及闌尾炎手術後出院時，我都是吃東熙熬的粥度過的。我想起每次我享用熱粥時，東熙都有多麼自豪，在一旁不停邀功、等我稱讚。我一邊嚼著泡開的米、腦中一邊計算著她的炸雞錢，回想到的粥有多奢華豐盛，她的身影就越在腦中飄之不去。她真的很好笑，搞得好像很希望我生病一樣？她是不是一邊煮粥一邊暗自竊喜，期待著吃炸雞的那天到來？我越想越覺得很荒謬，忍不住開口大笑。要是把粥跟媽媽聯想在一起，我只會覺得煩躁鬱悶；要是想起東熙煮粥，我又會不由自主地發笑，我是真的很謝謝她。

就算不動用任何騙術或伎倆，人也能在面對同樣的食物時，產生如此迥異的感受啊。媽媽說得對，要是我每次看到粥都行個禮，粥似乎就不再是個討人厭的存在了，因為我聯想到的是東熙、而不再是媽媽。前陣子為了煩惱如何改善顧客偏食習慣讀了點書，我好像有在書籍上看過類似的內容——記憶置換，意指將與誘發問題或負面思考相關的記憶徹底替換。這次又是東熙幫我一把，而我又欠她一筆債了。

我將燙熟的豬前腿自鍋中取出，再趕緊抹上香油、將熱鎖在食物之中。我們戴起衛生手套，接著用手仔細地檢查了前腿的狀態。「啊燙燙燙……」再怎麼經驗豐富的廚師也忍不住喊了燙，這次究竟能否順利完成料理呢？首先，香氣上是合格了，再來「味道」才是成敗關鍵。媽媽拿刀將肉切片、檢查內部煮熟的程度。我很緊張，小心地把切片後的豬腳放入口中品嚐，先用舌頭感受一下它、再用臼齒咀嚼一番，被分解的肉片散發著一種既熟悉又陌生的香氣。淡淡苦澀的綠茶香還不錯，恰到好處地中和了辛香料的味道，又維持住清爽的尾韻，這……

「我給過。」

非常優秀。要是世上所有豬腳都有這種味道跟這種口感，肯定也沒有人敢再說自己討厭吃豬腳。媽媽沒有將手伸向食物，但已經露出彷彿看透一切的表情。我們面對面點了點頭。

「是我覺得太對不起妳才幫妳這次喔，下不為例。」

母親主動違反了合約書條款，又為自己如此辯解道。我心中也是這樣想的——下次我一定要靠自己的力量做到最好、我一定要展現出媽媽這般的熱情才行。獲得多方協助的豬腳顯得格外燙嘴，我在口中嚼著令人滿意的切片豬腳，一邊暗自下定決心，我想向我感謝又心愛的人們證明我自己。

所幸在夜深以前我就回到家，播通電話打給委託人樂原先生，向他鄭重地提出兩個請求，第一是請務必空腹前來，二是請他分享自己喜歡的影劇類型。男子不到一分鐘後便回覆了他的疑問。

「這跟挑食有什麼關係呢？」

身為老闆，我應該如實地回應顧客的問題，但這次我決定維持一點神秘感。

「請務必遵守上述要求喔。」

幸好他沒再繼續多問了。

我以輕鬆自在的心情進行事前準備，好在豬腳的色澤也很漂亮。我將鍋中煮得熟透的豬前腿夾出，再將其切成片狀，而可見豬腳緊緊依附著Q彈緊緻的豬皮。我還為他準備了帶點甜味的西式辣椒醬，相信他一定會為那味道著迷。此外，他喜歡的綜藝節目正好上架了最新一集，我將豬腳擺在桌上、一併確認電視的畫面都調整好了，以防萬一，我還把碳酸飲料、果汁、啤酒都擺上桌，畢竟不知道他喜歡喝什麼樣的飲品，有備無患、先準備就是了。這一次，勿忘我餐廳設定的路線是

「像自己家一般舒適的客廳」，舒服的空間裡，備有他喜歡的影片，以及——他討厭的食物。今天，我勢必要讓他跨越心中這個檻。

「這是直接把豬腳擺到我面前的意思嗎？」

「您先請坐。我是想幫助您矯正偏食沒錯，但也不會強迫您的。」

「我好像要去做內視鏡一樣，已經空腹很久了。」

他一進來就露出如此失望的表情。他比規定的時間晚了十五分鐘才抵達，第一個表情竟然是滿滿的不高興，看來他比我想像中還直率。樂原先生和第一位顧客的氣質不同，不如先前那位給人難以親近的嚴肅感，相較之下，他比較不寡言、也沒有那麼穩重。他連來的路上大塞車、以及明天感覺會下雨云云，都絮絮叨叨地與我分享。不過他一臉沒什麼心眼的模樣，並不讓我覺得討厭，竟然會有上班族願意跟餐廳老闆閒聊交朋友，我倒覺得他人很可愛。一方面，我又念起這面貌背後隱藏著巨大的傷痛，這讓我為他感到鼻酸，也期望他今後能舒心許多……

「哎呦，這是我沒看過的集數耶，您很有眼光耶！」

他一看到電視螢幕上的畫面，便心滿意足地坐到沙發上，稍早看到豬腳時哭喪的臉立刻就舒展開來了，不顧自己空腹的飢餓，直接無視豬腳的存在。我先取得了他的同意，接著與他一起坐到了沙發上——當然，不是緊緊鄰座，雖然我們兩人單獨共處一室，但考量到一方為主人、一方為顧客的關係，我們彼此之間維持了恰當的社交距離。

「這是老闆您自己要吃的嗎？」

「因為您不吃啊。」

「原來～您準備這料理是為了自己享用啊～」

「您請先放鬆地看電視吧。等到想吃的時候再吃。」

今天將勿忘我餐廳佈置成舒適的客廳，不只是為了這位男性顧客，對我來說也是良好的休息空間。煮了整個上午的豬腳，我敲打著僵硬的肩膀、讓其舒展開來，手將豬腳盛進盤子裡，接著往後靠到沙發椅背上坐著。這是史上煮得最成功的豬腳，至少身為料理者的人也得開開心心地享用才行，彷彿形成了主客顛倒的畫面。

我甩了甩生菜、將上頭的水分抖乾淨後再放上半瓣生蒜頭，接著夾起兩片豬腳、蘸上西式辣椒醬，手裡的生菜跟豬腳猶都以自己的形式閃閃發光著。

「哇～～～就是這一味，好吃欸！」

我嚥了嚥口水，接著將肉片連著生菜一口塞進嘴裡，各式各樣的食材都在口中碾碎，舌頭被生菜跟紋理分明的豬肉片環繞，唇齒間都能感受到豐富的口感，再配上甜甜的西式辣椒醬，豬肉的羶味徹底地被掩蓋，又有綠茶粉攜來的清香尾韻。

珍貴的美味豬腳都溶於三尺垂涎，我再津津有味地嚥下食物，感受它柔順地沿著食道滑落。

「好吃嗎？」

樂原先生露出了難以置信的表情。我於是使勁地點了點頭。

「這是我做過最完美的豬腳。」

我為了讓他更感荒唐，而盡情地炫耀了食物的美味。

「咀嚼時它散發出的香氣，還有那個口感，哦，您懂那種Q彈Q彈的感覺嗎？」

「我當然知道啦。我，我先喝啤酒好了。」

「您應該沒有感受過什麼叫真的Q彈柔嫩吧，這個豬腳齁……就像彈力球一樣超有彈性。哦？您有看到剛剛那一幕嗎？有夠好笑的哈哈。」

「啊，那個人又在表演才藝了。」

「啊哈哈哈哈哈哈哈哈。」

「呵呵呵，哈哈哈哈。」

陣陣歡笑聲中，整體的氣氛變得輕鬆舒適許多。「真是人間美味！」我再次吃下一口豬腳，搖頭晃腦地雀躍歡呼，因為是真的很好吃。

「您這邊沒有別的可以吃的嗎？」

「哈哈哈哈哈哈哈！」

我都沒有強迫他吃豬腳。搞笑藝人在節目中作出滑稽動作的期間，我已經吞下五片切片豬腳。他忍無可忍，猛然站起來說自己要去便利商店買洋芋片回來。

「我們這邊禁止攜帶外食呦。」

我提供了他幾片營養口糧，這下他不只是飢腸轆轆、又覺口乾舌燥，猶如經歷著加倍的痛苦。至少他還有搞笑藝人相伴，每當他露出不高興的表情時，都靠著搞笑藝人來安撫他。今天他們準備的環節真的都很搞笑，我們都不禁大笑了好幾聲。

「哈哈哈，真的好好笑，今天也太精采了吧。」

「這個都有戳中我的笑點呢。」

「真的耶，我們的笑點很像耶。」

「不過，您那盤食物有那麼好吃嗎？」

「就跟您說今天的豬腳特別特別好吃。我在裡頭加了很特殊的食材！」

「我就跟您說我不吃豬腳了。」

「您肚子不餓嗎？像今天這樣的日子，它已經不是豬腳了，它是配電視的爆米花呀～」

他應該真的餓很久了，肚子已數次傳來咕嚕咕嚕的聲響。我幫樂原先生包了一口菜包肉[15]，再若無其事地伸手給他，我既沒有刻意拿著菜包肉在他眼前晃動、也沒有作勢強制把菜包肉塞給他。於此同時，他也完全不在乎我的一舉一動，而只是直勾勾地盯著電視，一邊呵呵大笑、一邊用手拍打大腿，面露幸福的神情，自顧自的說著「齁這集真的很好笑欸」，再拿起菜包肉配料中的一片生蒜頭配電視節目。

「就跟您說，我只要一看到豬腳，整個人就會變得很難過。」

「我有說什麼嗎？啊，哦，這味道真的有夠讚！」

我使出的招式是「不顧他到底吃不吃」戰略，假裝不以為意，實際上一直在說服他吃下菜包肉。從他的眼神看來，他開始有些猶豫了，長時間維持空腹狀態的他已經餓了，於是才盤算著要不要就兩眼一閉吃下豬腳。加上我又強調今天的豬腳特別美味，他想必也多少生出了好奇心，更不用說他該會有多羨慕我，看著我能盡情地邊吃豬腳、邊看著電視節目放聲大笑。

一集綜藝節目來到尾聲，我手堅持舉著菜包肉，不過手臂已經瘦得發麻，只

15. 譯註：菜包肉「쌈[ssam]」指的是將各種食材包裹在生菜或其他蔬菜片中食用的方式。通常以生菜作為主要的包裹食材，常見的配料則包括烤肉（如烤牛肉或烤豬肉）、泡菜、蒜泥、辣椒醬、大蒜、米飯等。吃法是將生菜或其他蔬菜片放在手掌中，加入適量的填充食材和調味料，然後捲成捲餅或包裹起來一起吃。

好偶爾放下來休息、再反覆地舉起手，當樂原先生問我手臂會不會痠，我也不抱怨任何一句話，盡量假裝自己毫不介意、正把精力全投注在電視上。他一面享受著看綜藝節目的歡愉，一面又瞥了我好幾次。

「那我就嚐嚐看味道好了。我沒有說我要吃喔！」

就在電視傳來的聲音正吵雜時，他假裝說不過我、半推半就地拿起了一塊菜包肉。好了，作戰終於要成功了。在等到他把豬腳肉放入嘴裡之前，我刻意不看他一眼，且將注意力置於節目內容，而使話題主軸聚焦於電視而非食物上。他一邊聽著我說話，同時嘴裡咀嚼著食物。我相信他一定覺得口中的食物比想像中還美味，於是我抓緊時機將豬腳夾進他的盤子裡。

「我會裝作沒看見您吃豬腳的，您要填飽肚子就請便吧。」

我說完這句話後，迅速地調高了電視機的音量。回溯他過去那些歲月，豬腳已經成了他不願再吃的食物。他看似仍有些遲疑，不過既然他已經這麼多年沒吃豬腳了，那味道肯定是超乎想像地美味才對。我為了鼓勵他嚐試突破，而表現地更加大快朵頤，彷彿我正度過著人生中最棒的夜晚、這道菜又是最讚的料理一般，洋溢著幸福的微笑盡情享受手上的豬腳。

「哇這個跟韓式辣蘿蔔乾[16]真的很搭耶。雖然這是我自己準備的，還是想感嘆一下，哇噻。如果您想要再續一盤韓式辣蘿蔔乾，我可以幫您夾過來。」

「沒關係，先不用。」

「啊，原來您還在嚼呀。」

我理解，他現在一定很混亂，明知道豬腳對他而言是很令人傷心的食物，但現在似乎不是一個值得難過的時機點，同時他肯定也在猶豫該不該夾切片豬腳來吃。我絲毫不受他干擾，繼續輕巧愉快地往嘴裏塞了好幾口豬腳。我們又看了一集綜藝節目，其實我早就吃飽了，但我毫不懈怠地配著影片持續進食。既然都已經一起看節目了，我決定要把握機會跟他多聊一點。

「我覺得吳在錫比金鎬童[17]還好笑。」

「哎呀，看來您每天只忙著做料理，所以對綜藝的世界有所不知了。金鎬童也很搞笑好嗎？」

「吳在錫搞笑多了！」

16. 譯註：韓式辣蘿蔔乾「무말랭이[Mu Malengi]」，是韓國的一種傳統食物，由白蘿蔔切成條狀後曬乾製成，常作為小菜端上餐桌。其通常以醬油、糖、醋、辣椒粉和大蒜等調味料醃製，曬乾處理後具有獨特的嚼勁，且兼具甜、酸、辣的味道。

17. 譯註：此應是將韓國著名搞笑藝人劉在錫及姜鎬童改掉姓氏後寫進書中，故漢字選擇兩位藝人原漢字名。

「好的，又是一位吳在錫腦粉～」

他一改了原先面對食物時消極的態度，趁我全神貫注看電視期間，他又吃了一片豬腳、還跟著我動筷夾了別樣小菜，再隨著時間流逝，他舉筷夾食物的動作越來越自然且頻繁了。我們一共看了兩集綜藝節目，代表時間已經過了一個半小時。

「乾完最後一杯，然後我們一起收拾吧。」

一聲乾杯後，我們飲下了最後一杯啤酒，雖然它早已沒了氣泡，但不失原先的清涼爽口。所幸有啤酒可以搭配，我的脾胃得以跟著神清氣爽，否則我剛剛已經吃太多豬腳、快要消化不良了。我心滿意足地關掉了電視，客廳由嘈雜喧鬧回歸到一片寂靜，氣流中流淌著我們各自的情感。

「很好吃耶……」

他凝視著豬腳，表情難以捉摸。那臉看起來有些慌忙，混亂到無法處理任何資訊，另一方面看起來又像承載了滿溢的情緒。我為了維持今天建立的形象，刻意克制了自己的舉止，僅是靜靜地遞給他一張衛生紙。

「難得像今晚一樣過得這麼愉快。」

「是呀。我也笑得很開心。」

「我……我有資格笑這麼開心嗎？」

「有什麼不可以？」

「我……我可以吃豬腳吃得這麼開心嗎？」

看來他真的曾經很愛過那位女生吧。這些日子裡積累的沉重悲緒將整個空間緊緊填滿，他越努力想要掩藏住內心複雜的情感，就越能從中看出他一直以來亟欲迴避的苦痛。

「現在，您是不是該送走過去了呢？」

「送走什麼？」

「嗯……送走今天吃剩的豬腳。既然我們已經愉快地飽餐一頓，現在就不留眷戀地來一起收拾吧，下一次，這張餐桌還會再擺上更美味的山珍海味。」

他靜靜地點點頭，抽走幾張紙巾後便轉過了身。為了避免他覺得太尷尬，我一邊清理餐桌一邊說道：

「其實只要您敞開心扉，您永遠都能像今天一樣有說有笑地吃這道料理喔。」

究竟對他而言，今天的豬腳有著什麼樣的味道呢？希望不要太有「離別」之感，而是他配著心愛綜藝節目嚐到的美妙滋味。食物的味道，並非取決於實際感官，而會受人的資訊解讀方式影響，就算是同樣的食物，其風味也會隨著人們喚起何種記憶有所不同。我今天以一盤能夠舒心享用的豬腳來招待樂原先生，以此望他以後不再因豬腳產生負面情感，倒只憶起我們開懷大笑的時光。

「我想吃豬腳的時候還可以再來您們店裡嗎？」

他的雙眼有些浮腫、嘴角微微上揚，臉看上去比實際年齡還要稚嫩一些。看著戰勝自己心中難關的客人、取得第二張署名後，我心中有各式複雜的情感交織，滿滿的成就感背後還藏著其他感受。細細地品嚐自己的情感，我意識到那些感受在心中激起了陣陣漣漪——我想要給予客人更多鼓勵和安慰，並且為了客人奉獻己力。那份心意促使我點了點頭。

「當然，這裡隨時歡迎您。」

層層掩蓋住真心的灰塵，也能像抖被子般拂去嗎？他的神情與剛開始相比已經輕鬆許多，而我也似乎因此獲得了一點小小的自信，我今天端給他的不僅僅是一道單純的料理。陳年的灰塵從心底飛往咽喉，又經由咽喉吐出口外，分明我清掃的是他的心靈，但我內心深處積累多時的塵灰也隨之煙消雲散——或許，在我招呼顧客的同時，也受到了他的款待吧。

顧客離開三分鐘後，我也跟著他的腳步走出門外，他大概是要回家吧，他的影子在遠處縮成了小小的黑點，不知怎的，我情不自禁地持續凝望著他的身影，同時又擔心被別人看穿，於是假裝自己要去便利商店，即使我根本沒什麼東西要買。

「歡迎光臨……」

我進入店裡，便利商店工讀生的聲音如往常般無精打采，讓人分不清楚她是真心歡迎我，還是恨不得我趕快滾出去。這透露出她的疲憊，畢竟她不得不從早到晚被囚禁在這間店裡。我按照平時習慣選購了袋裝咖啡及一杯冰塊。

「一共是三千韓元。」

我本打算拿了東西就走，但看著她的倦容，忍不住多說了句話。

「祝您有美好的一天。」

「什……什麼？啊……也祝福您喔。」

哎呦，怎麼一回事呢？收下我的問候後，她的表情似乎多了一絲明朗，她脫口說出「也祝福您喔」短短五個字時，使我多了幾秒鐘能觀察她的模樣。她的名牌無力地垂掛在制服背心上，名字是「朴輝旻」——我暗自在心中唸了一次，祝福她能充滿活力地開啟新的一天。

買完咖啡後，我又再度朝著顧客離開的方向望去，他的身影如今已經徹底消失了，我又在心中想著，希望他在未來的人生道路上，可以過得比昨日幸福。

第四章

使人轉念的秋刀魚丸

勿忘我餐廳開幕至今已經整整四十天了。經過漫長的一個月又十天，來訪的客人卻仍是少少的兩位，第二位和第三位客人到訪的間隔不應該這麼長的。我急得像熱鍋上的螞蟻，卻想不到任何解決辦法。明明在社群媒體和其他網路平臺都下廣告宣傳了，仍舊沒有一絲效果。

仔細想想，勿忘我餐廳的經營理念與方式確實會使人心生遲疑，甚至還有人留言質問我是不是邪教。剛開始我非常生氣，還想說要不要截圖下來給他們好看，但後來冷靜一想，似乎又可以理解他們抱有疑問的理由。世界上怎麼會有餐廳自稱願意為顧客免費改善偏食問題？甚至必須接受奇怪又漫長的時程安排，說什麼第一週諮詢、第二週品嚐料理……也許我應該感謝裕賢先生和樂原先生之前願意給我機會才對。啊，我直到最近才知道第二位客人的名字是「樂原」──樂原和廷原，或許是因為他的名字和爸爸十分相似，即使見到他上門有些讓人厭煩，我卻也不大忍心拒他於門外。

「今天也沒有客人嗎？」

「完全沒有人來諮詢。我快吃膩您買的豬腳了啦。您怎麼不乾脆去便利商店買點餅乾回來就好？」

「您是說對面的便利商店嗎？那裡的工讀生是不是看起來老是畏畏縮縮的？」

「是呀。但我後來發現她其實很親切。」

「我會考慮看看。話說回來，我身邊有很多挑食的弟弟妹妹，我下次一定會帶他們過來光顧的。」

我原以為，當時送走樂原先生時，他說的那些話都是客套話。但後來發現我錯了，樂原先生真的過來外帶豬腳了。沒錯，是我自己最後說出「有空再來店裡坐坐」之類的話，但沒想到樂原先生竟然付諸實際行動了。不過反正店裡也沒有客人，所以我也沒有理由拒絕他。也多虧樂原先生，原先平凡的日子都變得有趣許多。

早上，我閱讀了一些關於挑食的書籍，下午則再次複習平常不擅長的料理種類——主要是韓式料理。剩下的一些時間就用花花草草裝飾餐廳。為了使布置看起來協調均衡，我已經花費了不少心思，然而實力卻還是差爸爸一大截——我在心中唉嘆著，看來勿忘我餐廳還有一段十分漫長的路要走。重複三、四次這樣的自我檢討與懷疑之後，時間來到了晚上七點，也就是樂原先生會來店裡的時間點。我們經常一起吃飯，一起看綜藝節目，因此現在樂原先生也了解不少關於我的事情。莫名其妙地與客人成為朋友的心情十分微妙，但我並不反感。

「說不定他是個奇怪的人。妳最好小心一點。」

這是我第一次和東熙聊到關於樂原先生時，東熙對我說的話。但我過了幾天才知道，原來樂原先生不論和誰都可以相處得很好——因為，當樂原先生在餐廳遇到同時來訪店裡的東熙時，兩人竟然也能相談甚歡。

「聽說她已經在流量很高的論壇上發了文，但還是沒有客人上門。」

「嗯啊，是因為她只靠網路宣傳的關係嗎？」

「我看這個社區的電線杆上到處都貼著傳單。或許也可以試試利用實體的宣傳方式？」

「哦！您明明不是這個社區的人，還知道得這麼清楚？」

「所以您以後不要把我當成是奇怪的人了，可以嗎？」

「這個嘛，這我還不敢保證呢。」

「喂！您比忘草小姐吃了更多我買的豬腳還敢說！」

「哈哈，是這樣嗎？」

即使單單丟出了一個問句，他們也能討論得沸沸揚揚。我要是跟以前一樣沉默，不更積極地參與對話，很快就會跟不上他們的話題。我時不時交替注視著兩人，一面點頭如搗蒜，大致表示我有在認真傾聽他們講話。雖然，我當然是沒聽進去多少……

「總之，好像有不少人會撕下家教或補習班傳單上的電話號碼[18]。用這個方法宣傳一下餐廳怎麼樣？」

「只要事先取得居民中心[19]的許可，應該就可以在街道公布欄上張貼宣傳單。不過也是，想要經營餐廳，就該先以鄰近社區的居民為目標客群才對嘛。」

這話的確說得很對。我從來沒有正式學習過宣傳和行銷，所以我只懂得一直依靠社群媒體。最基礎的線下宣傳管道那麼多，居然都沒有浮現在我的腦海過。後悔也來不及了，不如趕快利用剩下的時間貼貼傳單也好，或多或少會有幫助的。

看到我豎起耳朵的模樣，那兩個人的語氣更加興奮，甚至還沒等身為餐廳老闆的我正面回應，便趕進度似的開始討論起傳單設計。

雖然我對如此飛快的進展感到有些喘不過氣，但依然十分感謝兩人幫我分擔這個煩惱。明明事不關己卻還能設身處地為我考慮到這種程度，實在不是件容易的事。不過，這兩人怎麼看都不像是在幫助別人，感覺只是像在枯燥乏味的日常生活中尋找樂子而異常興奮。或許這就是上班族逃離日復一日生活的方式嗎？怎麼樣都

18. 譯註：在韓國，傳統的紙本宣傳方式中，會在傳單下方設計可以供路人撕下的紙條，上頭留有店家、房東或補習的聯絡方式。

19. 居民中心「주민센터[juminssento]」，韓國的居民中心是地方政府設置的基層公共服務機構，似臺灣的公所及活動中心，旨在為當地居民提供多種便民服務，舉凡戶籍管理、居民登記、身分證發行、結婚登記、出生登記等基本行政服務，乃至社會福利補助申請、政府提供的育樂及文化課程等皆能在居民中心進行。

無所謂啦。他們彼此合拍，聊的開心就好。

居民中心的業務處理速度相當緩慢，不過也多虧於此，我們有充裕的時間可以擬定傳單的發放計畫。獲得居民中心的許可後，我們主要攻略大學周邊商街，然而，可以張貼的公布欄數量卻沒有想像中的多。因此，我們將剩下的傳單張貼至公寓、學生套房以及附近的店家。儘管我們三人互相鼓舞彼此，想著「我們又不是什麼奇怪的人，就只是餐廳老闆和她的親友團」，但在一群青澀大學生的笑鬧聲中，我們三個人到處默默張貼傳單這件事，看起來確實有些尷尬，看上去甚至就像是可疑的無業遊民一樣。再加上戴著遮住半張臉的黑色棒球帽，更顯得好像三個人一起偷偷摸摸地做些非法勾當一樣。樂原先生和東熙顯然不只是話多，臉皮薄的程度也是同樣誇張，這兩位的個性真的有夠難以理解，明明平時那麼能言善道，這種拋頭露面的任務卻是如此巨大的罩門，而我就更不用說了。

於是，我們三個人直到晚間才正式開始張貼傳單。雖然生理上很疲憊，但心理上的負擔卻減輕了許多。三個小心謹慎的成年人形影不離地一起張貼傳單，速度根本不可能有多快。雖然團體行動毫無效率可言，但既然都要做了，我們就開心地享受著當下。

「樂原先生，請把傳單貼好。你不知道要對準水平嗎？」

「就像貼在五〇二號的那張傳單一樣。」

「一個人負責貼，剩下兩個人負責碎碎唸欸！有效率個鬼。」

「啪—」，東熙忍不住捶了幾下樂原先生的後背，要他工作得更確實些。挨打的樂原先生抓著後背，裝作很痛的樣子。

「叫警察啦，要叫警察啦！」

多虧幽默的兩位夥伴，就算晚上十點我也絲毫沒有感到疲憊。但看到那堆還沒貼完的傳單，我的頭就痛了起來。

「剩下的全交給我來貼吧。」

「還剩這麼多，您打算貼在哪裡？」

「琴貴妃餐廳附近也有幾個公布欄。」

我不能耽誤明天還要上班的人到這麼晚。我承諾會請他們吃頓大餐，接著便想打發他們回家了。原本樂原先生非常堅持說要開車送我回去，但我也不想當這麼厚顏無恥的人。

「您只關心忘草喔？那我呢？」
多虧了像樂原先生一樣機靈又調皮的東熙，這荒謬的鬧劇才得以高速落幕。兩人繼續你一句我一句，一邊上了車準備離去。我朝著兩人揮了揮手，祝他們一路開開心心地回家。

老實說，我想要獨自一人在琴貴妃餐廳附近張貼傳單是另有原因的——我打算和媽媽一起回家。不久前和她大吵一架的事，我至今仍耿耿於懷，好久沒當媽媽的好女兒了。其實，最讓我擔心的是母親大不如前的身體狀況。每當夜幕低垂，回家的路總顯得特別漫長，我不想放著媽媽獨自走這段漫長的路。匆忙地完成傳單張貼的工作後，我趕緊來到琴貴妃餐廳的大門口前等她。接著映入眼簾的，是她疲憊不堪的臉龐。

「嗨！我來了。」
「哦？怎麼一回事？妳怎麼在這裡？」
媽媽的體力正迅速地一點一滴耗盡，今天的她，看起來又比昨天疲憊許多。在無邊的夜色中，媽媽的蒼白的臉色更加明顯，甚至不是因為月光的關係。一陣心酸又再次如洪水般在我的心頭氾濫。此時此刻，我在熄燈的餐廳前凝視著媽媽，就僅有這臉龐，總讓我顯得與平常的狀態截然不同。我跟媽媽肩並肩踏上回家的路，幸好我們很有默契地互不對看，這樣多少能壓下我內心的雜緒。

「今天也試了很多食材嗎？」

「是啊，辣的食物很多，所以胃又有點不舒服。」

「媽！拜託妳好好照顧身體好嗎？」

我的情緒又逐漸激動，越是想忍住那股感傷，就越難以抑制心中的怒火，忍不住口氣大聲起來。媽媽最近很常消化不良，這點讓我很害怕。我們不是說好要健健康康的嗎？為何媽媽總是這樣糟蹋自己的身體？看來非得我趕緊接下餐廳才行了。我不想看到媽媽面黃肌瘦的憔悴模樣，但媽媽不可能永遠不生病，這點我也很清楚。這是因為人們能做的有限，所以才更加害怕。想到這裡，我的手不由自主的顫抖著。

「妳也太浮誇了，到了這把年紀，哪有人沒有一點病痛。」

媽媽用溫柔無比的聲音說著，一邊把我的手臂拉得更緊。媽媽挽著我的手臂，我則更加貪婪的扣上她的手指，全身的恐懼透過交疊的十根手指原封不動地傳達給了她。我其實倒希望她發火，如此一來便可以強迫自己放下。但媽媽溫柔和藹的嗓音，讓我找不到生氣的著力點，更因為覺得虧欠而控制不住眼淚，同時摻雜著一些厭煩的無力感。於此同時，媽媽的體溫彷彿不考慮我的心情，自顧自的傳導著無盡的溫暖。

我只好迅速地轉移話題，把我今天和樂原先生與東熙在一起的點點滴滴一絲不漏地說了個遍。回家的路格外漫長，特別是今天，就算和媽媽在一起也一樣長的可怕。

七天，是足夠盡情胡思亂想、乃至奮力絕望的時間。折騰了整整一個星期，甚至傳單也都貼完了，還是沒能看見任何效果。媽媽筋疲力竭之情況日漸嚴重，好似置於室溫醃漬的蔥辛奇[20]日漸癱軟一般，讓目睹這一切的我壓力越來越大。我無論如何都想收集簽名讓契約成立，甚至考慮乾脆僱用幾個假顧客來加快進度。雖然樂原先生和東熙兩人為了緩和我的焦慮而一搭一唱地安慰我，不過安慰的效果沒能持續太久。正當所有的鼓勵都要變得無用之際，我們終於收到了如救命稻草般的申請書，當時正在剝蒜頭的我們忍不住大叫了出來。我一直在想，如果還沒來得及收到任何申請，餐廳就倒閉了怎麼辦。幸好我們有救了。雖然好不容易才多一位客人，但感覺卻像是獲得了大救兵。

東熙說她認識我們的第三位客人。這位客人是證照補習班的負責人，在我們社區的精華地段內經營好幾間規模不小的補習班。雖然申請書上沒有在任何一處要求客人提供個人身分資訊，但東熙看到申請書最後面寫著「郭泰俊，三十六歲」的字樣後，她便知道對方的來頭。他的補習班有著堪比全國連鎖補習班的競爭實力，而面對這個有著舉足輕重影響力的大人物，東熙警告我必須更加小心。

「如果被抓到什麼把柄，恐怕就再也無法在這個商圈立足了。」

雖然不知道只是提供個食物而已，能抓住什麼把柄，但我還是隱約有些害怕。大學周邊的確是個不錯的商圈，但如果得罪郭泰俊這個補教界大佬，我們大概就要和這個地方說再見了。不過即使如此，我也沒有理由因為害怕而拒絕客人。

第一次見到第三位客人時，有兩件事很令我訝異。第一，是他不是「他」，而是「她」。她說那是她的本名沒錯。可能我見識淺薄，完全沒有想過會有女性的名字叫做泰俊。幸好她說這個誤會時常發生，自己早就已經習慣了，因此完全不以

20. 譯註：「파김치[pagimchi]」，整根蔥醃製而成的辛奇。韓文中會以蔥辛奇形容人筋疲力盡、有氣無力的樣子。

為意。第二，他，不，她給人非常不修邊幅的感覺。會這樣說不是因為她那能清楚地看到耳朵的那頭短髮，而是因為她喝水的時候都一口乾掉，說話的時候聲音更是異常宏亮。諮詢剛開始沒多久，就用有些沙啞的嗓音問我有沒有可以抽菸的地方。

「我們沒有設置吸菸區。」

泰俊小姐乾笑一聲後，毫無避諱的提出了她的「建議」。

「您這樣生意做得下去嗎？」

這句話完全擊中了我的要害。當要開始正式進入挑食諮商時，她把雙腿張開，就像地鐵裡會給其他人帶來困擾的乘客一樣。看上去是十分放鬆的姿態，但也伴隨著些許虛張聲勢，就像為了隱藏瘦弱的軀體而刻意仰起下巴的蜥蜴一樣。

「來讓我嚐嚐看秋刀魚吧。」

泰俊小姐用彷彿要刺穿我的眼神看著我說道。好的，這次是秋刀魚。我的腦中浮現出一條活蹦亂跳的銀白色魚。她接著講起她的故事，且一邊習慣性地用手來來回回撫摸著她的下巴。

「我只要看到秋刀魚就很生氣！在我小的時候，爸爸常說，就算家裡很窮也要適時補充蛋白質什麼的，所以時常烤秋刀魚給我吃，媽的。」

突如其來的強烈用詞，令我一時之間不知如何是好。她當然不是在罵我，但罵髒話對她來說似乎太過習以為常，一點也不像在經營補習班的人。

「只要想起不堪回首的過去，我就上火。幸好我咬緊牙關，拚命地努力到現在的生活。雖然我再也不用花錢買秋刀魚來吃，但只要看到秋刀魚就還是會很一肚子火，因為這會讓我想起非常窮酸地吃秋刀魚度日的過往。我討厭爸爸，討厭那個鋪著廉價黃色地板貼[21]的老家。秋刀魚的確是很便宜的魚，對吧？又髒又臭，根本一文不值，我最討厭那種食物了！爸爸過世之後，我終於可以不用再吃秋刀魚了。我現在吃飯都只吃香噴噴、美味又高級的東西，但我又總是會時不時想起秋刀魚。媽的，我都多久沒吃了！」

泰俊小姐的眉頭皺成一團，但奇怪的是，她看起來並不像在生氣。尖銳的語句與漸漸激昂的聲音背後，肯定隱藏著某種特別的情感。她似乎正用憤怒極力掩蓋著不願被揭穿的真相。同樣都是已和父親訣別，她卻有著我不曾體會過的情感。

泰俊小姐的父親是釜山影島[22]人，是個職業船員，所以泰俊小姐也算是在海邊

21. 譯註：一九七〇至一九八〇年代，韓國曾流行在住屋鋪上塑膠製黃色地板貼，在當時因便宜實惠而斬獲人氣，後來大眾觀感則較傾向視之為窮酸廉價的象徵，普及程度也不如過往。

22. 譯註：影島「영도）[Yeongdo]」位於韓國釜山廣域市，以其獨特的地理位置和豐富的歷史文化聞名。影島屬釜山港的一部分，四面環海，擁有美麗的海岸景色和繁榮的漁業。

出生長大的，她說她並不是打從一出生就討厭吃海鮮。只是從小成長環境窮苦艱難，父母親離異後，父親獨自一人扛起家計，但靠一個人養活全家人這件事並不輕鬆，為承擔這重責大任，父親刻苦耐勞地辛苦了大半輩子。然而，無情的大海卻帶走了這樣的父親，殘酷的現實逼迫泰俊小姐小小年紀就肩負起承擔家計的責任。

她當時選擇的方法是半工半讀。當時，家中經濟狀況困難到她連畢業旅行都去不了，她也早早便放棄了讀大學的這條路。她以她那不同凡響的頭腦力爭上游，通過各種資格考試後，便開始以亮眼的經歷接起了家教。她說她為了能在競爭激烈的教育領域中，以高中畢業的身分殺出一條血路，她已經用盡了這輩子所有的運氣。在所有人都不認可她的情況下，她只能倚仗自己擁有的才能，靠自己的雙手拚命地活下來。這樣的坎坷路途造就了現在的泰俊小姐。

她沒有理由要順從他人的想法過日子，況且她也不能成為那樣隨波逐流的人。她一字一句地描繪了她從當家教、工讀生，一直到成為補習班園長這段荊棘路。我甚至完全無法想像，究竟在她經歷這一切、再長成今日如此暴躁粗俗的人以前，過往真實的個性又是如何。

「就算您沒辦法改正我的挑食習慣，我也不會責怪您的。因為『不要責怪學生』是我補習班的座右銘。」

「真是特別呢！」

明明我才是要服務她的人，泰俊小姐卻講得好像她才是提供服務的那方，這應該是職業病吧。我們聊了各式各樣的話題，但其中將近兩個小時，是她又繼續補充她人生故事的詳細內容，關於她是如何一路撐過來的那些艱辛諸如。雖然是故事令人辛酸，她卻從未在難關前退縮。她至今依舊無懼一切，這氣場甚至或多或少和她的年齡不大相符。這和樂原先生要講故事之前，東扯西扯了老半天始終想隱藏自己的模樣大相逕庭。泰俊小姐向我吐露了她的人生奮鬥史，而說故事的過程中，她並沒有展露出一絲自卑或丟臉，我也絲毫看不見她有任何悲傷。不過，這不代表她和樂原先生迥然不同，他們心底都藏著各自的難處。

我在聽她的故事時，腦中浮現了關於秋刀魚的一切——腥味重、體型不大，價格便宜而上不了檯面的小魚，就連韓文名字唸起來都很廉價，一邊持續思索她心中厭惡之情的源頭何在。我們談話結束時，她遞給了我一張她的名片，並告訴我，如果她需要繳納任何費用，我可以透過名片的聯絡方式聯繫她。「負責人／CEO」，姓名「郭泰俊」的三個字後面標記著她引人注目的身分。

就像我們剛見面時一樣，她又以豪爽宏亮的聲音向我打了招呼告別，不過臉上原先緊皺的眉頭已經徹底舒展開了。她昂首闊步地走出餐廳，此後也是頭也不回地離去。我從沒見過像她這樣步伐端正而毫不偏差的人。她不管面對什麼樣的困難，都會全力以赴。相較於她的故事，她那總是挺直的腰桿時，更令我印象深刻。而我不禁又想，在她那坦蕩使出渾身解數的背後，還藏有什麼飽經風霜的故事呢？

「我是怕妳會對她產生偏見，所以才沒跟妳說的。」

東熙和我說了關於泰俊小姐的各種傳聞，像是「聽說她的交往經歷豐富，還會用一筆筆封口費打發走男人，名字也是因此改掉的。據說她現在的交往對象是演藝圈的明星，而且還和教育部裡的高官們有交情」等流言蜚語。原來她是這個地區的大名人啊！難道是為了成為大家茶餘飯後的話題，她才選擇不作任何澄清嗎？原來費盡心血讓聲名遠播的代價，竟是承擔不計其數的惡意嗎？還有傳言說，她自己雖然也很清楚世人對她的議論，她卻反而很享受這些關於她的傳聞，畢竟大家常常說「人紅是非多」，故身為舉世聞名的企業家，難免會遇上意圖抹黑她的人……東熙僅憑那些繪聲繪影的街坊巷議，就作出了未經證實的貶低。

直到聽到泰俊小姐的背後那段一段令人鼻酸的故事時，東熙才沒有再繼續說下去。她能享受現在的甜美果實，都歸功於過去的刻苦耐勞與堅持不懈，她才得以一路走到今天。也許泰俊之所以堅持走過的荊棘之路，就是不承認這個否定她努力的世界。我想，或許像是泰俊小姐這樣透過單憑一己之力改變自身處境的人，本就難以被這個世界認可吧。

樂原先生只是靜靜地聽著我們的對話，那張樂天的臉在當下的氣氛顯得格格不入。

「話說回來，我覺得滿奇妙的。最近的秋刀魚價格沒有以前那麼便宜了。」

他點了幾下手機，隨即拿了一張照片給我看。那是一盤新鮮的生魚片拼盤，看起來十分新鮮可口。即使隔著螢幕，我似乎也能聞到大海的香氣。

「這是我之前去鬱陵島[23]時吃的秋刀魚生魚片，這盤其實比想像中還貴很多。」

他說起當時因為抵擋不住生魚片店店員的熱情拉客，而勉強吃了一盤秋刀魚生魚片的回憶。他說秋刀魚生魚片這種東西，價格很貴，還要擔心會不會被店員騙而花冤枉錢，而且送上桌的東西又只有那一點點，所以他當下差點因此發火。但是

23. 譯註：「울릉도[Ulleungdo]」是位於韓國東部海域的一座島嶼。

吃了之後確實被驚豔到了。那口感就像鮪魚生魚片一樣滑嫩順口，而且幾乎沒有腥味，既新鮮又美味。

由於我不曾把秋刀魚當作料理的主要食材，我對秋刀魚可以說是一無所知。不過當然，就像泰俊小姐所說的那樣，提到「秋刀魚」一詞時，腦中浮現的形象與高級感相去甚遠。一般印象裡，秋刀魚紋理易碎，肉質乾皺，散發出來的腥味也很濃厚，所以當我聽到有秋刀魚生魚片這種料理時，也感到十分意外，因為秋刀魚不是屬於料理方式多變的食材。但即便如此，我認為秋刀魚人仍然不應該成為貧困的象徵與出氣發怒的對象，對此，樂原先生也對我的意見表達了同感。

「這個世界上究竟能有多少表裡如一的東西呢？有的事物看起來很寒酸，並不代表它的本質毫無價值。」

這是我對裕賢先生說過的話。很高興能從別人的口中聽到同樣的意見。他說得對，不能以貌取人。

樂原先生豪爽地伸出了一根手指。指尖方向的盡頭是勿忘我餐廳的木製招牌，這是媽媽親手做給我，也是這個餐廳的象徵。我和東熙的眼神在那塊招牌和樂原先生的臉之間來回移動。

「這人現在是……？」

讀出樂原先生的言下之意後，我忍不住用手肘輕輕撞了他的肋骨。竟然敢偷損我們餐廳呢。

「哎呀，聽我解釋。光看這個勿忘我餐廳的外觀，誰會知道這是間這麼了不起的餐廳呢？就算進門了也不見得知道呢。如果看到店裡沒有半個客人的樣子，說不定還會以為這是一間讓客人更挑食的餐廳呢！但是，看看我，我因為這家餐廳治好了挑食，現在才能像這樣用芝麻葉包著豬腳大快朵頤啊！我還能一次吃兩塊呢！所以說事物背後隱藏的真正價值，如果不用心去瞭解是不會知道的！」

樂原先生一邊把包著豬腳的芝麻葉胡亂往嘴裡塞，一邊搖著頭。這個舉動是為了要努力證明他剛剛說的話，我也明白他說的話一點也沒有錯——雖然這舉例的對象顯然選得不好……由我獨自經營的勿忘我餐廳雖然規模小又簡樸，但有著莫大的理想與抱負。這裡是承繼父母之命、由我擔起大樑，並且為我奠定往後事業基石的空間。

在我的記憶中，以前琴貴妃餐廳的空間又小又狹窄，而這裡就如同過去的琴貴妃餐廳一樣。爸爸以他的審美觀與巧手布置了他們的餐廳，就連客人的腳步會觸及的區域也都放滿了花朵，爸爸獨特的美感固然創造了算得上是精心布置的餐廳，但這也使琴貴妃餐廳和刻板印象中的高級餐廳完全沾不上邊。儘管如此，凡是來用過餐的客人，最後都成了常客，他們都在該處得到了屬於自己慰藉和喜悅。雖然從外觀看不出來那個空間究竟是植物園還是餐廳，該地卻帶給了人們無限的能量與勇氣。對人無窮無盡的關懷，對料理的無限熱愛，這些就是琴貴妃餐廳的成功因素。我要以勿忘我餐廳繼承爸爸的理念，這塊木製招牌背後就是蘊含這些看不見的故事與過往。

「妳用手肘戳人怎麼這麼痛啊！真是的！」

「開這什麼玩笑啦……」

我頓時豁然開朗。我的目光從還在那喊痛的樂原先生身上，移轉到沒有盡頭的窗外。世上沒有食材是生而卑賤的，就連被認為是救荒食物的馬鈴薯，其價值也會根據調理方法而有所差異。我認為秋刀魚也是一樣的。賭上勿忘我餐廳的名譽，我一定會提升秋刀魚看似微不足道的價值。看看我的餐廳就知道了！這世界上並非所有事物都能透過表象判定出它的價值，也沒有事物永遠是窮困潦倒的象徵。

媽媽把神仙爐[24]借給了我。這原本是琴貴妃餐廳在用的，但由於客人對宮廷料理的需求較少，所以媽媽可以借給我。或許是因為在琴貴妃餐廳中也不常使用，所以它還散發著光澤，我只需要用乾抹布擦拭表面、稍微清潔一下，它便能呈現出黃金般的光芒。這一次，味道固然重要，但在擺盤上更需要格外用心。我必須盡最大的努力，作出華麗而高級的料理。而這次預計派上用場的神仙爐，也能為這道料理增添卓爾不群的高級感。

但要做什麼料理呢……

「媽媽，妳用神仙爐吃過的料理中，最華麗的一道菜是什麼？」

雖然我跟媽媽借了神仙爐的鍋具，但我也只規劃到這裡而已，現在才要開始決定該做什麼樣的料理。

「妳爸做的宮廷炒年糕[25]。」

辣炒年糕？這個回答顯然沒什麼幫助，我甚至懷疑媽媽在逗我。不過當我看向媽媽時，但她的表情顯得格外真摯，看起來不像是在開玩笑。雖然我也吃過爸爸

24. 譯註：神仙爐「신선로[Sinseollo]」，是中間有洞可以放炭火的器皿，將肉、海鮮、蔬菜等材料做成的小煎餅圍著炭火桶周邊擺放，再加入高湯邊煮邊吃，屬於典型的宮廷飲食。

25. 譯註：宮廷炒年糕「궁중 떡볶이[Gungjung Tteokbokki]」，是一道可以追溯至朝鮮王朝時期的傳統宮廷料理，與當代的韓式辣炒年糕有所區別之處，在於宮廷炒年糕不以辣椒醬為基底，其調味只要仰賴醬油、蒜泥、芝麻油等。

做的神仙爐宮廷炒年糕，但我期待媽媽回答除了這個以外的答案。

「妳不相信嗎！妳爸拿出神仙爐，都只有煮過炒年糕給我，因為他說他不擅長宮廷料理。」

「媽，那妳親自用神仙爐做過的料理中，最有自信的是哪道料理？」

「宮廷炒年糕。」

「媽媽，我不是在開玩笑欸。」

「就跟妳說了，妳爸只有教我做過辣炒年糕，他是宮廷炒年糕達人。」

我不可能用神仙爐做秋刀魚辣炒年糕，怎麼想都覺得這太詭異了！媽媽似乎也覺得她的回答完全沒幫助到我，只好露出尷尬的表情。但是我大概可以猜到爸爸為什麼要一直教媽媽做宮廷辣炒年糕，因為媽媽最喜歡的食物就是辣炒年糕。而爸爸和媽媽相反，他不喜歡吃澱粉類料理。

神仙爐宮廷炒年糕有別於一般的辣炒年糕，以烤肉醬為基底的湯底會加入大量開水，熬煮而成較為清淡不濃稠的高湯。也因為這是道碳水化合物比重較高的料理，因此為了均衡營養，還會加入各種蔬菜和肉類一起熬煮。也許有人會認為這道料理比較接近年糕湯而不是炒年糕，但是這道料理不會將年糕置於湯中長時間燉煮，所以年糕還能保有年糕湯沒有的嚼勁跟口感。此外，再額外用來添加風味的辣椒粉，也在一定程度上保留了辣炒年糕獨有的辣味。有著這種全方位的味覺饗宴，也難怪媽媽總說，享用神仙爐宮廷辣炒年糕後，便可以感受到被全心全意、無微不至招待的感覺。雖然對某些人來說只是一道普通的麵點料理[26]，但對媽媽來說卻是最珍貴的饗宴。我記得每次爸爸做宮廷辣炒年糕給我吃的時候，我便會選擇拒吃正餐的飯，只等著爸爸將那鍋炒年糕端上桌。當一道料理，搭配上神仙爐和優秀的廚師，無疑便能獲得全新的生命。

爸爸之所以連自己不喜歡的辣炒年糕都能這樣發揮創意，其實有著很簡單的理由——因為他就是那麼深愛媽媽。「成為廚師之前，要先懂得愛人」——第一次對我說這句話的人，不是媽媽，而是爸爸。我突然想起了小時候和他的對話。

「我好像知道我的夢想是什麼了！我想成為像爸爸一樣的人！我長大要當廚師！」

「聽到妳這樣說爸爸很開心。我是在三十歲的時候出來自己開餐廳的。總有

26. 譯註：麵點「분식[bunsik]」，韓文漢字為粉食，指涉以澱粉為主要食材製成的小吃，韓式粉食通常包含辣炒年糕、紫菜包飯、煎餅、魚糕、炸甜圈等食物，這類食物通常價格實惠、方便快捷。其起源於韓戰後經濟困難的時期，麵粉類為主食的食物較能簡便又得溫飽，而成為重要的庶民飲食，至今，販售這些小吃的粉食店仍受到當代學生及上班族的歡迎。

一天，我也會把這家餐廳留給妳。」
「就算是現在也可以！我要跟著爸爸學做料理～」
「比起做料理，小孩子應該享受其他更有意義的事。忘草，妳應該像『勿忘草』一樣，既能綻放出美麗的花朵、也在失敗中體驗枯萎，並且在挫折中重新成長茁壯。忘草，妳也想和爸爸一樣，經營這間餐廳嗎？」
「嗯！我想！」
「我相信我家寶貝女兒肯定能比我做得更好的！等長到爸爸開餐廳的年紀時，相信妳一定會很優秀，能把這裡經營得有模有樣吧！妳應該雖然這樣講可能會讓妳覺得壓力很大，但希望妳的三十歲能在我們的餐廳裡大放異彩。」
「我一定會的。打勾勾！」
「妳真的能做到嗎？這條路應該會很辛苦喔！」
「會啦！我一定能做到的。打勾勾！」
「好，和爸爸約定好了喔！擁有夢想就像是在心中蓋一座永不停止轉動的風車。但是，單憑一己之力是無法讓風車轉動的。在未來的生命中，祝福妳遇到能助你一臂之力的風，並且找到一片無邊無際、充滿養分的寬廣大地。」
爸爸做的料理中，每一口都充滿了愛，那份情意我們至今難以忘懷。我又不禁再次沉浸於對爸爸的思念之情當中。他活在這個世界上的時間實在過於短暫，那些假借愛的名義，一次次從舌尖滑入他口中的糖與鹽，都成了最致命的毒藥。爸爸平時胃就不好，在被診斷出患有胃癌後，他把所有的料理祕訣都傳授給了媽媽，而媽媽則成了每天在廚房裡以淚洗面的徒弟。

就像和惡魔簽約一樣，媽媽從爸爸那習得的料理實力，彷彿是以爸爸一點一滴逐漸流逝的生命為代價換取而來的。當媽媽將所有料理都學會的那一刻，爸爸便留下了他最愛的我們母女倆，與這個世界永遠道別。他離開前的最後一句話是：「貴妃、忘草，對不起，我沒辦法繼續守住愛的庭園了。」當時，我只有十歲。我想我這輩子永遠也忘不了那句話。他是我和媽媽生命中的第一個，也是最後一個園丁。他離開後，我們母女倆哭了好久、好久……琴貴妃餐廳有好長一段時間無法正常營業。

總是被熾熱陽光直射的琴貴妃餐廳中，處處可見爸爸的愛。小小的盆栽、餐廳入口處的紅色花草、收銀臺上已然開花的仙人掌……這裡處處是爸爸留下的痕跡——這對我們母女太殘忍了，我們不願成為茂盛花園裡唯一枯萎的花朵，只能擦乾眼淚站起來，打起精神重新營運餐廳。我們收下了爸爸送給我們最後的禮物，持續奮鬥至今。因此，我一定會成功簽約，接手讓琴貴妃餐廳能繼續營業下去。

還是把注意力再次拉回到神仙爐吧。我一定會作出能讓客人感到幸福的料理。將她嗤之以鼻的貧窮轉換為令人吃驚的華麗，把她棄若敝屣的秋刀魚化作最順口的佳餚。我將放在書架角落、遍布灰塵的世界宮廷料理書拿了過來，順手用溼紙巾擦去了表面的灰塵後開始翻找——我的目標是最華麗、最高級的料理。我相信我能做到。此時此刻的我，決定嚐試將我的愛灌溉於泰俊小姐身上。我並不同情她，我只希望她的臉上能時時刻刻洋溢著幸福的笑容。就如同爸爸為媽媽做辣炒年糕一樣，我也做得到的。

我必須能做到，我一定要在三十歲之前接下……

中華圈的麵點料理以港式飲茶中的點心為代表，它通常是一口的大小，可以輕鬆入口，但麵點的正式名稱卻有別具意義的緣由。在中文裡，麵點被取名為「點心」，據說意思是在客人的心中畫上一個點。不難想像，這是廚師濃縮一切努力，只為了用一塊點心觸及到客人的內心的精緻料理。因此，點心乍看之下與餃子十分相似，但點心的種類卻更加豐富，就連形狀也有各種花樣。雖然點心也能被歸為餃類的一種，但點心有著超過三千年的歷史。點心可以用來招待各式各樣的人，能創造出給王室享用的宮廷料理、也能成為一般的庶民美食。這些是從書中得到的提示。

吸收消化以後，我最後鍾情於了屬於點心之一的丸子。畢竟海鮮與肉不同，油脂較少且不易成塊。如果用來包餃子的話，外皮容易破裂導致口感不佳。沾麵粉做成炸秋刀魚排也是一個選項，但這若用神仙爐來盛裝，似乎又不大合適。不過，如果做成丸子的話應該頗為可行。把秋刀魚肉和麵團揉勻後煮熟，再以榨菜包裹、以去除腥味，最後留下專屬海洋的鹹香滋味，再用蔬菜和大醬肉湯熬煮一段時間後，將辣椒絲、雞蛋絲、白菜、馬鈴薯、蘿蔔等一起煮沸，鎖住食材原味間的平衡——「秋刀魚丸湯」大功告成。

泰俊小姐在不斷冒著熱氣的神仙爐前撮起了嘴，止不住地發出感嘆。

「哦哦，這道料理是給我吃的嗎？我還以為您會準備烤秋刀魚給我，所以老早做好了不吃的決心了呢。」

她一邊用筷子和湯匙攪拌著熱湯，一邊以觀望的口氣說道。她那覺得新奇的表情令我記憶猶新。今天的餐桌布置得極其華麗，從碗盤到湯匙，所有餐具都選用了金色。雖然鈦合金材質的餐具實際上不是由真正的黃金製成，但反而比黃金更加閃亮奪目。其餘的配菜也都挑選了高單價的食材，因此花了我不少錢。不過，如果能看到泰俊小姐心滿意足的樣子，那就值得了。但還是必須考量到餐廳的預算並非無限，所以我在有限的金額內，最大限度地採買了食材。

她看起來似乎不太習慣被這樣不求回報地對待。雖然她經常獨自享用高級料理，但她說這樣的料理她還是第一次見到。想來世上應該沒有任何人吃過秋刀魚丸湯吧。她忙著拿出手機拍影片，口中的驚嘆卻也沒有停下。

「秋刀魚在哪裡？這個用榨菜包住的、圓圓的東西是什麼？」

她先用手搧了搧，試圖聞味道，卻沒有聞到任何腥味。她歪著頭，帶著懷疑的表情數度表達，眼前的食物和她印象中的秋刀魚非常不同。

「烤秋刀魚、燉秋刀魚、醃漬秋刀魚，沒有一項是小時候沒吃過的。但這樣的秋刀魚還是第一次，爸爸沒有用秋刀魚做這個給我吃過。這個沒有那種熟悉的土味，所以感覺可以接受耶。我就勉強試吃看看吧。」

我只是點點頭，什麼話也沒有說，一邊把湯盛到她的碗裡。泰俊小姐仔細地端詳那碗湯，她一下滾動了被榨菜包住的魚丸、一下再以筷子戳了戳試探它，慎重到這個丸子好像會要了她的命一樣。她如貓咪般擺弄食物好一會兒後，才終於將一顆丸子和湯一起放進嘴裡。她的動作看起來一貫豪爽，卻又有一種說不出的刻意跟虛偽。

「好吃欸。這明明是秋刀魚，但卻沒有腥味。不是我討厭的那個味道。」

她瞪大了眼睛，一邊自言自語。也許是這道料理合她的胃口，讓她表情激動地舀起了第二勺。

「請慢慢享用。」

為了讓她靜靜地品嚐久違的秋刀魚料理，我悄悄地離開位子，走到廚房製作檸檬水。我在冷水中倒入少許的檸檬汁，再加入約為水量三分之一的氣泡水。這檸檬水能幫助消化，喝完湯也可以用它漱漱口。連水也這樣耗時加工，確實有些麻煩，但我必須讓她知道，我為了她付出了這麼多的努力。

「這個秋刀魚是從哪裡空運過來的？您是特地買高級食材嗎？」

事實上，這道費心又耗財的料理中，唯一沒有特別篩選的就是秋刀魚。

「魚肉是我直接從市場買的，五隻五千韓元。」

「您不要騙我了。這是從哪個高級食材專賣店送過來吧？市場買來的秋刀魚不可能煮出這種風味的。」

我從冰箱裡拿了一個水桶過來，裡面裝著做丸子用剩的秋刀魚肉塊。蓋子一打開就飄出明顯的腥味。

泰俊小姐皺著眉頭要我趕快把水桶拿走。我照她的意思，馬上將蓋子蓋上，讓桶子離開她的視野。我想，這應該足夠證明今天的秋刀魚是從哪裡來的了。

「食材沒有優劣之分，只是依照料理方式，味道會有天南地北的差別。」

看一眼神仙爐——她已經吃得差不多了，我把檸檬水放在她的左手邊。現在我只剩下一件事情要做了。

「我認為人也是一樣的，在不同的環境找尋最適合的生存方式。如果當時您和父親的生活富裕的話，您父親肯定也會選用好的食材製作料理，不過環境並不允許他作出其它選擇。但他還是非常愛您。即使家裡經濟拮据，您的父親依舊總是貼心地為您準備蛋白質，不是嗎？雖然秋刀魚這種東西很便宜，不過它的營養價值卻是貨真價實的。儘管您不喜歡，但不能否認這一切都是出自於您父親對您的愛。」

泰俊小姐聽了我說的話，搖了搖頭，表現出了完全無法接受的態度。

「不，您不要再幫我爸爸找藉口了，他就只是窮而已。我就是跟著一個不爭氣的爸爸一起艱困地成長，我的過去就像那個水桶裡的秋刀魚一樣，腥臊難聞又微不足道。說實話，您給我吃的魚丸就只是虛晃的招式而已，即使外觀華麗，本質卻從沒變過。同理，我度過了悲慘的童年是不爭的事實，所以我還是怨恨著我的父親。」

「若是如此，您怎麼會想要來到敝餐聽改善偏食呢？您大可以繼續怨恨，繼續拒秋刀魚於門外，不是嗎？」

泰俊小姐沒有回答，原先總是奮力掙扎的她竟然沒有嘗試任何反駁。她就像是力氣用盡一般，露出從未見過的恍惚呆滯神情。我們事前並不認識，當然也不會是我要求她過來我的餐廳用餐，而是她自己主動來到這裡說要改正挑食習慣的。我相信她的內心深處肯定有不可抹滅的意志，任何努力嘗試改變自己不好一面的人，都有受到真心對待的價值。我只是靜靜看著她，但沒有打算繼續追問。在冒著熱氣的神仙爐中，我看見了泰俊小姐那張有些糾結的臉。

「是啊，為什麼總是會不自覺想起秋刀魚呢？我也不知道。」

也許原因非常簡單，只是她沒有親口說出來。本來想說如果她能自己說出來那就好了，但或許是她的生長背景，使她變得成為不願承認自身軟弱的人。所以我決定改變策略，是時候輪到我再助她一臂之力了。

「我想，人的心意是沒有優劣尊卑之分的。不論是您過去或是現在的人生都一樣，您跟爸爸都沒有比任何人卑賤，那份敵意，並非來自外部環境或他人的視線，而是您自己打造出來的。」

如果回憶起和父親在一起的時光，就必然會連結到「貧困」一詞，那肯定異常痛苦，畢竟她是多麼想要掙脫那份寒酸，這下子回憶過往、面對貧窮便不是一件令人愉快的事情。然而，那份痛苦的盡頭有某個人的身影，即使她奮力地怪罪貧窮、否定過去，她的心底卻是非常想念他的，實際上被封印在時間裡人的是誰，顯而易見。

我希望泰俊小姐能好好反思，並找回與自己生命緊緊相連的命脈。即使過去的生長環境迫使她展現出強悍的一面，她應該也還是會想找回生命的根源與連結，這就像秋刀魚即使做成高級的魚湯料理，也還是保有部分原來味道，這也像爸爸以愛和真誠為基底製成的辣炒年糕，其在神仙爐中搖身一變為華麗的宮廷料理，卻仍不失它的本質。在本質和變化的共存中，她終將找到答案。

泰俊小姐用雙手在臉上來回磨蹭臉，停下動作的同時也深深地嘆了一口氣。過了一會兒，她用釋然的表情看向我。

「人的心意……是啊……我想念我爸了……」

我留下一條手帕，並靜靜地暫時離席，把這個空間與時間留給泰俊小姐自己，她將面對那些過去一直逃避、否定的感情。儘管是再怎麼強大的人，也有一塊時常思念的軟弱，強悍的外表背後，總是有不得不撐下去的悲傷。即使在艱困的環境中堅持了好幾年的人，心臟也依舊無法刀槍不入。人的心永遠都是柔軟的，無論是誰都一樣。

「我下去一樓拿個信。十分鐘後回來。」

無論是那個曾經為她擋下世間險惡的爸爸、還是那個年紀輕輕就自力更生的她自己，在這個世界上的所有人，都需要一個依靠、一個避風港。我想，對於這麼聰明的泰俊小姐來說，體悟這個道理應該不需要很久的時間。只要十分鐘，應該就足以讓她意識到她過去一直逃避的內心感受。

我回來的時候，她的眼睛比之前更加水潤，並且閃閃發亮。

「店裡是不是太安靜了？」

我連忙打開了電視，轉到音樂頻道，結果傳出完全不符合現在氛圍的搖滾樂。我慌慌張張地反覆切換頻道，想要選首寧靜的音樂。

「選個音樂還真不容易。」

「……謝謝您。」

「謝什麼？音樂嗎？」

「對。還有別的也很謝謝您。」

幸好她是一個成熟幹練的大人，讓我趕緊轉移話題也整頓一下心情。

第三張署名長得無比華麗，簽名簽的是泰熙而非更名後的泰俊，無法輕易改過來的簽名就和本人的固執一模一樣。對我來說，飽含本人故事的簽名，是成就感的來源。我也不由自主地露出了微笑。她看向我，用低沉的聲音留下了她的感想。

「老闆，您的父母肯定都是很好的人。」

真不愧是教育界的專家，有十分出色的洞察力。她一邊走出餐廳，一邊向我提出了最後一個問題。

「如果我從今以後不再吃秋刀魚了，怎麼辦？」

我毫不猶豫地回答：

「即使失敗，我也不會說什麼的。因為，『不要責怪客人』是我們餐廳的座右銘。」

今天我第一次看到她開懷大笑。那無憂無慮的模樣，就和想起爸爸時的我一樣。

第五章

帶來和解的雞絲麵疙瘩

媽媽曾對我說，同是麵疙瘩，百戶人家可以有百百種食譜。麵疙瘩泛指將稠麵團撕成片狀後再下鍋煮成的料理，其湯底千變萬化，料理者能夠隨心所欲地創造不同的搭配——加入馬鈴薯，就能成為馬鈴薯麵疙瘩；放入泡菜，可以稱之為泡菜麵疙瘩；若選擇以韓式辣醬調味，則能變出韓式辣麵疙瘩……我喜歡以清淡爽口的鯷魚高湯當底的麵疙瘩，看著麵疙瘩在寒冷的天裡冒出暖暖的熱汽，我再將一口麵疙瘩送入口中，讓嘴裡連帶變得熱呼呼的，接著再一匙鹹口的熱湯配上一塊清脆的白菜辛奇，哇……光是閱讀客人傳送的委託事由，我就差點餓了。

第四位委託人申請的料理是「雞肉絲麵疙瘩」。我感到有些意外，竟連口味千變萬化的麵疙瘩也能成為某個人挑食的料理，我以為，偏食的人通常是討厭特定已經被定型化、在任何情況下都有相似味道的食物，而像麵疙瘩這種可變性高的食物，則比較少有人會永遠拒之於門外，因此我忍不住將目光投向了顧客的申請書，裡頭詳細地描述了他的故事。

〔我每次看到雞肉絲麵疙瘩的時候，就會不斷想起我對萬植作出的過錯。〕

反覆登場的「萬植」不是人類，而是他的寵物犬，他描述牠是一隻米克斯，象牙色狗毛上帶著不均勻的點點黃斑，他還花了大篇幅解釋萬植有多聰明，在出生三個月後便能掌握「坐下」、「握手」，乃至「擊掌」等技能。萬植是走入了獨居中年人的毛小孩，與他共度了他的淒涼、孤獨、喜悅和悲傷——想像起來，我的腦海裡彷彿出現了一隻身帶斑點的陌生小狗，在我腦中蹦蹦跳跳的。

〔不知不覺已經過了一年了。〕

牠已經走上彩虹橋了。申請書上密密麻麻的文字，承載著他滿滿的愛意，我透過文字切身地感受到顧客的心情，這卻更使我感受到那份無處安放的情意如今是何等淒涼。他在文中提及，他以前經常煮雞肉絲麵疙瘩、再跟萬植一起享用。狗也可以吃麵疙瘩嗎？我沒養過狗，所以對這方面一無所知。我帶著心中的好奇繼續往下閱讀，他在文章裡向我說明了為什麼他選擇雞肉絲麵疙瘩。

在他家寵物犬活過十歲、進入狗的老年時期後，委託人為了讓萬植能夠補充更多精力而經常熬煮肉湯給牠。由於豬肉跟牛肉的價位較高，較不適合經常購買，加上他自己也正好喜歡吃雞肉，所以雞肉成了他最常購入的肉類。買好肉品後，接下來則要煩惱如何作出人跟寵物都能一起享用的料理，他的廚藝並非特別精湛、也不曾另外向人拜師學藝過，因此能發揮的料理形式也不多。經一番思考，他決定將雞肉放入沸水中熬成高湯，再把和好的麵團隨意地加入湯中，最後這便成了一碗雞肉絲麵疙瘩。他說著，他以前會多分給萬植一些雞肉，而自己是吃澱粉居多，文字裡描繪出一隻毛茸茸的小狗和一位男子，在小房子裡溫馨和睦地分享食物的模樣。

然而，他為了自己的舉動感到萬分後悔，並連帶強調，要是有機會的話，他一定會嚐試挽回自己犯下的過錯。申請書末尾，他向率先離世的狗兒子萬植傾訴了無盡的歉意，哐噹，讀到紙上「兒子」二字時，我像是遇上道路的減速丘，緩下了來回閱讀文字的視線。我對著這個人萌生好奇，想知曉——為什麼現在的他會再也嚥不下過往與愛寵一起享用過的食物了呢？事不宜遲，我迅速發出訊息邀請他來訪店面，他也反覆確認餐廳的地址與到訪時間，不到一個小時內，我們便敲定了所有日程，在這過程中，我感受到委託人心中的那份懇切。

約好與顧客見面的當天，由於我上午還有些空餘的時間，我便去一趟附近的寵物用品店。收到這封關於寵物犬的委託書，使我不禁想起了東熙家的馬爾濟斯犬。那傢伙是我的重要助手，不只助我順利拿下第一個署名，也使我成功戰勝了對於小動物的恐懼。剛好趁這機會，我打算準備一點小禮物給牠，同時順道認識寵物犬的飼養文化，或許能多多少少加深我與委託人的連結、也助我更了解如何幫助他。

我本以為我這輩子都不會踏進這種地方，不過實際到訪寵物用品店後，又覺得裡頭不如想像中那般陌生，對我來說，整個賣場就像是大創的專賣寵物用品的專區一樣，以「愛犬」為主題分類，架上擺滿了各式物件，白色的日光燈使光滑的塑膠包材映射出多彩的光芒。各式各樣的物品中，我欲尋找的目標是「小型犬服飾」，看著寵物犬的衣物與人類穿的衣服存在相似之處、版型卻又稍微不同，我獨自在架前呵呵傻笑，覺得狗狗的衣服實在可愛。由於就連寵物服飾的款式也非常多樣化，我在架前徘徊了十多分鐘，依舊沒能下好離手，一旁的店員像是看不下去似的湊過來詢問我飼養的品種為何，打算針對我們家愛寵的體格跟身形推薦最合適的衣物。我在此時慌了手腳，像是那種特別怕生的客人，結結巴巴地應對著商場的店員。

「啊。嗯，這個嘛……我沒有養狗，我是要送給朋友的……」

啊，我說錯話了。衣服不是要送給朋友，而是要送給朋友家的狗穿的啦……加上我很介意自己沒有多餘的財力購買太多件衣物，明明人家店員也沒說什麼，我仍不禁緊張了起來。看著我一臉尷尬僵硬，那位店員也沒有展露出任何一絲慌張，不過想來也是，怎麼可能會有客人來這裡買人類穿的衣服呢。

「原來這樣呀。請問朋友家狗狗的品種是？」

「馬、馬爾濟斯犬。」

早知道我一開始就直接跟店員講明品種是馬爾濟斯就好了。她輕輕地點了點頭，並且向我推薦了背上有插翅膀的天藍色連身衣，那套衣服看起來很適合去角色扮演。店員接著又補充說明，雪白的馬爾濟斯犬穿上那套衣服走路時，背上的翅膀便會隨著牠的腳步擺動，讓狗狗變得加倍可愛。她彷彿有不亞於電視購物節目主持人的推銷功力，見我有些猶豫，還順道介紹了粉色及紫色的其他套衣服。

「我問一下我朋友的意見……」

如果放著我一個人在那，我應該能自己悠哉挑選的，但是她的推銷讓我壓力有點大，於是我慌張地用手機拍了幾套寵物服飾，然後傳給了東熙，希望能以此轉移一下我的注意力、舒緩一下情緒。我問她想收到什麼樣的禮物，得到的回覆卻是非常簡短。

〔妳全都買最好。〕

真是個始終如一的傢伙。

「現在～我們寵物衣物有在進行買一送一的促銷活動呦。」

就連小狗的衣服也有在推出這種優惠活動喔？我很想順口說出心中的疑惑，卻僅是擺擺姿態裝作很滿意一樣，接著將視線轉向前方。我緊張得快要滿頭大汗了。約莫又經過了十分鐘左右，我才拿起了店員最一開始介紹的翅膀裝、以及一套粉色的衣服，店員這也終於要回去收銀臺，同時留下一句「您再慢慢考慮需不需要其他商品呦～」我一開始就只打算買衣服，所以其實沒什麼需要再考慮購入的品項，沒幾下子我便速速走向了收銀臺。

我接著察覺到為何店員會看似如此從容不迫了。當顧客要走向收銀臺時，大家必須經過食品專品，琳琅滿目的寵物專用食品擠滿了通道的兩側——煙燻鴨肉、鮭魚肉條、明太魚乾……其種類跟花樣毫不亞於人類的伙食，而且品質看起來也非常不錯。我因此心生了好奇，就如同貓咪不可能視若無睹地經過魚攤，我也不可能就此與豐富的食材擦肩而過。我拿起其中幾款品項端詳，其幾乎是人類也可食用的一般食品級食物。眼看專為寵物設計的食品也如此多樣化，同時說明了時下有多少人是將寵物視如己出般愛戴的。

如同媽媽會在餐廳打烊後順道買點小吃回來給我一樣，世界上也有人會為了自己的毛小孩購入這些商品，仔細分析著上頭的營養成分表，再考慮到寵物的喜好，期待著手上的心意能夠為牠帶來幾絲幸福。對於這輩子都還沒養過寵物的我來說，這些寵物食品簡直為我開啟了一個全新的世界觀——果然，食物可以代表千萬種樣態的愛意啊。

我緩緩地走到了收銀臺前。店員似注意到我逛了很長一段時間，手裡卻還是只有抓著兩套衣服，因此向我問道：

「零食考慮得怎麼樣呢？目前不需要嗎？」

我分不清她的意圖，究竟她是想推銷我多買點東西，還是出於真心的好奇而問的。儘管我現在能憑著一己之力經營著勿忘我餐廳，所以也不至於到過度怕生，然而，我對於他人的警戒心並不少。小小年紀便承受父親的死亡之後，當要與人建立起更緊密的關係以前，我很難坦蕩自然地接受對方的心意，這是我自己建立起的防禦機制，它已成習慣、貫徹於我的生活。

當我用木訥枯燥的表情回應他人，接著注意到對方臉上的表情一沉，我才會意識到自己又犯了錯誤，然而，大部分的人際關係便在這種形式的互動中破裂了。也許正是因為如此，從小我就很難跟同齡人建立良好的關係，與其他兒時玩伴的緣分再長也延續不了兩年——若再說得直接一點，只有東熙是我唯一能夠敞開心扉對話的朋友，雖然承認這件事總是讓我有點不甘心就是了。

此時此刻在寵物用品店，一個跟我人生毫無糾葛的場所，我竟然憶起了自己性格的缺陷，這份似曾相識的感受並不是太舒服。我很討厭意識到這些——將自己的心門關上的人是我、是我將他人拒於千里之外的。儘管如此，眼前的店員沒有顯露出任何一絲不快，而僅是靜靜等待我答覆。我搖了搖我的頭，以肢體語言間接表達自己沒有需求，再將兩套衣服輕輕地放上收銀臺、接著掏出了信用卡。

「不如我招待您一包狗狗零食吧。這是馬爾濟斯犬的飼主們經常買的零食，相信你們狗狗也會喜歡的。」

我不曾開口請求，她竟然主動送了一包贈品給我。雖然我的身分是被服務的顧客，但要是遇到我這種態度冷淡的客人，一般人多多少少也會傷心，可她卻非常不同。這使我遲來地確信，今天一路承接她的好意，並非來自於她身為店員為了衝銷量而作出的努力，而更是她良善的個性。銷售大概就是這種人的天職吧。

「我……我才沒買多少東西耶……但還是很謝謝您的招待。」

我對於自己誤會他人感到抱歉，怯生生地向她表達了我的謝意，而她則自始至終展現著一貫的溫和。

「小意思而已。想到這個禮物會送到某隻小動物的眼前，我這種人反而會覺得很感恩呢。歡迎下次再次光臨～」

店門一開，外頭便有熱情的陽光迎接我。今日的陽光和煦，即使步行幾段路，也不至於使人疲憊，於是在回到勿忘我餐廳前，我隨性地選擇繞一條遠路，稍早收到那份不求回報的親切，使我心癢難耐，這種感受對我而言有些陌生，但並未帶給我一種想要儘速擺脫的不適。

無論如何，我都要在三十歲之前接下琴貴妃女士的餐廳才行，這是我與已逝的爸爸間的約定，而我既是為了守護日漸衰弱的媽媽著想，也是為了獲得他人的認可，經營自己的餐廳，是我的宿命、也是我的天職，若不繼承琴貴妃餐廳，我便沒有了能夠揮灑自我的舞台。不過沿著腳下的漫漫長路行走，我今天有一股格外奇特的感受，我想著，要是世界上能有更多這樣的人就好了，希望有更多人能像那位店員一樣，不顧忌對方是什麼樣的身分、而能夠付出無條件的親切，也不計較我待人處事還有不足之處，而仍舊能夠慷慨微笑地表示期待下次再會。

雜亂的思緒牽引我作出了突發的行為。

〔您是不是有養貓呀？〕

〔是的，怎麼突然問這個？〕

〔牠喜歡吃什麼零食？〕

〔牠喜歡吃啾嚕肉泥膏。我喜歡吃牛肉乾。〕

〔我沒問您的意見呦。〕

我傳了訊息給樂原先生。儘管我已經走了不少路，我仍決定轉身走回剛剛的寵物用品店，我人跑這一趟來這裡了，不如就順便照顧一下他們家的貓咪吧。嗯，欸，雖然我不知道為什麼我會突然想起他家貓咪就是了。或許準確來說，我念起的不是那隻貓咪，而是樂原先生吧。

人活著活著總有時候會突然多愁善感幾陣，我努力想著今天大概也只是那樣的日子，並趕緊打散了自己的雜緒，我通常不是那種會輕易陷入情緒內耗裡的人耶。我加快了腳步，我得趕緊回購零食、接著儘快回到餐廳準備迎接客人才行。

簡單打聲招呼後，我們面對面坐下、手裡各自拿了一杯泡開的熱花草茶。委託人看起來對於陌生空間有些不適應，我於是靜靜待他連續飲下三口熱茶，然而，我仍沒能等到他開口，只聽見啜飲聲迴盪餐廳。眼前的委託人，看上去是年齡約莫落在四十五到五十歲之間的平凡中年人，或許是因為初次來訪餐廳，他顯得有些拘謹緊張，眼神直直注視著杯子，那模樣簡直和我在寵物用品店遇到和善的店員而畏畏縮縮的姿態如出一徹，使我差點忍不住笑意。我也想像那位親切的店員一樣，以友善的態度對待我的顧客，因此，儘管我心中想單刀直入地追問他為何吃不了雞肉絲麵疙瘩，我決定先想辦法開啟對話，深入了解一下他在申請書中描述得最為詳盡的那位對象。

「我已經細細閱讀過您撰寫的申請書了。能冒昧再請您多說一些有關萬植的故事嗎？」

「啊。好的，沒問題。我們家萬植呢……」

難道「萬植」這個詞能對他施加什麼魔法嗎？儘管他依然眼神緊盯著杯子、而未與我對視，他卻能侃侃而談地向我介紹萬植，其中大部分內容都已經寫在故事裡了，故我僅是點點頭、靜靜地聽他娓娓道來。

「您要看一下牠的照片嗎？」

透過話語說明完萬植是個何其聰明又可愛的傢伙後，他接著掏出手機，迫不及待地向我展示了他的手機桌布，有一隻小狗對著鏡頭伸出嫩粉色的舌頭，而正如同他所說明的那樣，萬植的毛色是象牙白，上頭有零星的黃斑交錯。曾在我的腦海中蹦跳的假想小狗，如今替換成了一個實際存在的面孔。他興奮地表示他相簿裡還有更多照片，於是繼續從相簿中挑了照片向我展示。

當滑到遛狗的相片時，他介紹到照片裡的公園是萬植最喜歡的散步地點；他亦透過照片捕捉到，他將零食擺在萬植上方、而萬植等得垂涎三尺的畫面，當手機出現此相片，他又補充道，萬植特別擅長遵循「等待」的指令。不止如此，他為了能讓萬植交到朋友，還去參加了愛犬同好會的活動。他自豪地表示，萬植在一群時常體驗寵物美容的狗狗之間，也絲毫不遜色。談論到自家愛犬時，他的臉上洋溢著天真幸福的微笑，實際年齡為中年人的他儼然回歸了青春的少年時期。

「哎呀，真的很可愛呢。」

「可愛吧？牠以前真的長得很漂亮。」

「這種狗狗感覺真的很人見人愛吧。」

「……」

我有說錯什麼話嗎？他的表情稍微起了變化，陰鬱的氣息逐漸蔓延。對他而言，萬植就是這般特別的存在，能讓他在如此短的時間內感受到極致的快樂、又能讓他的心情快速墜入谷底？

「是呀……但，我沒能好好照顧牠，所以牠只活了十二年就走了，這一切都是我的錯。」

他似乎覺得有些口乾舌燥，而再喝下了一口花草茶。

「您把牠照料得很好呀，怎麼會這麼想呢？」

「同好會遇到的夥伴們跟我說，最近米克斯基本上都能活到十五歲沒問題。」

「未必每隻狗狗的壽命都一樣呀。」

「不，是我不好。我之前沒有養狗的經驗，所以我常常直接拿人類吃的食物餵牠吃，平時也沒有定期帶牠去醫院做例行性檢查。我沒那個資格養牠……牠就是被我這種人養大，才只能活到十二歲就離開這個世界了。要是……萬植能遇到更好的主人，想必牠的人生就會過得很不一樣了吧。」

斷斷續續的語句間，他的聲音微微顫抖著。這是他傳達出心中悲傷的形式，那輕微的顫動迴盪於我們兩人之間。據他說明，當年是他的熟人養的狗生了很多孩子，嗷嗷待哺的幼犬們已然造成了他們家的負擔，而他去看看熱鬧後便帶回了萬植，這是他們緣分的開始，對他來說，萬植是他第一個親自帶入家中的「家人」。

長時間以來，他已經習慣了獨居的生活，當遇見萬植這種土裡土氣、感覺在鄉下地方才會看見小狗時，他感受到他們之間有一種奇妙的相似。雖然他是出於一份憐憫之心，將那隻在他身旁磨蹭、長得可憐巴巴的絨毛動物帶回家的，但是，他反而認為自己能被那隻小狗相中為主人，是他天大的榮幸。儘管他的經濟狀態並不優渥，他仍用盡全力為萬植打造出舒適的生活環境。對他而言，萬植是第一隻走進他生命的狗狗，而對萬植而言，他也是牠生命中第一個相遇的人類，隨著兩人相處的時間日益積累，他們自然而然地超越了寵物與人類的關係，成為了彼此重要的「家人」。然後他說，這就是問題所在。

「如果說要養狗，不是應該要餵牠高品質的飼料、然後放著牠在寬敞的院子裡玩耍長大嗎？我卻連這都沒做到。我下了班後，總是會坐在電視機前和萬植一起共進晚餐，如果看見萬植作勢想吃我的晚餐，我便會倒一點人類吃的食物在牠的飼料旁邊，當我要餵牠吃零食的時候，我也是看牠想吃多少就給牠多少分量。不只是如此，在寒冷的大冬天，當萬植喊著想出門時，我本應該要哄哄牠，要牠乖乖待在家才不會感冒，我卻老是毫不猶豫地帶牠出門散步去。我以為狗狗是可以這樣養的。因為萬植總是會乖乖跟隨我的腳步、我的指令，什麼話也不會說。我一直以為，只要能讓牠過得很幸福，就是最好的照顧方式了。」

他那向著萬植的濃情愛意，之所以會轉變成沉重的負罪，是源於愛犬同好會的人們說出的尖銳惡言。在萬植去世後，他滿懷思念地憶起過往的時光，而在同好會的網路社群上傳了他圖文並茂的悼念文，此舉卻招致了同好會的批評聲浪。實際上，為了讓狗狗保持身體健康，飼主要盡量避免讓狗狗吃到人類吃的食物，並需要額外注重牠們的健康及飲食。這樣的照護方式必然需要投入較多的成本，對於家境不優渥的人來說，實是相當難以想像的事情，因此，顯然他也沒能成為符合這種標準的合格飼主。

加入愛犬同好會，雖然達成了他的初衷——讓萬植交到了許多狗狗朋友，他卻反倒被這個世界更加孤立了。同好會的成員們質疑他一直以來怎麼能這種方式養狗，並將萬植的死亡怪罪到他的身上。

〔要是家裡閒錢不多，就別想著要養狗了。〕

〔拜託，絕對不要讓這種不會養狗的人來養狗。〕

〔難怪大家都說中年阿伯什麼都不懂，真的一眼就……嘖嘖。〕

〔一直以來都是過獨居生活？那何必牽連無辜的小狗，讓牠在你身邊受苦呢？〕

他在當時的愛犬同好會中是年齡最大的成員，放眼望去，就屬他身材矮小、行動也比較消極。儘管他鼓起勇氣加入了同好會，他卻能沒結交到朋友。同好會成員們的言論中，不只是批評了他身為飼主的不周，還巧妙地摻雜了更直接的人身攻擊。他分給萬植吃的食物被視為致死的劇毒物，寒冬中出門散步之舉，被解讀為虐待老犬。他比任何人都愛著萬植——儘管他並未質疑自己這一點，但他開始思考，也許這一切愛意都是錯誤的，而從那一刻起，他便將自己視為了大逆罪人。

「我也很常煮雞肉絲麵疙瘩，這也是萬植生前最喜歡的料理。如果去市場買生雞肉的話，通常七千韓元就有找，煮成麵疙瘩後，我們倆大概可以當兩天份的正餐。我怎麼能不曉得這食物會對萬植造成這麼大的傷害，然後還常常吃得那麼津津有味呢？現在我只要在路上看到『麵疙瘩』三個字，我的胸口就會堵得發慌，每當看著其他人坐在布帳馬車[27]享用，我的心臟便會快速跳動，彷彿會有人來追殺我一樣。搞不好真的如同好會成員們所說，萬植是我親手害死的。如果我能成為更好的飼主……如果我能給牠更好的食物……是我沒有足夠的智慧來照護好牠，才導致牠沒能活得更久。害死萬植的罪人是我。」

他的姿態明顯又比剛進門是更顯意志消沉了，我於是默默地端起茶壺，為他補了一些熱花草茶。他的手顫抖得更厲害了，他危殆地握緊杯子，咕嚕咕嚕再飲下一杯熱茶。

聽他後悔自己沒能為萬植做得更多，而把自己視為罪人，我並不覺得這種感受很令人陌生，因為媽媽也有類似的負罪感。媽媽亦將爸爸的早逝怪罪於自身的不足，這份悲傷至今仍籠罩著我們的家庭。每當他的顫動透過氣流觸碰到我的皮膚時，我總是不禁想起了爸爸、媽媽，以及年幼的我，要是我有更優秀的實力，能早點幫得上媽媽的忙，或許我們家的命運也會有所不同吧。

又是一陣靜默駐足於我們兩人之間。我做不到，我沒辦法細細數落他的愚蠢。與委託人的會面結束了，我好一段時間僅是呆坐於原位上、眼睛凝視著天花板。

夜深了，下了班的東熙抵達餐廳，上班族的疲態中流露出了喜悅的神色，因為她這一趟是為了來領取我的禮物。我整理了今日見到客人後混亂的心情，將手中

27. 譯註：「포장마차[pojangmacha]」，對應的漢字為布帳馬車，指涉韓國街邊的流動／半流動攤位，部分會設置座位、部分則僅開放站立，常見的食物品項為韓式粉食、烤串及酒類飲品等。

的購物袋遞給東熙。

「妳今天是遇到什麼奧客嗎？表情怎麼這麼難看啊！」

看來我還騙不過我唯一的朋友，於是向她說明了原委。分明是在說明別人的故事，我的臉色卻藏不住陰鬱，而她也用了滿是憂心的神情傾聽我講話。或許是因為東熙同為愛犬人士，她偶爾透過點頭表示同感，而在某些段落，也忍不住緊皺眉頭、或露出頗感震驚的神情。聽我描述完故事後，東熙似乎想緩解沉重氣氛，而從購物袋裡拿出了我買的兩套寵物衣服，一邊作勢比較兩套衣服，一邊裝作若無其事地表達了自己的想法。

「確實，養寵物不是一件輕鬆的事情，需要知道的眉眉角角很多，因為動物跟人不一樣。」

「沒錯。」

「只給狗狗吃專門的狗飼料跟零食是最好的。也不只是狗，所有的動物都有適合的食物。若要養狗，能把狗養在有庭院的田邊住宅、隔週進行醫護管理，然後無條件讓牠養成規律飲食的習慣是最好的。」

她褪下塑膠外包裝，接著開始仔細地檢查那套翅膀裝，視線持續停留在衣服上，看似是心不在焉地聽著故事，實際上，我從她給予的回應中便可以感受到她的深思熟慮。

「即使如此，這並不代表所有飼養條件都可以被客觀化評估。要是以我剛剛說的飼養環境當標準，現在飼養寵物的飼主們絕大多數都是大逆罪人了。」

「因為我自己沒養過動物，我所以我不敢說自己很了解，但我是認為，如果飼主能用愛好好地照護毛小孩的話，就算他有做得不夠好的部分，也不該就此為他刻上罪名。」

「況且他是第一次養狗，當然可能會有生疏的地方。愛都是這樣的嘛。」

針對狗的長相、乃至不在場的委託人，東熙接著表達了她的好奇心。我憑藉著我對照片的印象，重新描繪了萬植的長相——毛色為象牙白，上有黃斑，嘴巴長長，鼻子帶有水潤的光澤。這時東熙才把視線從手裡的衣服轉向我，並表示了讚嘆：

「那應該很可愛耶！」

她的雙眸將如同委託人的雙眼一般閃閃發亮。我感到一陣驚奇，看來任何飼養寵物的人都擁有如此閃耀的眼睛吧，這甚至讓我對自己感到惋惜，這些撫慰人類心靈的存在，此前竟然不曾走進我的心房裡。不過畢竟聽到萬植已經與世間永別，東熙也露出了心酸苦澀的神色，她為那位主人的心理狀態感到擔憂。狗的壽命終究比人類還短，身為生者的人類，就只能擁抱著那份與愛意同樣厚重的悲傷繼續生活。

「這故事讓我突然想起了我家外婆。」

「妳說住在鄉下的那位嗎？」

「嗯哼。妳剛剛說的萬植，感覺跟我家外婆養的圍棋長得差不多。」

她接著開始講述了外婆的故事，她的外婆現在住在鄉下，和混了一點珍島品種基因的米克斯共度晚年。自從外公去世以後，鄉下的外婆為了緩解獨居的寂寞，便從五日集買來了一隻小狗，此後又牽了兩隻流浪狗回家，現在一共飼養著三隻狗。其中一隻名叫圍棋的狗，就像萬植一樣身上帶有斑紋，其餘的兩隻，則一為小白、一為小黃。據說，外婆一開始說要養三隻狗的時候，東熙的母親大力反對，認為連自己的身體都顧不好的老人家哪來的體力再照顧三隻動物。

「為了這件事，我媽跟外婆大吵了一架。喔，那陣子真的是很精采。」

「感覺這情況有點尷尬。」

「結果妳知道外婆對我媽說什麼嗎？她說，如果有人敢把家裡這群孩子逐出家門，她也就會毫不客氣地給那個人一點顏色瞧瞧。外婆竟然已經把狗狗們當作家裡年紀最小的子女了，不覺得很好笑嗎？哈哈哈哈哈，所以媽媽也只好舉雙手投降孩子，在養育方面是個經驗豐富的老手了。」

「當然囉，三隻現在都是成犬了。包含我媽在內，外婆當年也是帶大了三個

「現在那三隻狗過得好嗎？」

作罷。」

東熙無奈地搖搖頭表示，自己只要一想到當初媽媽跟外婆的論戰，到現在還是覺得荒謬得發笑。儘管如此，她補充評論道，自從外婆養了狗之後，整個人都變得更有活力，所以養狗應該是個不錯的決定。對於一個獨居老人來說，三隻狗真的是煩人精，她必須用渾身解數，奮力地直起身子，才能傾注愛意、照顧好這三隻狗。

東熙外婆經常會傳狗狗的照片給東熙看，但據說照相技術相當拙劣，每張照片都晃到難以區分哪隻是小黃、而哪隻是圍棋，搭配照片的訊息也是錯字連篇。儘管東熙總是被迫要接受外婆的曬寵照片洗禮，但她也表示，能看到外婆這麼認真生活又毫不懈怠地傳送照片來，代表著外婆如她兒時記憶中那般硬朗，她覺得是很值得開心的。外婆有時必須艱難地為三隻狗洗澡，看到牠們在院子裡隨地大小便，有時還得要教訓牠們，牠們使外婆的生活變得截然不同，東熙反而非常感謝有牠們不求回報地陪伴在步入晚年的外婆身邊。

「這次雞肉絲麵疙瘩要怎麼處理？妳應該一點頭緒都沒有吧？」

東熙往我這邊輕輕地傾斜了身子。雖然雞肉絲麵疙瘩的料理方式不困難，但我還沒思索出安慰委託人的方式，故我靜靜地點頭表示同意。

「要不如我們週末一起去我外婆家一趟如何？我也很久沒去看我外婆了。」

「我也可以一起去？」

「當然可啊。我敢跟妳保證，我外婆煮的麵疙瘩一定比妳煮的好吃一百倍。」

……真是的。我能沒擋下她突如其來的挑釁，她也將我簡短的感嘆詞視為答應的意思，接著收拾好禮物，便從座位上起了身，畢竟平日夜晚和上班族閒聊的時光總是特別短暫。

走出勿忘我餐廳之前，東熙站在門口晃一晃購物袋，對我說道：

「我回家再傳認證照給妳喔。做好接招的準備吧。」

「我是要接什麼招啦。」

「小心不要被牠可愛死啊。」

我充分地感受到她對我的謝意了。她腳上的皮鞋與進門時發出同樣的聲響，而她也伴著那漸弱的腳步聲逐漸走遠。

這是我自從勿忘我餐廳開業以來，第一次要去餐廳以外的空間做料理，一路上，東熙都在連聲稱讚她外婆精湛的料理實力。而直到我們上車出發以前，我都在餐廳裡試做麵疙瘩，若以委託人填寫的內容為蛛絲馬跡，可知他喜歡爽口一點的湯底，麵疙瘩則偏好稍微有嚼勁的口感。為了能掌握住他的這兩項喜好，我嚐試了各式各樣的雞肉絲麵疙瘩。我本來以為只要調出稍微清淡一點的雞絲湯，或是熬出類似韓式醋雞湯的高湯就行了，但放入麵疙瘩的麵團之後，反讓原先的湯底更顯失色，最後的成品稱不上麵疙瘩料理，而只是麵團加上一般湯料理的組合。說不出它失敗，但顯然這不是最好的狀態，我可不想把這種菜色端到客人面前。

我想努力呈現出最好的料理，因為我無論如何都要得到署名，而且我唯一擅長的事就只有烹飪了。為了履行與爸爸的約定，並且好好地守護媽媽跟我自己的生活，我必須具備比現在更優秀的實力。在餐廳反覆研究幾天後，我並未能創造出更可口的雞肉絲麵疙瘩，徒增的反而是心中的不安。儘管我至今已經陸續收集到了幾份署名，我心中的焦慮仍然存在。我真的做得到嗎？我對愛狗人士的心意根本一無所知。

東熙說，開車下鄉的路途遙遠，說我可以先小睡一下，然而，我完全無法入眠。因為後座有一隻馬爾濟斯犬，每當車身晃動時，牠身上的翅膀便會隨之飄動起伏，如同東熙所說，我完全招架不住那份可愛。我的注意力全都消耗在牠的身上，為了都想拍照記錄那瞬間，我奮力地扭過上半身，嚐試拍下後座的情景。球球大概覺得這人類很奇怪，而豎起了耳朵、一臉疑惑地歪頭看向我。

「可愛吧。」

「超級。」

「我外婆家的狗也很乖巧、討人喜歡。但畢竟牠們有混到珍島犬[28]的基因，所以個頭都很大喔，到時妳會害怕再告訴我，我會把牠們幾隻綁起來的。」

「好。謝謝妳還負責開車。」

今天特別來一趟鄉下，是為了改善客人的挑食問題、同時為了我自己爭取署名的。這趟「出差」，是希望能夠幫助我更體會委託人的心境，並理解「已經離開世界的萬植」與「雞肉絲麵疙瘩」之間的連結，哪怕是再微小的提示，對我也會是偌大的收穫。東熙的外婆之於本次的委託人，兩人的年齡、性別、出身地區都截然不同，然而他們之間存在的共通點，乃是那份熱愛動物的心意，以及與動物共度長長歲月的體驗。我試想，在一旁看著那模樣，或許就能快速地獲得提示了。

事實上，我當然仍是半信半疑的狀態。就連一個家庭內，家族成員間的個性都未必相同，我真的有辦法憑著這共通點找出解方嗎？我已經搭上好友的車子，準備牽起她的援手，心中的疑惑卻如此突然地膨脹了起來——這份疑惑，又轉為罪惡感刺痛著我，使我開始質疑自己是不是會白白浪費了上班族珍貴的週末時間。

我意識到，自己要是再繼續想下去，只是在無謂地消耗體力讓自己更加疲憊，我於是將注意力轉移到後背包上。雖然東熙外婆家都備有各種食材，我還是不好意思太打擾到人家，所以除了水之外的所有食材，我都備在身上，並且準備了要送給東熙外婆的羊羹禮盒。

「我們到了以後，妳打算先做什麼？」

東熙一邊老練地來回看著左側和上方的後照鏡，一邊詢問我的想法，不愧是專業駕駛，可以一心二用地跟我說話。

「不知道耶，我等等要先去做什麼才好？」

「那就當作去休息一會兒吧。順便看一下外婆家的狗。」

28. 譯註：「진돗개 [jindotkkae]」，珍島犬為韓國本土犬種，因韓國全羅南道珍島郡之上的相對封閉的特殊地理環境而被保留，屬於中型犬，以其忠誠、勇敢和優秀的狩獵能力而聞名，經典毛色為白色，但亦有栗黃、咖啡、黑色等毛色。

「比起休息，我想去那裡繼續思考，思考怎麼樣回應委託人的需求。」

我知道東熙偶爾會不遵照導航指引的方向開車，所以我會緊張地東張西望。她和那樣的我對到眼之後，爽朗地笑著說：「不用擔心啦，我只是抄個捷徑。」

「啊，好啦，知道啦。應該沒事……吧？」

「叫妳放心交給我。就只有這一小段而已，就算真的繞點路也不會出什麼大事啦。」

說的也是啦。我們現在是要開去東熙外婆家，她肯定比我更清楚這裡的路，才有辦法那麼自信滿滿地握著方向盤吧。我分明如此知曉她不可能亂來，卻仍是對她發出了懷疑的眼神，我又開始感到有些愧疚了，我大可不必多想，只要相信她的話就行了。不過，我知道我和她的個性確實不同，稍微走錯路也不會出大事？該如何獲取她那份游刃有餘呢？我重新翻找了我用心收拾的後背包，裡頭找不到那份餘裕，我沒有準備過這種材料。明明我只要默默地向著前方直直前進就好，在心中卻總是有一股焦躁，如果我這次沒表現好，說不定一切都會就此付之一炬，即使我一路已經表現得不錯了，我還得做得更好才行，不知怎的，從剛剛開始，我老覺得我正在同一條道路上打轉。

在未鋪柏油的道路上前進時，笨重的車輛接連震盪數次，地上亦每每揚起了黃色沙塵。周圍鱗次櫛比的建築物由伸長枝葉的樹木取代，摩天大樓逐漸從視野消失，眼下還多了幾隻大鳥翱翔天際。左右是由綠黃兩色組成的水田和旱田，低矮的樓房有著厚實穩固的屋頂，以及隨處可見的大狗。循著狗的叫聲，村里的老人直勾勾地望向我們的車子，鄉下果然像是現實生活中唯一存在的奇幻空間，我瞬間彷彿進入了陌生的魔法師之域。

東熙的外婆人已在大門前，背著手看著我們了。東熙像是高舉著旗幟一般，浮誇地揮舞雙手示意招呼，再進了外婆家的院子裡，而我跟著她的腳步走進了院子。只從東熙口中聽過的三條狗就在院子裡頭，牠們正猶如青蛙一般跳躍。

「外婆～我來了！圍棋、小白、小黃，你們都長大很多了耶。」

「看到妳們來，牠們都興奮得不得了喲，妳看那個尾巴搖成那樣。」

雖然牠們不是純種的珍島犬，但實際的大小跟珍島犬幾乎相同，而且這幾隻狗似乎全然不知道自己有多麼巨大，一看到我們，便高興地連連用後腿蹦跳，狗狗腳下帶起的沙塵與急促的喘息聲混雜在一起。牠們奮力地搖晃著身子，儼然有股氣勢動搖椿腳，掙脫繩子，奶奶便露出了嘴裡的缺牙，一邊解開了牠們的繩子。我在那瞬間蜷縮起了身子，害怕那麼大隻的狗狗會一下子衝過來，不過萬幸狗狗們只朝著熟悉的訪客東熙一擁而上，東熙也依序輕輕撫摸了牠們的頭。

東熙懷裡的馬爾濟斯貌似也很是興奮，牠極力掙脫東熙、要她趕緊放自己下去。而甫將那小傢伙放下後，地上的青蛙便增加成四隻了。這幾隻大狗竟然是由老人家獨自扶養？我能理解為何東熙的母親當初會反對養狗了。

「哎呀，妳看牠們都這麼開心啦，東熙妳要常常回來呀，牠們這麼喜歡妳。」

大大小小的狗一邊哼叫一邊搖尾巴，又一起東奔西跑，院子裡一團混亂。牠們不懂得警戒外來人士，個個社交能力十足但防衛力零分，四處在院子裡颳起沙塵風。

「你們這些臭傢伙！」

東熙外婆朝著其中體力最為旺盛的圍棋大發雷霆，臉上卻掛著笑容，猶像看著在幼兒園操場上玩「老鷹捉小雞」的孩子們一般，外婆盯著狗狗的雙眸裡充滿了無盡的愛意，牙齦肉上稀疏排列的牙齒間，傳出了老年人專屬的漏風笑聲。看著老人家這麼高興的模樣，我心裡也獲得了平靜，原來，無關乎犬隻體型，狗狗的天真無邪擁有著如此純粹的影響力，我直到親眼目睹大狗張開嘴巴才得以理解，這就是為什麼東熙的母親最後舉雙手雙腳投降的原因吧。

然而，這麼大的塊頭仍令人難以習慣。畢竟我到不久前都是位怕狗人士，一個不久前才修完基礎課程的人，不可能有辦法掌握進階課程，就算我可以接受馬爾濟斯，一時我仍舊不敢靠近大狗。

「東熙外婆您好，我是東熙的朋友，我叫做文忘草。」

當一家子人在院子中間和樂融融相互問安時，我小心翼翼地貼著門打了聲招呼。

「看來妳會怕狗齁？」

「對，有一點。」

東熙外婆見我躊躇不前，便依次把狗抓來、再拴在木樁上。三隻狗分別發出了類似的哼叫聲，似是同為短暫的自由感到遺憾，而我也覺得很抱歉，牠們竟然要為了我再次被拴上狗鏈。

「哎呀呀，不用為了我把狗綁起來啦。」

「要不然？妳要在大門口吃飯？」

東熙外婆平平淡淡地說著嚴厲的話，我也廢話不多說地跟著東熙進屋了。

「妳放心好了，妳進去之後我會再把牠們放出來的。」

看到我脫下鞋子、屁股坐到檐廊上後，東熙外婆便解開狗鏈、並鎖上了大門，以免大狗們跑到外頭去。接著，外婆也坐在檐廊上稍微歇息，任院子成了四隻毛小孩的天地。牠們會在地上攤開肚子、也會來回打滾、或聞彼此的氣味，還會突然吠叫，有如正在相互問好。

「牠們體型差很多耶，這樣沒關係嗎？」

「嗯哼，我養了球球以後，曾經帶牠來過幾趟，剛開始我也會有點疑慮，但還好牠適應得很好。」

「好險牠們不會因為球球個頭小就欺負牠耶。」

「不要看牠們這樣，狗狗們也像人類一樣懂得交朋友喔。」

我看著繞著院子奔走的毛團，接著視線轉移到了東熙外婆身上。外婆強調人來了要先吃正餐才行，便按著今天東熙所要求，表示自己會盡快以雞湯為底煮麵疙瘩。不給人喘口氣的時間、一見到面就開始張羅餐桌，這點跟我每逢年節會見的自家外婆簡直一模一樣，而我也並不討厭這種忙於料理餐食的急躁。

「妳跟過去學一手呀。」

東熙將身子向後一仰，嘴裡說著接下來的事情我得自己負責。我雖然肚子還沒餓，仍是從後背包中拿出食材、跟著東熙外婆進廚房去。

「東熙外婆，我們一起煮吧，今天我要來學怎麼煮雞肉絲麵疙瘩。」

「好呀，聽到哩，妳先在那邊和麵團吧。」

東熙外婆的指尖指向了廚房的角落，外婆呀，好歹我也要肩負起一間餐廳的未來耶，儘管我想不服氣地抗辯幾句，但我仍是二話不說地在寬寬的鋼碗裡倒入麵粉和一撮鹽巴，再拿著碗走向角落，因為這廚房的主人是位經驗豐富的超級老手，顯然不是我能頂撞的對手。

就在我正想把量杯裡的水倒進麵粉時，東熙外婆攔住了我。

「哎呦，妹妹，不要一下子就把水倒完喔，要邊和邊加水！」

「啊，好的好的。」

「攪拌的時候要稍微放點食用油喔。」

「加油嗎？」

「在和麵疙瘩的麵團時，放入一丁點的食用油就能讓它產生黏性，妳不知道吧？」

光聽聲音我很難判別她是不是在訓斥我，因為老人家嗓門大，要是不看臉的話，這對話大概會使人被震懾到深受打擊吧。不過她的表情沒有絲毫怒氣，手從收納櫃裡拿出了食用油，再本人動手示範倒油。整個廚房也很有她的風格，空間狹小，周邊卻有非常多的器具，碗筷套組的數量多到立刻供五口家庭用餐都夠用。

曾經，那些碗筷都有各自的主人——想到這裡，我心裡突然有些鼻酸，即使我是她平生初見的孫女輩女子，她仍舊堅持只讓出廚房的一隅給我，那心情，我似乎能理解了。

「妳怎麼要學做雞肉絲麵疙瘩呀？」

「因為我要招待一位重要的客人。可以給我了外婆，換我來接手吧。」

「啊，妳可得好好揉呀。妳怎麼不是跟妳媽學，還大老遠跑來這裡？」

「其實那位客人曾經養過狗。」

「啪、啪」，我以和麵團的聲音當作背景，將自己來訪的事由告訴了東熙外婆。剛開口時我不曉得該從哪裡說起，甚至回溯到勿忘我餐廳存在的緣由諸如，凌亂四散的話語跟隨著和麵的節奏才慢慢整理得更出邏輯。「狗」與「雞肉絲麵疙瘩」兩個詞彙間，顧客的腦中正在產生危殆的連結，而東熙外婆僅是靜靜地聽著這段故事，沒有特別應和，接著邊聽邊開了水洗碗，還拿了抹布用力地搓洗水槽。這讓我在中間屢屢懷疑她到底有沒有在認真聽故事，而每當我暫時打住，她便會直勾勾地看著我，並用一句「然後？」催促著我繼續娓娓道來，而我也會因那兩個字感到放心，再接著描述故事。

在轉述這段長長的故事期間，麵粉不知不覺變成了更為黏稠的麵團，且雖然她總是對我的話似聽非聽地，她卻未曾踏離一步，這使我也感受到了她給予的安定感，望著老嫗彎曲的背部與蒼白如雪的頭髮，針對「我正與陌生人在一個陌生的空間」之警戒心逐漸消失了。這開放式的廚房任由外頭的氣味在裡頭擴散，雖然這裡沒有任何東西是屬於我，我卻感受到了一分思念的情懷，也多虧於此，我才得以向東熙外婆傾訴所有的苦惱，否則我也不敢相信自己原來是一個這麼擅長獨自說故事的人。

「妳揉得很不錯嘛。接著來熬肉湯吧，在這期間，就把這麵團擺進冰箱裡靜置一個小時就行了。」

聽完我長篇大論說故事後，她既沒憐憫他，也沒指責他的不是，她仍舊沒有對此作出任何回饋或價值判斷，而僅是在大鐵鍋裡盛滿了水，等待熱水燒開。

「就算我們要熬的是雞湯，也是要先放入海帶跟鯷魚，這樣鮮味才會足夠。」

「好的。」

「那妳去切點雞肉跟蔬菜吧。」

我拿一條乾抹布擦拭了砧板，然後將雞肉、馬鈴薯、南瓜和蔥依序放上去。我感受到指尖微顫，彷彿要上考場一樣，然而再想到「料理」是我本該做到好的事情，我於是出手匆匆地動刀切菜起來。

「很不賴嘛！」

從她的表情可以看出她對我手藝頗感意外，我也因此獲得了一些自信，而比預計的分量還多切了一點，顯然得到認可無論何時都是一件快樂的事情。

「等等把抹好醃製調味料的雞肉放進去，煮個四十分鐘後再加入馬鈴薯跟南瓜，最後才把麵疙瘩的麵團也放進去𪔂。」

接著，東熙外婆又拿出了一副新的橡膠手套，我一度以為她是要交代我飯後要負責洗碗，而在心中盤算著要叫東熙一起來洗，並打算先把手套收好，就在此時，她說道：

「雞肉熟了之後要把骨頭全部剔掉才行呀。雖然熬湯的時候要連骨頭一起煮，上桌吃飯時只留肉不留骨頭才有誠意嘛。」

「那橡膠手套是拿來……？」

「會燙啊。」

啊啊，我這時才遲來地意識到手套的用途為何，因為我從沒想過要戴著手套處理燙手的食材，過往遇到熱食，我就是讓它放涼一兩個小時才處理。

「把肉放涼再加熱可就不好吃了，本來『誠意』就是樁麻煩事哩。」

我於是默默地戴上了手套。

「啊對了，等高湯煮滾，妳下麵疙瘩以前先給我三勺高湯。聽妳那麼一說，我才想到我都沒給我們家狗煮過雞肉絲麵疙瘩，所以我也想分牠們一點。」

聽著我說這些，她果不其然自顧自的心裡惦記著院子裡的狗呀，看著人們對狗的愛意始終如一，我總是覺得格外神奇。她好一會兒觀察我下刀的模樣，接著表示她相信我會自己看著辦，便離開了廚房。同時，外頭傳來了狗吠聲，東熙外婆在院子裡和小兒子們共度溫馨美滿的時光。

熱水咕嘟咕嘟燒開了。我戳了戳雞肉，確認肉已熟透呈白色，我再用篩網將水瀝掉，並迅速分解肉跟骨頭。我能感受到肉的炙熱衝破了粉紅色橡膠手套，所謂的「誠意」還真是一樁麻煩活。我在心中反覆地碎唸，一邊把雞肉都剝好了，難道客人也必須經歷這些苦工才能跟萬植吃上一碗麵疙瘩嗎？直到我剝完所有雞肉，我的指尖依然發燙。

東熙和我把立在院子角落的涼床抬到了院子中央。當我們兩個費力地各抬著涼床的其中一側、辛苦地前進時，那三隻狗大概是覺得會有些樂子，而連連在一旁探頭蹦蹦跳跳著。好險有東熙外婆關照，幫我把狗們趕到另一個方向，那些大塊頭的傢伙們對我才不構成威脅。

「你們不要出來搞事啦。」

東熙外婆為了順便顧到狗狗們的正餐，便把狗的飯碗也都拿到院子，見狗狗們像幾尾活龍一樣興奮，她朝著牠們的頭頂敲下去。狗狗們哼唧一聲、放下尾巴，不久後又如往常般蹦蹦跳跳起來，這小小山村的院子裡，充滿著健康的朝氣。

圍棋好像對我很好奇，不斷想向著我伸長嘴聞聞，牠將耳朵往後放、搖著尾巴，那模樣沒有一絲敵意。奶奶見狀便會屢屢推開圍棋，讓牠與我拉開距離，小傢伙一臉傷心地瞟了我幾眼，最後才跑回小白和小黃那裡，我又有點抱歉了。

東熙輪流用濕抹布和乾毛巾擦拭了戶外涼床，而在這段期間，我連著鍋子將廚房裡煮好的麵疙瘩端出來準備用餐。為了配合口味清淡的顧客，這碗雞肉絲麵疙瘩選用了鯷魚、雞高湯、胡椒和蝦醬替代辣椒粉，以此一決勝負。聞香的東熙也如狗狗般興奮，迅速地掀開鍋蓋，濃濃的肉湯香味乘著白煙飄了出來。

「外婆，等會再餵飯給狗吃啦，先來嚐嚐我朋友煮的麵疙瘩，然後打個分數吧。」

「好咧。」

我們圍坐在戶外涼床上，各自端著一碗雞肉絲麵疙瘩，就如同在山頂享用的泡麵特別好吃一般，在鄉下人家吃的麵疙瘩也別有一番風味。醇厚的雞油脂相當順口，再配上東熙外婆自製酸酸甜甜的蘿蔔辛奇，簡直是錦上又添花。

「煮得很不錯，只差麵疙瘩的麵團有點太大、太厚。」

正如東熙外婆所說，麵團加入少許的食用油後，變得很有黏性，相信這次的委託人也會喜歡這種有嚼勁、而不會入口就碎成段的口感。美中不足的則是麵團厚了點，煮的時候我為了不讓麵團遇滾水摩擦後不成形，所以我下麵疙瘩的時候都抓厚一點，看來是稍微過頭了。雖然要是東熙外婆沒有特別指出這點，我可能會就此忽略這部分，但也託她指正的福，讓我清楚從哪裡改正。

果然，我還有很多不夠好的地方呢，不夠完美的自己讓我很是慚愧。在實戰中我必須表現得更加無懈可擊，因此連這些小細節都不能馬虎。

「妳把剛剛留的那三勺高湯給我吧。」

「好，我有另外留起來。」

享用幾口麵疙瘩後，東熙外婆不忘關照狗狗們的餐食。狗狗們似乎也清楚這個用餐順序，而用汪汪大眼看向東熙外婆。看著牠們那麼懇切的眼神，怎麼捨得不分牠們吃幾口呢？

東熙指尖指著圍棋，並對我說：

「牠只看著妳欸。」

「牠該不會是把我認成食物了吧？」

「妳也太過分，我剛才不是說了嗎，牠們也是懂『友情』的。」

不懂察言觀色的我糊塗間說出了無情的話。接著我來回看向東熙跟圍棋，四隻眼睛直勾勾地盯著我，我只好裝作勉為其難地起身走向廚房，總覺得好像得跟著東熙外婆一起幫牠們準備食物，我的歉意才能舒緩一些。

東熙外婆在廚房裡將狗飼料平均分配到狗的飼料盆裡，而我則一勺勺地倒入稍早額外留存的雞高湯。滾燙的高湯讓飼料盆上冒著熔岩上會出現的陣陣蒸汽。

「妳要是直接端去給狗狗們，牠們的嘴巴會被燙到體無完膚的。」

「那我稍微放涼後再給牠們吧。」

「大口呼呼吹涼吧。我一個人沒辦法一次端三個碗，不如其中一隻狗就給妳負責吧？」

「好的，那我來顧圍棋吧。」

「妳沒問題嗎？」

「應該可以啦，牠們看起來很乖。」

東熙外婆對著我笑了，這是她今天第一次對著狗以外的人類笑得這麼開心，如弓箭般彎曲勾起的嘴角很可愛。我們用力地吹涼各自手裡的飼料盆，吹到腦袋快要缺氧暈眩，感覺我連辦生日派對的氣球都沒這麼認真吹過。等飼料全部冷卻後，東熙外婆以「漏風」的笑聲笑我怎麼現在才知道圍棋其實很善良乖巧，再離開了廚房。東熙外婆怎麼會那麼開心咧？我手裡也拿起一碗狗飼料盆走向圍棋。

圍棋很確定我手裡的飼料盆是屬於自己的，在空中揮舞前腳，身姿裡並未試圖掩藏自己的喜悅，而隨著我靠近越發激動，毛髮鬆厚的尾巴甚至向著四方抖出了狗毛。自我出生以來，我不曾遇過有生物如此熱烈歡迎我，那模樣有點可憐，又有點好笑，但我還不太敢過於靠近，因此在距離牠兩步之隔的地方放下了牠的飼料盆。

冷靜，冷靜一點啦，吧唧吧唧，慢慢吃，碗裡都是你的啊，吧唧吧唧，我蹲下身子，呆呆地看著正在飽餐一頓的圍棋。有人說，野獸在睡覺跟吃東西的時候是最漂亮的，眼前把我精心製作的料理如吸塵器一般一掃而空的小傢伙也好討人喜歡。

東熙外婆冷靜地對我們倆說道：「妳帶妳說的那個人來我們家一趟吧。」

「您是指我在廚房提過的那個人嗎？」

「嘿啊，叫他來一趟吧，叫他來看狗狗，然後吃碗麵疙瘩再走。」

我靜靜地拍拍屁股、從位子上起了身。眼看小白跟小黃清空了飼料盆後，朝著東熙外婆搖搖尾巴，東熙外婆指著牠們對我說道：

「我也沒有對牠們多好，總在牠們的食物裡混著人類吃的東西。一個鄉下老人只求自己方便，我也常常對這些像親生兒子一樣的小傢伙們很抱歉。但是這些狗不會埋怨我，成天搖著尾巴對我表示好感、見到我總會直接撲上來。我能為這些狗做的事情能有多少，不過就是給牠們飯吃、幫牠們梳毛，好好地疼愛牠們，就這樣而已。我們就是這樣生活的，所以說那位大叔也別太自責了，每個人能做的事情不一樣，只要他有真心地疼愛過牠，相信牠都會知道的。」

我注意到了兩件事，第一，東熙外婆在廚房裡認真地傾聽了我說的故事，儘管她當下的反應不冷不熱，實際上卻持續地緩慢消化著故事內容；第二，要煮給本次委託人的雞肉絲麵疙瘩將要宣告大功告成，「只要真心地疼愛過人家，對方也會知曉」，這句話我非常同意。

白日的風拂過鄉下的小院子，嗆人的塵土中混雜著難以掩蓋的青草香，落地的塵埃深深吸了一口氣後又再次揚起，狗狗油亮的絨毛隨風搖曳。我的速度顯然跟這個世界不同，這裡的時間走得緩慢一些。誰能對著各自的愛意指指點點呢？如果男子是真心地疼愛著萬植，就算有不周之處，也不該將之視為罪人呀。

面對委託人自我責備、並拒絕再吃雞肉絲麵疙瘩，如今治癒他的方式已經梳理完畢。心理學中有一個值得關注的療法——所謂「鏡映（mirroring）」，是當人自我洞察力不足、或案件朝著錯誤的方向發展時的矯正方式，彷彿藉著一面鏡子映照個案，找人模仿與他們相同的話語或行為，以此助個案從對方身上看到自身的模樣，並促進他們客觀接受自己。

當看見有他人和自己作出相同舉動時，人們可能會感覺到些許不協調感，透過這個反差，個案便能自己意識到改善的方向，若嚐試以古文來形容，大概能稱為「他山之石，可以攻錯」，當他人也有著跟自己相似的缺點，人們就能從中汲取教訓，而這個方法也能靈活運用，只要有一面鏡子，人們不僅能從他人的缺點中體會教訓，也能從中找到他人與自我一致的純粹愛意。

看著與萬植神似的圍棋，再看看東熙外婆以濃情愛意呵護著圍棋，顧客是否也能夠藉此體會到自己的愛意並不是一種罪過？願他能夠透過這面鏡子，從他人的身上看見過往自己懷揣的愛意。我想傳達的訊息只有一個——我想要擁抱以罪惡感桎梏自身的顧客，盼他不要懷著「當初不該那樣生活」的悔意，而是看見自己也曾經那麼愛過自己的愛犬，這樣就足夠了。

最終，我得尋求三個人的諒解。首先是東熙外婆，畢竟她事先提出這個方法的人，所以她非常歡迎委託人來訪；再來是東熙，她平時要上班，她只依著同意此事的外婆要我自己看著辦，再向我傳授了比導航更近的捷徑，並且要求了三張「馬爾濟斯犬零食使用券」。能夠以此換取和東熙外婆共度的時光，這經費算是滿便宜的，所以我二話不說便答應了。最後一關是顧客本人，我詢問他是否能在我們約定的那天之前，先與我一同拜訪一戶有養狗的鄉下人家，並在該處受我招待料理，他也是欣然地答應了。

原先的合約條款中，並沒有規定一定要在勿忘我餐廳提供料理，我所該做的僅是為顧客創造最佳的環境、提供上好的菜餚。我參照了東熙外婆的建議，反覆地練習製作更合適的麵疙瘩麵團，只求能為顧客端出最好的雞肉絲麵疙瘩。我想要做到好，我必須做到好。回到勿忘我餐廳後，在鄉下經歷的記憶如殘影般留存於心中，引領著我前進。

親手握住方向盤，即使駛過的路都跟那天相同，體感上卻覺得更遠了。時間感覺被放慢的原因不只是鄉村的恬靜，而是因為這是我第一次親自開車走這條路，再加上這回跟委託人同處一個密閉空間，令人窒息的尷尬彷彿讓時間暫停了。畢竟委託人年紀比我年長，我也不好隨意搭話，就算我想營造出輕鬆的氛圍，也沒有適宜的手段，儘管他臉上維持著淡淡的笑容，一看就知道那不是自然的微笑，我們彼此互不無利益糾葛，卻都努力顧慮對方的感受。

「這路程挺長的對吧？」

「是啊，哈哈。」

他機械式的反應讓我覺得這情景很荒謬，而不禁乾笑了幾聲。要是我沒有經營勿忘我餐廳，我還可能耐著這番死寂、然後跟一個陌生的中年男子共乘嗎？

「我們好尷尬呀，是吧？」

我暢快地吐露了心聲。

「今天真的是要去吃雞肉絲麵疙瘩嗎？」

「計畫是如此。但您絕對不用勉強自己硬吃喔，如果心裡還有點疙瘩的話，不吃也沒關係。單呈現料理給您應該還能接受吧？」

「我……我會努力挑戰看看的。」

此後，僵化的氛圍有所緩和，沉默與言語如節拍般交替，我們又來回聊了幾句。

長途跋涉後，終於抵達了目的地。就算我不是東熙外婆的親孫女，她這次仍舊站在大門口迎接著我們，狗叫聲趨近後，顧客的臉明顯變得平柔許多，三隻狗一如往常地像青蛙一樣上下蹦跳著，其中圍棋跳得尤其高，熱烈表示歡迎。

「你們來啦？」

不冷不熱的一句招呼，來自一個長時間在大門等待的老嫗，駝背的她背著手的模樣充滿了溫情。我也低下頭回禮，率先表達了感謝。

「包包放好，先來呷飯吧。」

「初次見面，您好。不知道是不是因為狗狗住在鄉村，感覺牠們特別親人耶。」

他留心地觀察著圍棋——這個相貌神似萬植、身上充滿斑點的小傢伙緊緊抓住了他的芳心。不曉得圍棋是知不知曉對方所經歷的故事，牠袒露出肚子在院子裡打滾，以全身表達自己的欣喜。

「牠雖然塊頭大鼩，個性卻很天然呆。」

「是呀。阿嬤，請問我能摸摸這幾隻狗嗎？」

「賀啊，哪有什麼不可以的。」

東熙外婆解開了三隻狗，任誰都不如牠們那般喜歡初次見面的人，因此牠們全都奔向了委託人。他與怕狗的我不同，用全身迎接了喧鬧奔放的狗狗，真希望他能將這個承接狗狗愛意的瞬間好好地收藏成愉快的回憶。

我請委託人自己隨意休息後，便跟著東熙外婆進了廚房。

「東熙外婆，我今天想要自己煮這道。」

儘管沒有媽媽從旁監視，但我想至少該正正當當地履行合約——從現在開始是實戰，我不能假他人之手。我最擅長的也就只有料理了，這點我得靠自己的力量證明才行。我如同上次那樣，拿出自己帶來的食材開始備餐，一旁的奶奶背著手後退了一步，假裝整理一些器具，圓融地將廚房的空間讓給了我。

外頭傳來狗狗跟委託人喧鬧的聲音，他擲了圓盤，也和狗狗們在院子裡散步，他還會自顧自的對狗說話、跟牠們交流。約莫一年前，他還曾經和萬植一起遊戲，如今相同的活動再次填滿了這個院子。東熙外婆來回關照著我和院子的情形，並且默默地將飼料分裝進狗的飼料盆中。看來，今天也該另外盛一碗雞高湯了。

高湯煮沸後，接著是加入麵疙瘩的時間。為了能把麵團撕得更薄更小，我費盡了心思，這時東熙外婆悄悄地走到了我身旁。

「注意一次不要剝太大塊喔。」

「好的，上次有點太厚了對吧？這次下麵疙瘩時我會放薄一點的麵團。」

「妳去看一眼那位大叔的嘴巴再回來繼續。」

東熙外婆拍了拍我的後背，指示我出去晃一圈。雖然她突如其來叫我去觀察人家嘴巴的指令很令人疑惑，但她已經擺出了「再不動作，我就把妳的麵團拿走」的氣勢。儘管不明就裡，我仍從廚房向外探出頭、看了看委託人的嘴巴，乍看之下就是普普通通一般成年男性的嘴巴。

「要是用餐的人嘴巴大的話，妳就該下大的麵團，人家嘴巴小的話，就應該把麵疙瘩撕小片一點。就連煮個麵疙瘩，也要想清楚是誰要吃這碗食物，不是盲目地撕小片的麵疙瘩，這才是有誠意。」

我再次望向委託人，瞇緊眼睛、聚精會神觀察他，他的嘴巴比我大一點。我想像麵疙瘩將會進到我的嘴裡，再以稍微大一點的尺寸準備麵疙瘩，然後拿大拇指用力按壓，讓厚度更薄。我準備的麵疙瘩，吃起來將會很有嚼勁、大小適合他的嘴巴，每當我剝下一片片麵疙瘩，腦中都浮現著委託人的臉龐，這使得這次料理麵疙瘩的速度慢了許多——我不打算著急，緩慢但充滿誠意地備餐。

東熙外婆、我、以及委託人圍坐成一個圓圈，戶外涼床上擺了三碗煮得恰到好處的麵疙瘩。考量到委託人可能還嚥不下麵疙瘩，我還另外準備了一碗不含麵疙瘩的一般雞湯及一碗飯。當我和東熙外婆已經手拿餐具，委託人卻沒有動筷。

「看起來煮得很不錯。」

「是呀，您如果作好心理準備，可以嚐嚐看。」

「哈哈。」

這笑容，是在車上看過的尷尬笑，看來他還沒作好心理準備。東熙外婆舀了一勺麵疙瘩，放進嘴裡後咀嚼了許久。這麼一說，我只顧到委託人的嘴巴大小，卻沒把東熙外婆納入考量，她的嘴巴明顯又比我小許多，加上東缺西缺的牙齒稀疏，咀嚼速度也慢得多。為了能向所有人都端出完美的麵疙瘩，我該分開下麵團的，唯有費更多工，才能讓每一碗麵疙瘩都承載至誠的心意，想到自己這次又有所疏漏，我的心裡很不好受。

咀嚼好一陣子後，東熙外婆脫口而出的指示相當出乎意料。

「妳帶這位大叔去準備狗狗的飯，像上次那樣。」

聽到東熙外婆莫名的指令後，委託人直勾勾地盯著我。我只端出了一碗雞肉絲麵疙瘩給他而已，我還沒呈現勿忘我餐廳要為他準備的料理，而東熙外婆的指示，便是要我拿出真正的料理招待我的顧客——我明白了東熙外婆的用意，於是也開口請他跟著我去一趟廚房。男子一頭霧水卻也跟了上我的腳步。

見我往飼料盆裡倒入雞高湯，他趕緊阻止我：

「老闆娘，這不是雞肉絲麵疙瘩的高湯嗎？不能習慣性給牠們吃人類的食物啦。」

「但這是東熙外婆交辦的。」

「不可以，狗不能吃這些，您沒養過狗才不曉得這些。我不是跟您說過了嗎？我們家萬植也是因為我這麼養大牠，牠才只活了短短十二年。」

他看起來非常焦躁。我為了安撫他，而向他說明，那湯汁和我們人類喝的高湯不同、調味料放得少，所以動物吃下肚也不會有大礙，他的焦慮卻絲毫沒有消失，貌似是憶起了讓他痛苦受折磨的過往。

聽聞我們的騷動，東熙外婆也跑來廚房，然後把所有雞高湯都倒入了狗的飼料盆裡。嚇了一跳的男子試圖攔住東熙外婆，但是她老人家的手腳卻比惴惴不安的男子更快。

「阿嬤，您住在鄉下可能不知道，養狗的時候一定要注意飲食，牠們每天都這樣吃的話會出事的，您曉得嗎？」

「你最愛吃的食物是什麼？」

東熙外婆唐突地問起了男子的喜好。面對這個突如其來的提問，男子顯得有點驚惶失措。

「我嗎？我喜歡吃炸物。不對不對，我們現在在談的是狗……」

「你媽媽有在家準備炸物給你吃過嗎？」

「當然有囉，畢竟那是我最愛吃的食物。」

「你看，油炸食品有健康嗎？你在家不也是吃這種食物長大的嗎？媽媽為什麼會準備炸物給你？因為知道你喜歡啊。難不成是為了讓你吃壞身體嗎？如果你媽說她為了你好，所以一輩子都不讓你吃油炸食品，你會幸福嗎？」

東熙外婆將其中一個飼料盆遞給了男子。目瞪口呆的他來回地看著碗、再望向我。

「跟我來。」

我們跟隨東熙外婆走向狗狗。已經嗅到雞湯香氣的傢伙們搖擺屁股等待著我們。東熙外婆將飼料盆放到了小白和小黃面前，圍棋見到同伴們都已經開動、自己卻沒得吃，牠不禁哀痛地哭叫了起來。男子手裡的碗便是圍棋的餐點。

「隨你便了，你要是真不想給，可以不給牠飯。」

男子相當難堪。圍棋清楚地知道男子手裡拿的是自己的飯碗，而悲涼地嚎叫著，他看起來非常左右為難。

東熙外婆靜靜地再次吃起麵疙瘩後說道：

「我知道。我知道我是個鄉下老人，所以沒辦法好好養狗。我難道會沒有想多為牠們付出更多嗎？你說你的狗養了十二年對吧？我也養牠們養好幾年了，對我來說，牠們就跟我的親生兒子沒兩樣，你有多在乎你的狗，我就也有多疼愛我們家狗狗。不可能世界上的每個人都能在同樣的環境下用一樣的方式疼愛寵物，所以說，人也要有點寬宏大量，包容理解各自的條件情況，我們沒有人是法官，對吧？」

「阿嬤，您再稍微花點心思，跟牠們生活的日子才會更長久。」

「你知道那個妹妹怎麼熬出那鍋雞高湯的吧？把一整隻雞煮到熟透後，她再親手一絲絲地把雞肉剝下來的，這樣她還不算是煞費苦心嗎？現在立刻把狗狗載上卡車、送到市區的寵物中心才是愛狗嗎？並不是的。還有，你看看圍棋。」

東熙外婆收走了男子手上的飼料盆，並代替躊躇不前的男子走向了圍棋。圍棋見狀便用全身表達了牠的喜悅之情，等飼料盆一落地，牠趕緊埋頭飽餐一頓。

男子就此看著東熙外婆重蹈覆轍自己以前做過的事蹟。不一會兒，圍棋清空了整碗飼料，接著又蹦蹦跳跳地衝向東熙外婆，不顧東熙外婆撫摸狗狗時多麼粗魯，圍棋高興地享受著她的手勁，一邊忙於舔舐她的手臂。

「你看牠有多開心。」

男子靜靜地凝視著圍棋和東熙外婆，似乎進入了某段記憶的漩渦而沉默不語，僅有他的雙眸悄然地跟著狗的身影游移。再坐回戶外涼床後，東熙外婆遞了餐具給男子。

「我知道你曾經多愛過牠。你一直覺得很對不起牠，抱歉到你連食物都不敢再碰，那份心意不會只是說說而已。但是，這事情已經過很久了，總不能一直活在過去怨嘆自己吧。就連這些不會講人話的動物們，也都感受得到是誰盡了最大的努力疼愛自己。」

禁不住東熙外婆苦口勸說，男子終於動手拿了餐具，但還是沒能舀起一口麵疙瘩。東熙外婆將蘿蔔辛奇的小菜碟推到男子那邊，並往空杯子倒入了冰涼的麥茶。

「你沒有做錯什麼。你養過的狗，一定也覺得能和你這個主人生活很幸福。」

他遲疑好一陣子，後才將湯匙浸入碗裡、再小心翼翼地將其舀起，裡頭盛了大小正適合入口的麵疙瘩、以及一片韓國櫛瓜[29]。他以略略顫抖的聲音向東熙外婆問道：

「萬植真的懂我的心意嗎？」

東熙外婆的回答非常簡潔。

「當然。」

他又躊躇了一下，才將一匙雞肉絲麵疙瘩放入口中，他閉著雙唇，時而咀嚼時又停頓，在靜靜品嚐麵疙瘩的過程中消除長久以來的負罪感。在這期間，東熙外婆在一旁持續言說著他沒有做錯什麼，並要他與自己和解。

男人再次抬起了重如千斤的湯匙。輕拂過我們頭頂的風，順道吹亮了塵封已久的心，他嘴裡又繼續嚐著一口口麵疙瘩。看男子鼻子發紅，我只想著是不是自己今天煮的麵疙瘩特別燙嘴。

「這位大叔，你叫什麼名字？」

在男子將半碗麵疙瘩吞下肚後，東熙外婆問起男子的大名。這舉才讓我意識

29. 譯註：蘿蔔辛奇「애호박[aehobak]」，直譯為孩南瓜，臺灣慣譯韓國櫛瓜，常見於湯鍋料理及煎餅，也會炒熟或備成涼拌小菜。

到自己連他的名字都沒過問。

「敝姓朴，名叫萬秀。」

「難怪取叫萬植啊。萬秀和萬植。」

「是的，萬秀和萬植。」

萬秀、朴萬秀，我默默在心中反覆唸著他的名字，接著，透過照片認識的萬植彷彿聽到有人呼喊自己的名字，蹦蹦跳跳地奔入我的腦海。叫一聲「萬植！」，牠似乎就會像隻青蛙一樣欣喜地蹦跳，我在腦中描繪了那隻小傢伙對著主人興奮地搖晃尾巴的模樣。在牠面前，有一位中年人名叫萬秀，靠著自己笨拙的手藝端出了一碗雞肉絲麵疙瘩。向著珍愛的家人之情意有多深，自責感就有多沉重，萬秀，是獨留世間的生者之名。我和他一起清空了各自碗中的麵疙瘩，腦中的思緒將他與媽媽交疊在一起。

結束了本日業務，我回到餐廳善後。此期間，樂原先生說著自己要來拿上次買的貓零食，所以到訪了餐廳。儘管長途駕駛已讓我筋疲力盡，看到他之後，疲憊感卻神奇地煙消雲散了。

「哇，您還照顧到我們家貓咪，我們現在是彼此最好的朋友了嗎？」

「您別太浮誇了。」

「今天的委託解決了嗎？」

我展示了從男子那裡得到的署名。不過要是這次沒有東熙外婆幫忙，委託恐怕就解決不了了，由於不是全靠自己的能力完成，我的心情並不是太痛快。

「您的臉色不太好看，發生什麼事了？」

「沒事。只是……這已經是第四個署名了，我卻感覺自己還有很多不足。」

樂原先生將貓零食裝進了自己的包包，然後一邊輕拍我的手臂、一邊以強烈的語氣說道：

「又又又來了。您明明一直都做得很好，又……」

「這次是很多人出手幫助。」

「這代表忘草小姐是個很好的人，才能獲得他人從旁協助吧？」

「齁。」

「齁？又來了！您是被從小騙到大嗎，就信我這句吧。」

聽到要我相信他的這席話，我的記憶裡同時召喚出東熙的聲音。我羞赧地笑了笑。

我還需要花點時間才能完成打烊的事務。明天還得準時上班的人，再待下去一定會太累，我便勸他早點回家。他在「回家」跟「繼續留在餐廳」兩個選項間苦惱了許久，接著露出遺憾的表情，無奈地決定今天還是先行離開，並向我道謝、表示自己到家後會第一時間拿零食餵養貓咪。我已經送他到門外，他還在分享各種我不曾過問的資訊，真不曉得他為什麼有這麼多話要說。

「我真的要走囉～我們早日再見！」

「好的，請慢走～」

他展開笑顏揮了揮手。雖然我們沒有說好所謂的「早日」是什麼時候，但至少確定我們如今是可以舒服見面的關係了。突然，我再次念起了那天出寵物用品店後在路上思索的內容，原來我身邊也有這麼一個人，會笑著對我說下次再見，難道真如樂原先生所云，我是一個夠好的人嗎？雖然我尚無法相信那番話，但心中盼望真是如此。

哪怕只有幾瞬間的苦惱——要留在勿忘我餐廳還是回家？——我非常感謝他猶豫了。我心生了一個想法：希望他不是在餐廳跟家兩個選項間抉擇，而是在猶豫要選「我」還是「家」，此念一出，我自己嚇得趕緊搖了搖頭。

第六章

培養自信的素辣炒年糕

第六位客人拉開門走進餐廳時，我並沒有立刻招呼，而是先確認了她的來意。同時，她亦露出了訝異的表情，反問我怎麼會在這裡。我們一個像是開錯了別人的家門，另一個則像是迎接著開錯門的鄰居一般，彼此都藏不住臉上的慌張——我們都記得自己見過對方。

「我跟人家約在這裡，請問您是在候位嗎？」

面對她將我誤認成餐廳的客人，我當然得在此介紹自己的身分了。

「不是，我是這裡的老闆。」

「老闆嗎？」

「那您就是……先前聯絡我的那位委託人嗎？」

即使褪下印有大大標誌的便利商店背心，她依然是說話音量偏小的類型。她交握著雙手的站立模樣，比起客氣拘謹，更像是出於畏縮謹慎的表現。我表明老闆的身分後，她撓了撓頭，並且眼神不斷在門外和沙發之間游移，顯得有些扭捏。顯然，她肯定也認得我。

我記得她。她是在對面便利商店打工的輝旻小姐。雖然我也跟她同樣感到有些不自在，但身為老闆，總不能就這樣送走自己的顧客，花三分鐘感嘆緣分的奇妙已經很夠了。我趕緊請她入座，接著遞上一杯香草茶。她露出有些難為情的神色，小口飲啜茶品，邊左顧右盼環視著餐廳。
「世界真小，對吧？」
「是呀。」
這次的客人難以下嚥的食物是辣炒年糕。申請書上寫著，她某次和姑姑一起吃辣炒年糕時消化不良，那次的經驗讓她從此就再也不吃年糕料理。不久前我也和媽媽聊到過辣炒年糕。那對我們母女而言是會讓人時時惦記的美食，而竟有人無法如此，這讓我對預約者的故事更感好奇。於是我決定與她見面，為此還調整了一下行程，結果迎接的是現在這個尷尬的場面。
我想起了她總是滿臉陰鬱站在櫃檯的模樣。儘管今日的穿著不同以往，頭髮也紮得很整齊，那份獨有的氣質卻一如往常。
「今天輝旻小姐是我的客人呢，您請隨意坐吧。」
「您知道我的名字？」
「當然，您平常都有別著名牌不是嘛。」
「啊……」
也許是我太冒昧了嗎？她沒說什麼，只是沉沉嘆了口氣，接著便繼續啜起了香草茶。我猜想她可能是因為遇到認識自己的人而難為情，於是不由得也開始顧慮起了她的狀態。她一聲不吭，在沉默中，我心中越來越焦慮。

「公平起見，我也來介紹一下自己吧！您好，我是正在經營餐廳的文忘草，今年二十九歲……啊，好像不用提到年齡？」

緊張的我一股腦地說出了她根本沒問的資訊，再次重演接待第一位客人裕賢先生時的毛病，我到底什麼時候才能學會從容應對客人呢？慌亂應答的同時，潛藏在腦海裡的自責又逐漸擴散。要想成為一家餐廳的負責人，可絕不能再用如此不成熟的方式應對，我心中只求輝旻小姐不要太快對我感到失望。

「我也二十九歲。」

「真的嗎？我們……是同齡朋友呢？」

「啊，對……是同齡朋友呢。」

鼓起勇氣說出的「朋友」一詞，反而讓我們之間更為尷尬。輝旻小姐看著有些呆愣的我，並未露出不悅的神情，而是依然雙手交握、不安地搓揉著手指。她看起來像是隻迷路的小貓，似乎比平常在便利商店的樣子還膽怯退縮。

「您今天不用打工嗎？」

「等等……要去。」

「這樣啊。」

話題已然枯竭。實在不知道說什麼才好，只好開始講些無意義的廢話。然而即便如此，似也緩解不了老闆與顧客之間的尷尬——畢竟我們同為二十九歲，只要稍加注意對方的臉色，便能輕易讀出彼此的情緒狀態。我要是再更有親和力一點就好了……我要到什麼時候才能變得游刃有餘呢。這種時候，我也只能不加修飾地切入主題了吧。

「我自己是滿喜歡吃辣炒年糕的，所以想問問輝旻您再也不吃辣炒年糕的原因是什麼呢？」

若要歸納我從客人身上都觀察到了些什麼，那就是在踏入餐廳後，無論他們是否會積極開啟話題，在真正說出自己的故事之前，總是需要先醞釀一下。不知道他們是不是正利用這段時間，暗自回顧埋在心底的傷痛呢？若真是如此，那他們能在如此短時間內梳理好自我、並且向我傾訴自己心中那道跨不去的坎，真的很了不起，換做我肯定做不到。

「您和我同歲卻已經在經營餐廳了，真讓人羨慕呀。」

「餐廳現在還沒有正式開業盈利，我也還沒有收入，其實跟無業遊民差不多。」

「這樣也叫無業遊民嗎？像我這樣才是吧……」

「您不是在便利商店工作嗎？」

「那也不算工作吧。到了這個年紀，還在打工賺那點零用錢……」

恰如萬秀那僵硬的微笑，她的聲音透露出幾絲尷尬，臉上也和我每次去便利商店時所見的一樣，滿是憂鬱、沮喪。餐廳角落陰暗潮濕的水氣彷彿在她的頭頂凝結成一片看不見的烏雲，而我只能盼望雨水不會就此落在她的雙頰。我正思考著要不要老套地回答「您怎麼會這麼想呢？」，卻同時察覺到輝旻的嘴唇不停微顫，彷佛有話想說，我便打消了念頭。

「在韓國，人好像過了三十歲就會被放大檢視。親朋好友們會開始評斷你的人生過得好不好、審視你是否成為了一個好大人，再看你是否從事著成功的工作、是否已經結了婚，或是有沒有累積了一定的財富……舉凡求職、戀愛、結婚、資產管理，等待被打分數的項目似乎有一卡車這麼多。即使聽過人家說，早的話可能從二十歲開始，每回逢年過節那些『訊問』都會向著我們步步逼近，我卻沒想到現實真是如此殘酷，所以面對親戚我總是選擇敬而遠之。長輩本身就令人難以靠近，要是再配上他們說出的那些話，距離感就更強烈了。總之，我再過一年就要三十歲了，卻依然一事無成。別說像樣的工作了，我甚至連基本的存款都沒有，當然也沒有可以結婚的對象。親戚們老催促著我去相親，說是這樣才能趕快嫁人。荒謬的是，到了這個年紀，一無所有的我偏偏只有某樣東西，您知道那是什麼嗎？」

「不知道。」

「是自尊心。」

「哈哈哈。」

我不自覺笑了。儘管輝旻小姐可能不是在開玩笑，她突如其來的提問卻讓我十分驚喜。況且，她所說的——人活到快三十歲了還一無所有、只剩下自尊心這點，我同樣也被說中、而苦澀地笑了。我頗有共鳴地靜靜點了點頭，所幸她在看到我的反應後，臉上也閃過短暫的微笑。那並不是感到開心時會有的笑容，而是彷彿嚐到生柿子般帶有些許苦澀。原先看起來畏畏縮縮的輝旻小姐，似乎準備好了要訴說的故事，眼神透露她漸漸自己找回了力量。總是僵直地站在櫃台打招呼的她，也是個活生生的、有故事的人。多虧剛剛氣氛緩和，我們開始進入正題。

「其實我從小就不太懂人情世故，可能是因為這樣，所以我起步得比較晚。我吉他彈得還不錯，以前還夢想成為吉他手。在大學社團裡，也作為貝斯手活躍了好一陣子！但是……這有什麼用呢？我都快三十歲了。」

她小心翼翼地擺出彈吉他的手勢，然後又再次變回有些彆扭的模樣。

「那您放棄夢想了嗎？」

「嗯。放棄當吉他手的那天，就是我決心再也不吃辣炒年糕的那天。我的父母一直以來都努力尊重我的意見，從來沒有對我追夢說過什麼，但我的姑姑不一樣。她比較……熱心……嗯，這是好聽一點的說法……姑姑人很嚴格，是我會害怕的長輩。有一天，她邀我久違地到她家一起吃頓飯。那是姑姑第一次主動先跟我聯絡，我自然很開心，心想她可能買了些好料，於是興高采烈地登門拜訪。當時姑姑問我喜歡吃什麼，我說辣炒年糕。因為叫外送很快就可以送到、價格也不貴，我想這樣就不會給她造成太大的麻煩。畢竟平時我們也不常往來，如果讓她破費，多少也會覺得不好意思。到當時我還是真心喜歡辣炒年糕的。」

「原來您以前是能吃辣炒年糕的嗎？」

「對，那是我的最愛之一……那時我吃得正開心，姑姑開口了。她說我既然吃了飯，就該付出相對的努力，應該要開始工作賺錢、自力更生，伸手向父母要錢這種行為，在三十歲以前就該停止；她還說我在音樂上的實力和天賦不足，沒辦法讓我一輩子只靠彈吉他賺錢，一個月至少要能賺到兩百萬韓元，才像個大人該有的樣子……姑姑告訴我，我爸媽是因為心軟，才沒有對我說出這些話，所以她決定要親自跟我開口。本來那天因為姑姑主動邀約，我是抱著受寵若驚的心情去的……聽到那些話以後，我就開始後悔：為什麼當初要這麼為姑姑著想，說我想吃辣炒年糕呢？早知如此，倒不如要她請我吃牛肉呢……我是為了不麻煩姑姑才提議辣炒年糕的耶……」

輝旻的肩膀自始至終都往胸口蜷縮著。背負著這樣的故事，籠罩在她頭上的烏雲愈加沉重了。我望向她無意識擺弄著的指尖，同時注意到了她過往追夢留下的印記，一想像她那粗糙又厚實的十隻手指曾經自由自在地在吉他弦上拂動的模樣，就為她感到十分惋惜。她曾在樂譜中自由翱翔，卻在琴弦斷裂的那一刻被驅趕回了名為現實的世界。還餘留在音階之間的只有她曾經的雙翼，而靈魂已失去對於天空的渴望。

「更悲慘的是，我自己也因為還沒能有所成就而心虛，就認為姑姑說的是對的、沒有為自己辯駁。我只是一直埋頭吃著辣炒年糕，生怕浪費食物會再被姑姑責罵。畢竟姑姑本來就是很有威嚴的人，所以更加害怕被她討厭。心想著原來我是這麼失敗的人啊、原來爸媽可能也是這樣想我的啊、原來我真的什麼都不是啊……帶著這一類糟糕的想法，我硬是吃下了整碗辣炒年糕。但是您知道等我吃完以後，她說了什麼嗎？」

「不知道。」

「她說我只有在吃飯的時候才會這麼拚命。」

對著出於禮貌、強忍著委屈也要把飯吃完的人，竟然有人可以說出這種話。

這次，即使是玩笑話我也笑不出來了。

「她說，什麼都不做只會吃的人跟米蟲沒兩樣。那天，我在搭地鐵回去的路上，突然感覺肚子一陣絞痛，就跑進廁所吐了起來，我，我是人啊……那天我搭地鐵回家的路上沿途身體都很不舒服，跑去廁所嘔吐了一輪。不曉得您有沒有類似的經驗，吃了辛辣的食物以後再吐出來的話，整個喉嚨會像被灼燒一樣。也不知道單純是因為肚子不舒服，還是我在難過其他事情，總之我一邊吐，眼淚一邊不受控制地一直流下來……期間還不斷聽到隔壁廁間傳來的聲響……只感覺自己的人生真是一團混亂……現在的我對於未來已經完全失去自信了。先不提辣炒年糕，我連自己是否能找到好工作、做到該做的事都不確定，因為我無論在哪個方面，都是無用的米蟲。這樣渾渾噩噩地求職，也已經是過了兩個年頭了呢。每天早晨的到來，最讓我感到焦慮又害怕，要是永遠不必迎來明天，那該有多好……」

如灰燼般黑壓壓的烏雲籠罩了整間餐廳。輝旻小姐沒有哭，光是能這樣說出口，似乎就已經能讓她心裡稍微暢快一些了。但在她內心深處，一定還埋藏著那沉重的回憶和壓力，大概還要好久才能真正感到身心舒暢吧。

雖然我從來沒有特別為了求職做什麼準備，但不知道為何，輝旻小姐的話總是能夠戳進我心裡。那種焦躁感並不陌生。並不單純因為我們同年齡，我才如此共情，我的心也如她指尖一般粗糙，我試著整理了自己心中的疙瘩。

為了緩和氣氛，我不著邊際地問輝旻：

「您有喜歡的吉他手嗎？」

「嗆辣紅椒的約翰伏許安[30]。」

雖然我並不認識她所說的人物，但為了不讓她尷尬，我「啊啊」幾聲，裝出一副很了解的樣子，但從她的眼神來看，我拙劣的演技應該已經被看穿了。

「對了，之前申請書上忘了寫，我現在吃素。」

沒過多久輝旻就從座位上站了起來，表示打工的時間快到了。她說下次來的話，要請喝我一瓶維他500[31]。她的臉上沒有了一開始的焦慮，但背影看起來仍是黯淡無光。

30. 譯註：美國另類搖滾樂團「嗆辣紅椒（Red Hot Chili Peppers）」成團於一九八二年，目前團內尚有主唱安東尼．基德斯（Anthony Kiedis）、吉他手約翰．伏許安（John Frusciante）、貝斯手「跳蚤」麥可．巴札里（Michael "Flea" Balzary）及鼓手查德．史密斯（Chad Smith）等人。

31. 譯註：維他500（Vita 500；피타 500）是韓國廣受歡迎的一款提神維他命飲料。

不安的感受和自信心的缺乏，兩件事看似無關，實則關係緊密。無論生活在多麼安穩的環境，如果缺乏了自信，也會無時無刻感到不安；相反，自尊心高的人即使身處於惡劣的環境，也不會被輕易打倒，那些不安的感受終究會成為他們動力的來源。這讓我想起了爸爸，即使在何其困頓的環境下，他依然相信自己並默默向前、最終開了屬於自己的餐廳，我好想向他看齊、向他請教究竟如何有那份毅力。

我不能幫輝旻小姐找工作，那不是我的身分該做的事，即使我有那樣的能力，我也不能這麼做，但我想為她撫平她那被蹂躪的自尊、為她做一碗有模有樣的辣炒年糕。我想在她皺巴巴的心上，塗抹、浸入鮮紅的辣醬；希望我額頭上一顆顆的汗珠，能帶走她那些傷心的過往，再將冰水灌入那火辣辣的嘴裡時，洗刷掉她的悲傷……

〔問題：要如何提升自信心呢？〕

〔回答：Love yourself! 請愛你自己！〕

問題是「要怎麼做」。在網路論壇詢問提升自信心的方法，得來的答案總會像複製貼上般千篇一律：「要愛自己」。就是因為沒辦法用愛接納自己，才沒辦法強化自尊心，結果解決方法又說要先學會愛自己……就這樣陷入無限循環。發文者看到這樣的回答應該只會覺得更難過吧，閱聽者再讀這些看似明確卻是如此扁平的內容也是很鬱悶。其實我也很想知道，究竟要如何愛自己，要怎麼提高那稱作自尊的東西。

一如往常，要找到做菜的靈感需要一些時間，而一切必須先從去超市買食材開始。為無肉主義者（Vegan）做料理，需要比平常多花點心思。辣炒年糕其實不需要很多種食材，光是以冰箱現有的原物料就能完成，只是冰箱裡沒有適合代替魚板、火腿、雞蛋等的無肉製品，於是我拎起購物袋、錢包和車鑰匙準備出門。

「您要去哪？我是來找您一起吃午餐的耶。」

星期五中午，這不該是上班族們光顧的時段。樂原說他今天休假，我心想：「在這寶貴的休假日，有必要為了跟我一起吃午餐特地來餐廳嗎？」但我沒有說出口，否則聽起來像是在趕他走。

「又要吃豬腳？」

「當然，我們可是豬腳同好呢。我還順手帶了零食，您之後偶爾累的時候可以吃。這是在對面便利商店買的，我請工讀生推薦我最近暢銷的點心，她就跟我推薦這個，不知道好不好吃耶。」

樂原的右手提著兩個塑膠袋，其中一個裝了光用想就覺得膩人的外帶豬腳，另一個則是他說的零食，他從袋子裡拿出維他命飲和巧克力組合包放在餐桌上，袋子隨著他的動作窸窣作響。其中一款是最近社群平臺上很紅的薄荷巧克力甜點。他說道自己到了下午血糖就會變低，看我構思料理一定也很耗費腦力，所以叫我工作時要多補充一點糖分。那個巧克力在便利商店算是很貴的商品，這難道就是收入穩定的上班族才有的餘裕嗎？無論如何，我很感謝他對我的好意。

「那位工讀生是不是一個看起來跟我年齡相仿？女生？」

「嗯，對。您怎麼知道？那個女生看起來真的很小心謹慎！雖然她很親切地幫我挑了這些零食，但在我來之前，她不知道是不是被店長罵了，看起來有點意志消沉。」

「她平常一直都很親切，應該不會被罵。」

「您認識她嗎？」

「她就是我最近接的委託人。」

「什麼？世界也太小了吧！」

「這個天氣，感覺等一下你的針織衫要再穿回去比較保暖。不過還是要謝謝你給的零食，我之後會好好享用的。」

「要去哪裡？」

「我要去一趟超市。」

「那我肯定要跟。我來開車嗎？」

「不用麻煩啦。」

樂原先生的針織衫上看不到一點毛球，稍微摺起的牛仔褲下方，是簡約時尚的襪子。洗得乾乾淨淨的襯衫和鞋子、整潔的指甲、還有陽光微微穿過的髮絲，從一個個微小的細節能注意到他打扮的巧思，總覺得每次見到他，他好像又比上一次更加乾淨俐落。

「您今天為什麼休假？是有什麼重要的約會嗎？」

「您好奇嗎？」

「也沒有，我就是隨口問問。」

「是嗎？」

「我看您是因為無聊所以才跑來餐廳玩吧？」

「那您就當作是這樣吧。」

在車裡，我們舒服地聊著天。但我隱約感受到了一種不尋常的緊張，像是空氣裡懸著一絲不能大力拉扯的弦。我感受到自己的心撲通直跳，風和日麗的星期五正午彷彿流淌著耳朵聽不見的韻律。穿著一身整齊俐落的衣著，再不遠千里拜訪，我其實有很多很多想要追問他的事，最後卻什麼也沒說出口。我怕一旦問了，他就會切斷那條空氣裡的細弦逃走。

我的好奇心並不單純。在那些疑問背後，似乎還藏著不知道從何時開始的、才剛萌芽的情感。

首先要選的食材是年糕。年糕的原材料不含肉類，所以本身算是素食。因為輝旻在吃完年糕後，有過消化不良而引發嘔吐的經驗，因此，比起以麵粉為原料的年糕，我選擇了較好消化的米年糕。

「不過我更喜歡麵粉年糕耶。」

「是嗎？那有機會的話，我做麵粉年糕給您吃。」

樂原跟著我來到了辣椒醬那區。他問我在食材方面是否很講究。我心想，有好食材才能作出好料理，這是再理所當然不過的道理，但如果認為廚師只是負責「做料理的人」，確實可能會有這樣的疑問。想到這裡，我恰巧看見了我想找的辣椒醬，邊確認成分邊回答他：

「那時候為了準備招待您的豬腳，我可是特地跑到了水原買食材呢。」

幸好辣椒醬裡不含肉類，也沒有與肉類食品共用產線。考慮到在正式上菜之前還要多練習幾次，我便直接拿了三罐放進推車裡。反正即使沒用完，也能拿來做別的料理。

「天啊，為了做豬腳給我吃，特地跑一趟水原嗎？一定很麻煩吧。」

是啊，的確很麻煩。為了選食材跑去外地，不是件簡單的事。本來想藉此炫耀一番，但突然想起煮雞肉絲麵疙瘩時奶奶說過的話。

「麻煩又複雜的事才能表達出真誠。」

聽到我一派輕鬆的口氣，樂原先生開玩笑似的鼓掌讚嘆我。我被他的舉動弄得有些害羞，只好假裝正經地繼續挑選食材，好一陣子不敢再與他對視。在離開醬料區之前，我還順便拿了幾罐醬油和一些糖以備不時之需。下一步要去尋找能讓辣炒年糕口感更豐富的配料，我們於是推著推著來到了冷藏食品區。

我的目標是植物肉。植物肉雖然是用豆類做的，但沒什麼豆子的腥味、嚼起來像絞肉一樣，不僅可以增加口感，還可以代替魚板和雞蛋提供充足的蛋白質。

「酷斃了，豆類竟然可以做成肉……想不到您身為非素食者，還對素食商品這麼了解。」

「那是當然的。廚師可不是為了自己才做料理的，而是為了服務客人呀。」

「真是敬業，很有廚師的風範耶。」

雖然我本來就不習慣被稱讚，但奇怪的是，每當我從他口中聽到稱讚的話語，總是會感覺到自己發燙的雙頰比平時再高個一度。這種不知所措的感受，讓我覺得他罵我的話說不定還好一點呢。

「聽到您稱讚我，感覺好奇怪喔。」

被我這麼一說，他才停止了對我的花式吹捧。同時我拿了兩袋印有「使用有機豆類製作」的冷藏植物肉放到手推車裡。這樣的分量就足夠了。

「您要用這些做成什麼口味的炒年糕？」

「嗯，本來打算做辣味的，但我還在考慮。」

炒年糕也分很多種類型：辣醬口味、咖哩口味、炸醬口味等等。雖然越經典的炒年糕越能考驗廚師的技術，但現在未必需要考量這個。重要的是我身為廚師，如何才能作出讓輝旻感到幸福的料理。在經營勿忘我餐廳時，「沒辦法決定要做什麼樣的料理」就等同於煩惱著「不知道要給對方什麼樣的安慰」，我一邊回想輝旻的故事，一邊繼續推著推車前往蔬菜區。

此時，樂原在前面用一隻手拉著推車，然後回頭看向我。

「那位委託人需要什麼樣的料理呢？」

不管是什麼料理，目標都已經定下來了。

「可以提升自信心的料理。因為她跟我同年，所以我對她產生了像朋友一樣的感情，想要為她做點什麼的心情也更加強烈。雖然她每天都頂著一張陰鬱的臉在便利商店打工，但就像您今天感受到的一樣，她人很好、很親切。在當今的社會，想要自食其力是一件很不容易的事，她能這樣堅持下去、努力生活就已經很厲害了。我希望她不要沮喪，要更自信地活著。如果她是我的朋友，我一定每天都會稱讚她，並告訴她：『妳已經做得很好了。』」

我從架上拿了高麗菜、大蔥、青椒、蒜頭和水芹菜。除了青椒和水芹菜以外，其他都是一般炒年糕也會用到的食材。買青椒，是考慮到如果要做特殊口味的炒年糕，可能會需要綠色的青椒來點綴，至於水芹菜……是因為我覺得樂原買的豬腳如果拿來配大醬湯應該還不錯，所以就順手拿了。

水芹菜大醬湯，他第一天來時就說過他很喜歡這項料理。不然水芹菜買個兩把吧？啊，不對，搞不好他今天不想喝大醬湯，還是先買一把就好？於是，我又從推車拿出一把菜放了回去。啊對了，我是不是自顧自走得太快了呀？

我又假裝不經意地接續剛才的話題。

「雖然說先學會愛自己才是建立自信心最根本的辦法，但我認為身邊的人也扮演著很重要的角色。單憑一己之力不免過於薄弱了。如果沒有人支持我，即使我認為自己做得很好，也會提不起勁的。當我學會愛自己，別人也肯定我的感受時，自信才會油然而生。至少我是這麼認為的。」我自顧自地說著。

「哦！我的想法跟您一樣。我也認為提升自信不是能夠獨立完成的事情，因為人不能沒有別人的關心和愛。某種程度而言，我們很契合呢！」

我沒辦法討厭他說著我們很合時那副雀躍的神情。難道跟我志同道合是這麼值得開心的一件事嗎？我沒辦法直視他的眼睛。或許他罵我一頓還比較好受。

我又重新拿了一把水芹菜回來。

「您聽過我的故事所以也清楚，我常常想著，在我最辛苦、覺得自己是全世界最慘的人時，如果有人對我說過任何加油的話該有多好……但真心的安慰和同理是很珍貴的心意，身心俱疲的時候，總是很難遇到有人給予小小的鼓勵。而那時的我總想著，要是世界上有幫助人們建立自信心的部隊就好了，如果我只要花錢就能請到他們，無論多少錢我都願意買。」

聽著這些話，我想起了他吃著豬腳、眼眶泛紅的模樣。我不想裝作不知道他的過往，因為我明白他是經歷過多少困難和挫折才能像今天這樣，以乾淨整齊的樣子一派輕鬆地和我談笑風生。

「樂原先生，您辛苦了，謝謝您成為我的客人。」

「有我這個朋友很不錯吧？您應該要感到慶幸。」

朋友。雖然可能是開玩笑，但原先一邊擺弄推車裡的蔬菜一邊漫步的我，不禁暫時停下了腳步。他打趣的話，對我而言卻不只是玩笑。從小，我的內心就只有對於達成夢想的執著，以及對於他人的疑懼，絕不容忍任何人隨意試圖侵踏我的內心世界，而只開放我的兒時玩伴兼鄰居東熙進入我的小小宇宙。

我此刻會感到前所未有的不自在，也是因為在遇到樂原先生以前，我不曾對任何人有過如此強烈的好奇心。因為沒有體驗過被朋友圍繞的感覺，所以也對迎接新的友情有些手足無措。友情，友情……說不出具體的理由，但這詞也讓人不太舒服。

「好像是呢。坦白說，我的朋友只有東熙一個人而已，因為我不太懂得經營人際關係。但其實我也很想與三五好友聚在一起，去外頭野餐、或是去遊樂園玩都好……」

「那就去呀！現在有我不是嗎？我們是朋友吧？」

「朋友……」

「嗯，是朋友。」

我很感謝他的熱情，但也摻雜著一些異樣的反感。又不是五歲小孩，幹嘛一直把朋友掛在嘴邊？這激起了我的好勝心。但為了不被看穿，我只好用力緊閉嘴唇，強迫自己闔上原本打算反駁什麼的嘴。

「欸！我想到了一個好點子！我們為她舉辦一個自信派對如何？派對當天，讓她成為世界的主角！主餐當然就是年糕料理，不過要像古時候皇上用餐那樣，做好幾種版本的年糕料理。」

「自信派對？感覺很有趣呢。」

「對吧？」

樂原先生像是在安排自己的事一樣興奮。在後來逛超市的時間裡，他也口沫橫飛地不斷強調著「提升自信一定要大家同心協力」——儘管言詞有些誇張，但也有一定的道理。我們積極地交流想法，一直到逛完生活必需品那區才去結帳。最後結帳的金額……唉，即使被媽媽唸叨幾句也不意外。

為了挪出空間，我打開後車廂，草草整理了裡面原本堆放的東西。反正距離不遠，就算車程中有些小碰撞應該也無傷大雅。我像疊俄羅斯方塊般把剛買的食材塞進所剩不多的空隙，然後用力關上了後車廂。一晃眼，午餐時間已經過了。但假如我說要煮大醬湯給他吃，他應該會很開心吧？想到回去後可以一起吃頓熱呼呼的午餐，我便趕緊坐上駕駛座。

「忘草小姐，那您路上小心。」

他沒有坐上副駕的位子。

「您不上車嗎？」

「我該走了，下午跟學弟妹還有約。本來想說找忘草小姐您一起吃個午餐，但現在好像有點晚了。連我的份一起好好享用豬腳吧！為了陪您，我已經遲到一個小時了呢。那我們假日再見囉，到時候我會帶很多派對用品來的！」

「好，路上小心。」

水芹菜應該買一把就好的——不，是根本不應該買。為什麼他今天要跟著我來超市？他只是為了打發時間才來餐廳的嗎？因為早上還有空？也是，如果是為了來餐廳而請特休也很奇怪，大概是餐廳剛好可以順路去他的下一個行程吧？那他幹嘛又說假日還要來呢？又為什麼買巧克力給我？我真的想不透。

我對樂原那端正得體的打扮背後所隱藏的目的感到失望。真令人惱火，明明這又不是比賽，為什麼我會感到挫敗呢？而且就如同我所擔心的，他彷彿剪斷了我們彼此間的情誼之繩，獨自一人遠遠離去。被留下的我只能坐上那窄小的車，一如往常地繫上安全帶並發動引擎，駛上道路，我卻好像行駛在一百英里長的沙漠一般。

為了幫助輝旻小姐找回自信，我們從星期六上午就開始布置餐廳，準備弄個氣派的派對。聽到消息的東熙表示自己也可以在中午加入布置的行列，多了一個人手，屆時我們應該就可以早早收工了。樂原先生得意地準備了一堆花里胡哨的派對道具，看來足夠我們營造出歡快活潑的氛圍。

我們往其中一面牆上貼了閃亮的「whi min」英文字型氣球，並先幫預計要鋪在地上的圓形氣球都充好氣了。按照計畫，輝旻小姐會在星期一晚上到餐廳，氣球應該能撐過週末兩天。如果一切進展順利，我、東熙和樂原先生三人在布置完後，就可以開始試做不同口味的辣炒年糕，然後吃完再解散。唯一美中不足的地方，就是和樂原先生單獨待在一起的時刻不再像以往那麼自在。

「我當初在找工作的時候，也深深感受到現在的就業市場競爭有多激烈，希望您說的這位委託人未來也能順利找到工作。當然，如果可以一併克服對辣炒年糕的恐懼，那就再好不過了！」

樂原先生正將一個巨大的愛心氣球充氣，為不認識的人籌辦派對究竟哪裡有趣？可以週末來餐廳打發時間？還是想要多一個無聊時候的聊天對象？樂原先生雖然自稱是我的朋友，但他對我而言仍然是客人，在我心中，他不會無法逾越客人和朋友之間那條界線。我低著頭表示認同，不打算想方設法延續話題。

「嗯……但找到穩定的正職應該不是輝旻的夢想，她有提到自己最想往什麼方向找工作嗎？」

若是樂原先生沒有拋出問題，我應該會任由他自言自語，但他執意與我搭話，我終究只能應答。輝旻小姐的夢想我的確還記得，儘管假裝不知情並不是我一慣的作風，但今天我格外想賭氣，不想輕易讓他聽到答案。

將手機連接到藍芽音響後，我隨意播放了那天輝旻提到的樂團歌曲。樂原先生一聽到前奏，便驚訝地看著我。

「這首歌是《Snow》吧？忘草小姐，您也是嗆辣紅椒的粉絲嗎?!我高中的時候真的很喜歡這個樂團！」

「最喜歡的樂團，跟最夢幻的吉他手，那位小姐說的。」

我敷衍地回答了最關鍵的內容，繼續集中精力布置餐廳。嗯，「假裝」集中精神。

「還記得那個時候，我會跟朋友一起翹掉晚自習跑去KTV點播《Can't Stop》來唱，一起裝模作樣地彈吉他模仿，假裝自己就是約翰．伏許安……那個感覺就像世上沒有我們做不到的事情一樣！」

「喔呦，您在做什麼啊?!」

只見樂原先生雙手擺出彈奏吉他的姿勢，就著空氣開始撥弄了起來，也不知道到底是不是《Snow》正確的指法。或許是因為樂原跟輝昱有著共同的愛好，兩人沉醉於音樂的樣子，此刻竟在我的腦海完全交疊。

「有灰塵啦！」

真是既好笑又荒唐，我試圖阻止樂原先生的舉動，卻讓他更想調皮搗蛋，就像是受夠媽媽的嘮叨，任性地丟掉鉛筆而拿起吉他的青春期少年。他在餐廳裡跑來跑去，恣意地開始自己的表演。看到這樣的他，我忍不住笑了出來。唉，討厭。真不夠矜持，我原本不想笑的說。

我不斷地追著他，希望他能稍微適可而止，但他顯然已經進入亢奮的狀態了。難不成喜歡彈吉他的人都會變成那樣嗎？我像獨自玩了一場鬼抓人一樣，上氣不接下氣的喘氣著，他才停止了空氣吉他的演奏。

「哈……哈……應該累了吧。」

「誰？輝旻小姐嗎？」

「對啊，她應該也想這樣一輩子彈著吉他生活的吧——但現實卻無可奈何。並不是每個人都能夠以夢想維生，放棄夢想的瞬間對這些人而言都是殘酷的。」

樂原先生還和我說，他一度想成為音樂人。儘管年少的他並不敢斷言，舞台究竟是他最真切的夢想，還是只是童年的胡言亂語，但他曾經很渴望站在舞台上耀眼地過每一天。他會跟朋友一起去演唱會，還會下載外國搖滾明星的影片，在晚自習時間偷偷地看。所以即使被困在鋼筋水泥框建出的校園，他的心卻悠然地徜徉在更廣闊的世界裡。

然而，這個夢想最終沒有讓樂原先生登上舞台。在他的世界裡，比起學習吉他，他更被期待去「多解一道數學題」，所以無論是升學或者是求職，音樂始終只是路旁的風景。他說他沒有勇氣挑戰那條注定充滿荊棘的道路，就像許多人一樣，比起選擇追逐理想，更多的是活在他人的期望裡。「能受到肯定並一步一步接近夢想的人有多少？」於是他用這句話安慰自己，直到漸漸長大成人。

「如果有人問我是否真的想成為吉他手，我覺得也許不是。我大概只是內心懷有那樣的憧憬而已，但那時的我真的非常認真作夢，就算現在我都還能清楚地感受到當時心中的滿腔熱血，這證明了我也曾經是個少年呀！所以即使只能偶爾回味，也能帶給我很大的安慰。」

真好，我又多瞭解了樂原先生一點。他是那個曾經夢想成為搖滾明星的少年、也曾是那個像輝昊小姐一樣，為了找到一份「好」工作而廢寢忘食、兢兢業業地度過無數日子的新鮮人，他更是那個曾經毫無保留地深愛過一個人的男子，而他講述的所有旅程，讓他成為現在站在我面前的這位幽默風趣客人。

無論再怎麼平凡的人，在訴說自己的故事時總能眼睛發亮。每個人的存在本就該是閃閃發光的，這是上天給我們所有人的祝福。世界上沒有一個人是沒有故事的，我們都是堅強而又美麗的人。此刻，窗外的陽光正好灑在了樂原先生的身上，望著他那雙彷彿鑲了鑽石般晶瑩剔透的眼眸，我暗自希望他眼中的我也是那麼耀眼奪目──他真是個讓人難以討厭的人。

「星期一晚上我帶著我的吉他一起來好了。感覺如果可以重溫遺忘已久的夢想，她的內心可能也會因此產生什麼非比尋常的變化吧？這樣說會太矯情嗎？哈哈，還是我說到這裡就好？」

「啊不是，是陽光太刺眼了，我在考慮要不要拉上窗簾。」

「哦？是嗎？我還以為妳對我剛剛說的話有意見。」

「我嗎？完全沒有。」

先不管了，繼續布置氣球吧。等等還要在牆面吊上掛旗和派對用的鋁箔流蘇，餐桌也要鋪上華麗的桌巾，再擺上蠟燭。嘖！專心一點！我現在的任務是把餐廳布置好，不要再想一些有的沒的了！或許是因為餐廳坐北朝南的緣故，此時陽光正不偏不倚地直射進來，整個餐廳就像一座烤爐，我無論走到哪都感覺臉頰有點燙。我想以後應該要裝個百葉窗了。我稍微遠離樂原先生，好繼續完成裝飾餐廳的工作。

「已經有派對的感覺了耶！」

東熙剛剛抵達，她的腋下夾了一捲很長的地毯，手裡則拿著一個塑膠袋。她站到我和樂原先生取中點的位置、環顧餐廳四周，對我們目前所營造出來的氣氛表示滿意。稱讚完後，她把塑膠袋擱在餐桌上，又朝著門口走去。只見她攤開地毯，像是撢棉被般地拍打著，然後一條紅地毯就如電影節頒獎典禮般，從門口一路往餐廳內的沙發處延伸。

「妳哪來的紅地毯啊？」

「要辦就要認真一點呀。這是去年年底公司尾牙用的紅地毯，我好不容易才向總務組借來的，厲害吧？」

「確實有模有樣。」

「忘草啊，妳除了料理以外什麼都不會吧，我看餐廳目前的布置肯定不是妳的手藝，這些應該都是樂原先生的功勞吧！」

我急得趕緊搖頭，一邊的樂原先生竟然點頭表示同意。哇，真是沒有良心，明明都是我的心血。

三個人一起出力共同完成，讓我們裝飾餐廳的任務非常順利。我原本以為餐廳僅是提供料理的地方，但在大家的同心協力下，我們竟然成功地將餐廳打造成出租用的專業派對場地，塑造出隨時能夠狂歡的氛圍。我這才意識到，這個空間有無限的潛力，可以根據廚師的想法，像變色龍一樣自由地變換風貌。

在布置工程告一段落後，一早就忙碌不停的我和樂原先生筋疲力盡地癱倒在沙發上，東熙接著從塑膠袋裡拿出咖啡分給大家。

「買一送一，我在來的路上順便買的。週末的工讀生真的辛苦呢。」

「這是從對面的便利商店買的嗎？」

樂原先生順道幫我開好易開罐再遞給我，一邊延續著東熙開的話題。

「是啊，因為今天天氣不錯，所以大家都坐在戶外的用餐區。我看到工讀生頂著陽光在外頭認真的擦桌子，我想她應該超熱的吧！突然被她努力的樣子感動到，就順手在最佳員工的票選箱上投下了她的名字。」

「嘿！您遇到的工讀生就是星期一派對的主角！」

「真假?!」

雖然大家跟輝旻小姐都只是點頭之交，但對於我們來說，「朴輝旻」這個人不只是稀鬆平常的便利商店工讀生，而留給了我們非常親切且和善的印象：即使聲音怯弱仍會主動告知客人買一送一的優惠；面對那些老掉牙的問題也總是不厭其煩地回答；即便是沒有人會注意到的細節，也會竭盡心力維護。也許有人會認為這本來就是工讀生該有的工作態度，而選擇忽視她這些微小的努力，但我們很清楚輝旻小姐是一個多麼好的人。面對無法選擇的處境，她仍默默地堅守自己的崗位，完成份內的任務，這樣的她，絕不像她姑姑所說的那樣微不足道。

突然，東熙說的那個「最佳員工票選箱」在我腦中浮現出具體的輪廓——我肯定看過這個東西。我打開錢包，翻出了一大疊收據後，總算找到了那張拿了卻沒有填寫的選票，紙張的最下方還貼心地印有「最佳員工」選拔的截止日期。比起任由輝旻小姐垂頭喪氣，這個世界應該更希望她能繼續勇敢地生活。這麼說來，透過票選活動來給她鼓勵好像是個不錯的想法？

「既然我們都認同輝旻小姐在便利商店工作的努力，要不要在這張選票上寫下她的名字，讓她當選為最佳員工？我希望讓輝旻小姐知道，無論她在哪裡，做什麼樣的事，都會有人支持她，也希望這樣可以幫助她找回一點自信。」

「輝旻小姐不是星期一就要來餐廳了嗎？」

「沒事~這裡有寫，票選結束的日子正好是星期一。」

東熙將嘴巴張大成甜甜圈狀，發出恍然大悟的聲音，並且表示自己會勸說身邊的朋友來投票。投票的動作只要避開輝旻小姐打工的時段，一切就可以瞞著她祕密地進行。順利的話，這次委託將會打造歷次中最盛大帥氣的結尾。

樂原先生也十分認可這個主意。

「我也來寫吧。雖然不知道獲選最佳員工對工讀生而言有多大的好處，但肯定有益無害嘛。」

「沒錯！而且我們又不是憑空捏造，輝旻小姐對我們都很好。」

「您講到重點了。這不是善意的謊言，她真的是一名好員工！希望她自己也能了解這一點。無論她是不是我們的客人，她都是很重要的人，值得我們這麼用心地招待她。」

我非常同意這段話，撇除我們之間主客的關係，輝旻小姐對我們而言已經是相當珍貴的存在，值得獲得這般禮遇。雖然我和輝旻小姐成長於不同的環境，但我們的內心卻都滋長出同樣的不安。我並不知道她是如何熬過那看似會吞噬一切的孤獨，但光憑著我們擁有相同的處境，我便真心希望她能克服眼前的這些困難、更有動力地度過每一天。這也是我對自己的期許。聯繫我們兩個之間的紐帶，儘管看起來細小地容易斷裂，卻是由最牢固的真誠編織而成。

承著父母的使命，我也正在學會如何疼愛和溫暖他人。我嘗試集中精神，思考著要如何才能創造出溫暖人心的料理。我想起小時候爸爸懷著愛意濃情為媽媽做的韓式宮廷炒年糕，原來我早就嚐過那種想要疼惜某人的滋味了。而這猶如當頭棒喝，我為了治癒輝旻小姐的挑食苦惱已久的問題終於有了解答。

轉眼就到了星期一。一開門，輝旻小姐整個人就愣住了。她用雙手捂住嘴，就像在街上偶遇明星一樣，驚訝的表情中帶有一點困惑。她可能是覺得餐廳突然變成派對現場很突兀吧。我親手為還杵在門口的輝旻小姐戴上派對帽，接著我們拉響了一些彩炮，用熱烈的炮聲與歡呼歡迎她。明明輝旻小姐和樂原先生都是剛下班的狀態，但前者像木頭一樣，呆呆地在原地動也不動，後者則像聽見下課鈴響後才開機的國小生一樣興奮。

「今天不是我的生日耶……」

「沒關係，雖然不是您的生日，但您是今天的主角。您可以看看地上有什麼！」

「啊?!」

看到餐廳鋪設了紅地毯延伸到內部，她不知所措的後退了幾步，看來是還不習慣成為萬眾矚目的主角。雖然說要是我受到這種待遇，應該也會手足無措地想要趕快躲避，所以我可以理解她慌張的反應。而這種時候周遭人們的應援就顯得十分重要，我跟樂原先生早已決定要成為輝旻小姐強力的後援團。

「您今天是勿忘我餐廳獨一無二的主角，來賓請進場！」

「啊不，這感覺太誇張了吧……」

「只有今天一天而已喔，請好好享受哇。」

她仍然縮著肩，不知道是不是因為今天打工很忙，即使綁著馬尾，她頭髮的兩側散落著幾縷不及整理的碎髮。為了走到座位區，輝旻小姐只能不得不踏上這華麗的紅地毯。我跟樂原先生熱烈地鼓掌並朗誦歡迎詞，嘗試緩解輝旻小姐的不自在。即使會覺得不適應，我仍希望今天輝旻小姐在勿忘我餐廳成為主角，畢竟這個場子不只是第一次，也應該會是最後一次。

「請坐~為了您，我們費盡心思把餐廳重新布置了一番。」

「為何要做到這種程度呢……」

「我的餐廳也不是什麼名店，也沒有出色的招牌菜，對任何願意光臨的客人我都懷著萬分感謝。而能遇到像您這樣應約再次上門的客人，好好招待您自然是理所應當的。」

「哎喲，您這樣太客氣了。」

「哦？是嗎？但對我和我旁邊這位先生而言，接待客人就是家常便飯。您就當作這是我們每天的例行公事之一吧！」

其實我在說謊。我也很不習慣盛大歡迎客人並給予浮誇的鼓掌。儘管我其實也跟輝旻小姐一樣感到不自在，但為了不被發現、為了不讓我們所有的努力化作泡影，我努力地隱藏真實想法來接待她。此時此刻的我親身體會了什麼叫做善意的謊言。

即使我現在的行為和平時相去甚遠，但我真心想給因為姑姑嚴厲的批評而垂頭喪氣的她一次至今從未獲得過的禮遇，為了別人而騙自己這次也是十分有意義的。我突然發現，要讓「努力」顯現出價值，有時候必須違背天性，勉強自己才能達成目的。

餐桌上有四個蓋著菜盤蓋的盤子。正中間放著最大的圓盤，剩下三個則是圍繞著大圓盤擺放，而最大的想當然耳就是主菜了。輝旻扭扭捏捏地坐下，我看了看輝旻，她自然明白自己今天來到勿忘我餐廳的原因。在深呼吸後，我將大圓盤上的蓋子掀開，今天輝旻小姐需要戰勝的目標正香氣四溢地出現在我們眼前。

「欸，褐色的？」

「對的，這道叫做韓式宮廷炒年糕。它是朝鮮王朝時期王室的高級料理，比起市面常見的韓式辣椒醬炒年糕，以醬油為基底的韓式宮廷炒年糕實際上更早出現，也比較不具刺激性喔。但再考量到您說您以前很愛吃韓式辣炒年糕，因此我特地做成微辣的口味給您。因為您是今天的王呀！」

「我好像看到了肉的油脂浮在醬汁上，但如同先前跟您提過的，我目前吃素。」

她用湯匙輕刮盤子的外緣，上面沾滿了通常在肉類湯品才會出現的油脂。

「今天我招待您的都是素食料理，這道韓式宮廷炒年糕除了年糕以外，還加入了多種蔬菜跟菇類。另外，為了增添口感跟風味，我還放了一點植物肉一起入醬油鍋拌炒。」

「那請問這是什麼油呢？」

「那是橄欖油。加入橄欖油的話能為料理增添脂肪特有的香氣，即使不放肉，也能使入口的層次更加多變濃郁。」

聽完食材的介紹，她緊張的神情總算露出一絲安心。接著我將所有蓋子掀開，盤中一共有三種炒年糕，分別是韓式辣炒年糕、炸醬炒年糕及咖哩炒年糕。只要是王所喜歡的菜餚，無論是什麼都必須料理出來擺上桌，而這是御膳房宮女為了今天的主角所準備的——炒年糕全席。

「您都不確定我會不會吃，怎麼就準備得這麼豐盛……」

「不管您吃不吃，這都是我的心意。您是我們重視的客人，當然要用心地真誠對待囉。如果您吃不下的話，頂多交給我跟我的朋友們分食罷了，請不必放在心上。」

「何必對我這麼好呢……」

「您是我尊貴的客人呀。」

樂原先生往玻璃杯裝滿水，悄悄擺到她的手邊。我沒指揮樂原先生這樣做，或許他是學會了我的招式——靠喝杯水，自然而然地勸人開動，但不管原因為何，這樣的舉動還是挺貼心的。輝旻小姐先將手伸向韓式宮廷炒年糕，拿起筷子夾了一些料到自己的碗裡。但她也只有攪拌一下，並沒有吃。其實料理只是第一份禮物，第二份重頭戲還在後頭。眼看最佳員工的票選就快要公布結果了，我於是開始製造話題以爭取時間。

「還是不太能接受炒年糕對吧？」

「嗯，炒年糕還是讓我很有壓力，會不自覺地回想起姑姑的話和我嘔吐的記憶。」

「您真的還不能接受的話，不吃也沒關係呦。只有在真心想吃的時候，才最能感受食物的美味。」

「但這是為了我而準備的，如果我都沒吃的話……」

「沒關係的。您就算今天沒吃下年糕，使我拿不到簽名，我也絕對不會因此討厭您的。」

她的眉間尚微微皺著，但表情已經比稍早少了戒心。

「真的嗎？」

「當然。」

「為什麼？」

硬要問為什麼的話，因為她是客人而我是廚師嗎？還是因為這裡是勿忘我餐廳，而這是我該做的工作？她的一句「為什麼？」裡彷彿帶著刺，這是在面對毫無來由善待自己的人時，因無法理解而瞬間產生的防禦本能。這尖銳的反問並不是針對我的攻擊，反倒像是輝旻小姐下意識的自保行為。

她從未感受過他人的支持與鼓勵，因此對於這樣的她來說，別人的真心誠意在她眼中可能是居心叵測。就像是從未受過人類愛護的野狗，也會不經思考攻擊給牠食物的人一樣。

長時間深陷在黑暗之中，突然再望向明亮之處，任何人都會被耀眼的光閃得睜不開雙眼，而輝旻小姐同樣需要一點時間適應，直到她確信我們的加油打氣並非出於惡意。在這個完美的時機點，輝旻小姐手機的簡訊提示鈴響起了。

「『恭喜您獲選為瑞和店本月最……佳員工』？這是怎麼一回事？」

「看來您不知道便利商店會定期選出最佳員工呢。這次是您獲選嗎？看來輝旻小姐您真的是一個公認的好人。您平日也總是十分盡心地招待我，希望您不要再那麼垂頭喪氣了。即使當前在工作的場所是便利商店，我相信輝旻小姐一定能在自己的舞台發光，努力工作的樣子也比任何人都還要耀眼。」

合適的氛圍與絕佳的時機。我所準備的第二個禮物閃亮登場。這份用心是否有牢牢地傳達進她的內心了呢？她的表情絲毫沒有變化，眉頭依然緊皺，為什麼呢？

「您們的口氣，聽起來怎麼說的好像早就知道結果了一樣……？這票是老闆您投給我的嗎？」

「嗯？啊！這個嗎……」

「那麼這就是假的最佳員工獎囉？那就不是我名副其實，真的有那價值而被選上的呀。」

「輝昊小姐您別這麼說，您是真的對我跟我的朋友們都很好……」

「原來不靠造假，我是不會獲得肯定的。」

輝昊小姐解讀的方向與我預期的大相徑庭，我想給予她安慰的那份熱心反倒讓她變得更加失落。我努力向陷入自責的輝昊小姐解釋情況，但任何言語都是徒然無功。

別說要拿到簽名了，我的自作聰明說不定正在讓客人陷入更深的絕望之中。這是最不該發生的事情。看著輝昊小姐因著與我類似的不安與恐懼而受苦，我明明是想為她加油，但我卻親手加深了她的惆悵和難過。是我思慮不周嗎？看著幾乎已蜷縮成一團的輝昊小姐，這一刻彷彿是我的世界末日。

「在我這種沒用的人身上白白浪費了二十張票，真是辛苦您們了。」

她靜靜地從位置上勉強站起，炒年糕一口都沒有吃。今天我本該助她改善挑食、並為她加油打氣才對，眼下她的世界卻又將再度記上一筆令人絕望的慘痛回憶。我想挽留著站起來的她，卻一時也想不到什麼藉口。

「等一下。」

樂原先生搶先拉住了輝旻小姐。

「二十張票？我們就這點人，根本沒辦法湊到那麼多張票。」

樂原先生說他自己只有寫一張票，要參加投票的人必須留下電話號碼跟姓名，在這樣的情形下，一個人僅能投一票而已。因此，我也當然也只能投一張票，再加上我試圖拉上了媽媽一票，不過就算她真的有投，我這邊最多也就貢獻兩票。然後再算上東熙幫忙拉票的朋友們、東熙媽媽和她自己，這邊一共再加上五張票。也就是說，從勿忘我餐廳出八張票已經是極限了。我們預想會參與這種票選活動的人不多，而安心地推定八張票應該足夠讓輝旻小姐獲選。

但是居然有二十張票。首先，我對要有二十張票才能當選一事感到震驚。接著，輝旻小姐能在這種條件下當選更讓我感到振奮。

「忘草小姐，我們貢獻的票有幾張呀？」

「應該是八張左右。」

「那麼剩下十二張票是我們也不知道的人的投票囉？」

這時輝旻小姐的手機又響起了。這次不是簡訊而是電話，螢幕上顯示來電者是「店長」。她帶著驚訝的表情小心翼翼地接起電話，電話那頭傳來了豪爽的男性聲音。

「您收到最佳員工票選結果了吧？多虧有您，總公司說要發給我們績效獎金，最近我們的店銷售額不佳，是因為您，才讓這樣一件好事發生在我們身上。以後也請多多關照，打電話來是想對您說聲謝謝，辛苦啦！」

她用雙手恭敬地捧著手機，不時還點頭鞠躬，彷彿店長就在站她面前。這通電話進行得比想像中還要長，但隨著時間過去，輝旻小姐臉上緊鎖的眉頭終於得到舒展。聽起來是店長想要趁這次機會幫她調高時薪，然而，比起店長給予加薪的消息，那句懇切而真誠的「辛苦啦！」，反而讓輝旻小姐感動到深深低頭。「謝謝、謝謝、謝謝……」這句話像是乒乓球一樣來來回回了幾次，電話才終於結束。

輝旻小姐又坐回座位上，她的臉微微泛紅。

「您看，您不是造假的最佳員工吧！」

「即使如此，但如果老闆您做了八張票的話……」

雖然她看上去非常高興，但也許是認為自己只適合作為灰暗無光的存在活著，她沒有停止尋找逃避的洞穴。我將她的碗旁邊的湯匙遞給她，並用堅定的語氣說著：

「如果真的想成為值得讚美人，就要先認可自己，承認自己是個配得上稱讚的好人。因此，請您再更理直氣壯一些，像我們這樣跟輝旻小姐您毫無關係的人，也都是想感謝對您一直以來的付出，才會將票投給您，不是嗎？」

「我哪有做什麼……」

「即使什麼事情都沒有做，也請您試著理直氣壯。這樣已經夠好了。」

「為什麼？」

她的疑慮又再次丟向我，我該說的話好像都說了。

「因為在這個世界上，所有人都值得理直氣壯地活著。」

她直直地看向前方，緊緊拉扯著兩顆圓圓眼睛的眉頭也終於徹底舒展。

「不管別人說什麼，輝旻小姐都是很好的人。您別再問為什麼了，請相信，您光是存在於這世上就已經夠好了，這麼一想，您就真的會成為很好的人喔，這是讓魔法靈驗的秘訣。」

她羞得兩頰緋紅，耳根通紅到像餐桌上的辣炒年糕一樣火燙。似乎是想要掩飾自己此刻的感情，她急忙用筷子夾了塊年糕放進嘴裡，把姑姑狠毒的話和曾經的傷痛用自己的力量通通咬碎。即使害羞，輝旻小姐嘴角上仍掛著淺淺卻迷人的微笑，似乎很享受今晚的饗宴。

接著，我向輝旻小姐滔滔不絕地介紹了桌上的料理，並敘述了自己為了今天的炒年糕花了多少心思。她看起來似聽非聽的，但還是會時不時地點點頭，緩慢而平靜地吃下一口又一口年糕——她終於願意安然享受我們費盡心思的招待了。

樂原先生原先只是靜靜看著我們互動，接著從餐廳角落裡默默拿出了某樣物件。

「慶祝之際，當然也要聽客人喜歡的音樂才行啦！」

樂原先生依約帶了自己的吉他來，並且自顧自的開始演奏，不過也沒有人制止就是了，輝旻小姐看到吉他後，似乎略感興趣，一邊吃東西一邊欣賞他的表演。旋律雖然有些凌亂，而且與樂原先生所喜歡的樂團成員的技巧天差地遠，但聽起來確實是嗆辣紅椒的《Snow》沒錯。我也跟著拍子一邊拍手，沉浸在這歡快的氣氛中。

輝旻小姐碗裡的韓式宮廷炒年糕大約少掉半碗後，她猛然從座位上站了起來。

「不是那樣彈的，把吉他給我吧！」

「不，您繼續聽，副歌部分是我的獨門絕技。」

難道是吉他有什麼能讓人變熟的魔力嗎？這兩個人今天是第一次見面，竟然像是認識很久一樣鬥嘴了起來。最後，樂原先生假裝說不過輝旻小姐，把吉他讓給了她。她喘了口氣，很快就開始她的演奏。那是樂原先生無法奏響的悠揚旋律，她沉醉在裊裊餘音中，直到炒年糕散出的熱汽全部消散。

每個人在講述自己的故事時都是最耀眼的。而對於輝旻小姐來說，那一瞬間就在她的指尖和琴弦之間。這一刻，她正用吉他創造出從天空飄落而下的冬雪，讓餐廳裡堆滿雪白而耀眼的音符。即使某天她真的如願找到一份正職工作，我也希望她不要放棄夢想，就像今晚這樣，勇敢自信地生活。旦願她心中名為夢想的風車，永遠不會停止轉動……

因為餐廳從裡到外都改造得非常徹底，所以收拾起來並不容易。樂原先生正拆除吊在牆上的掛旗。

「今天謝謝您的幫忙。」

我則是盡力地收拾紅地毯和氣球，以讓餐廳恢復原狀。

「我只是來湊湊熱鬧而已啦！」

「才沒有，今天我又是透過你們的幫助才得到了簽名。我對輝旻小姐的處境感同身受，她有受到鼓舞真是太好了。」

「是什麼部分讓您這樣覺得感同身受呢？」

樂原先生摘下掛旗摺好，裝進大型購物袋裡面一邊問道。我也往購物袋裡塞了一些派對物品，再輕描淡寫地回答：

「對別人疑心病很重。」

「我不覺得忘草小姐是會懷疑別人。」

「為什麼？」

我們互相凝視著對方，因為距離很近，從他幽微透亮的雙眸中，我能清楚地看見自己的臉龐。

「您只會自我懷疑，不會把疑心加諸在其他人身上，而且明明您已經做得夠好了。」

他收拾好購物袋，把吉他放在琴盒裡。直到他準備離開時我才發現，他需要帶回家的物品還真不少。身為疲憊不堪的上班族，還會有如此這般體力嗎？

「今天的派對名義上是為客人所準備的派對，但同時也是為忘草小姐所準備的派對。我是抱著這樣的心情才來的，不然我為什麼非要這麼辛苦地把所有東西都帶過來呢？」

樂原先生的雙手抱滿了東西，在他修長的手臂環抱之下仍超出了他的軀體，這麼多的東西絕對不輕。我望向樂原先生的背影，一種莫名的感觸讓我不由自主地想再問他一次：「是啊，為什麼呢？」

第七章

讓人茁壯的烤時蔬

努力總算開始結出碩果，儘管現在只差兩個簽名，但多件申請書如雪片般飛來，一半是受到傳單吸引，另一半則是透過裕賢、泰俊、萬秀、輝旻介紹而來，勿忘我餐廳終於也踏出成名的第一步，成為街訪巷議、舊雨新知的談資。不過，比起看到傳單來的人，那些透過顧客介紹而來的客人更令我感動，有種被客人真心認證的感覺。

「我很努力幫您宣傳哦。」

「謝謝，光是透過您介紹而來申請的就有三位。」

我一直到現在才發現，樂原先生就是所謂的社交達人，學校學弟妹、帶領他的公司前輩、高中同學，這三位都是樂原先生的「戰果」。距離合約到期還剩一個月的時間，受理顧客諮詢、思索食譜方案、乃至最後提供料理——這一套完整流程，預設最多需花費兩週較為恰當，故暫且我還不至於需要太著急。而在這些申請者之中，有一位引起了我的注意。

「她是Instagram上的網紅。看起來很時尚吧？」

李載妵，二十八歲，她是樂原先生的大學學妹。我去看了一下她的社交帳號，外表看起來有著藝人般的亮麗。除此之外，她的Instagram帳號還有一個特點，她的版面全套上了淡色系的濾鏡——淺粉、淡紫，以及薄荷色，點綴出專屬於她的美國高校風格，散發出既復古又年輕的氛圍。透過她在申請書上留下的文字，又更能感受出她獨特的個性——上頭的文法一塌糊塗、誇張的縮寫語貫穿全文，儼然在閱讀著十幾歲國高中生寫的網路短文。

樂原說載妊是「很搞笑的人」，她連挑食的食物都很明確。

「沒辦法ㄔ青花菜和甜椒，因為粉難ㄘ，So難吃！」

雖然很難單靠飲食習慣來了解一個人，但我卻不禁覺得，她整體給人一種稚氣未脫的感覺，雖為成人、卻還有份孩子氣，這使我忍不住聯想到彼得潘，而也讓我開始對她的故事感到好奇，想見識見識這個會像蠟筆小新一樣和媽媽耍賴、又會指名青花菜跟甜椒特別「難ㄘ」的女生。

「看來我們這陣子一起吃的豬腳沒有白吃了，您現在是透過幫忙牽線來報答我的是吧？」

「可是明明每次都是我付錢的耶？」

我沒有回話，自顧自的用訊息向載妊說明後續到訪餐廳的時程安排。

「真沒良心。」

我往樂原先生一直唸叨的嘴裡塞了一塊黃瓜，同時拜託他多告訴我一些關於載妊的事情，才能知己知彼，百戰百勝。

雖然我與載妊同為獨生女，我們的命運卻大不相同。當我正為料理付出了畢生的心力，來自富裕家庭的載妊從小就只需要無憂無慮地活著就好。她是所有跟樂原先生同校的同儕中過得最舒坦的人——舉實例來說明，在她三年級系上必修課發表那天，她因為睡過頭而沒出席課程，然而即使如此，她只要負責開口笑著說聲「抱歉啦」，所有事情就會迎刃而解。她就過著這樣的人生——她製造的所有問題，都不會對她的人生造成影響。

學生時期，載妊就算成績不好也完全沒差，她只需要在聚餐時負責刷卡結帳、再接受大家鼓掌洗禮，便能成為團體的主角，而這也就是她的職責。三年級上學期公布成績那天，即使她的學期ＧＰＡ只得到二・二五[32]，她也只是悠悠哉哉地邀請同儕一起吃牛肉當晚餐。這樣的她，過去總能吸引許多人圍繞在她身邊。

然而，她並沒有留住任何東西。只有她依然成日遊手好閒，而未開始準備就業，一邊在不同交往對象間談著徘徊不定的戀愛。要說她最有生產力的事，就只有對時尚產業的經濟有所貢獻，畢竟她一卡在手，便能到處刷卡結帳。她周遭沒有人會提供她任何實質的建議，每個人都對載妊的人生給予無限肯定，或是，該說是根本沒人在乎。

樂原先生是少數知道載妊有挑食問題的學長，他將載妊託付給我，是希望那些發生在他自己身上的改變，也能在學妹身上重現。雖然語氣平淡，但他說，都是多虧勿忘我餐廳，才讓他能像現在一樣送走過往的悲傷、享受地吃著美味的豬腳。雖然他平時看起來話多到有些聒噪的地步，但從他臉上的表情變化，便能看出他這番話說得是何其真心。聽了他的請求，我的胸口突然一陣熱血上湧，看來這就是廚師的動力來源，讓我再來改變一個人吧！

初次見面時，她便請我不要叫她載妊，改稱呼她為珍妮（Jenny）——語氣不是拜託，而是命令。她說著，她不怎麼滿意父母為她取的名字，故她想以自己取的名字過生活，嘴裡強調「人生都是自己的，所以名字也應該由自己選擇……」諸如。她似是想掌握人生的自主權，但好像又顯得有些馬虎。在她的世界裡，自己吃飯這件事大概是違法的吧，她說著自己不曾單獨出入餐廳，因此，初次諮詢時，有樂原先生陪同她出席，不只如此，據說她填答申請書時，也獲得了樂原先生的許多

32. 譯註：不同於臺灣大專院校大多採用ＧＰＡ滿分4.3的制度，韓國境內不同大學各有慣用的成績計算方式，從滿分4.0、4.3、乃至4.5制皆有學校採用，換算成百分制時，載妊的成績可能為82.5、79.5或77.5分。

幫助。看來，樂原先生要牽線時，不單是簡單介紹了我們餐廳的營運宗旨，還額外提供了輔導服務。這位「為了掌握自己人生的自主權」而將名字改掉的女子，顯然在其他層面的生活自理上，尚且離這句話的實質內涵有很大的距離，而顯得格外矛盾。懷抱著心中的諸多疑問，我總算與珍妮正式開始了談話。

「Childhood時期開始，我就不吃non delicious food。」

據說她從五歲至八歲，曾在加州體驗過留學生活。難道這是小小年紀出國留學的後遺症嗎？她說話總是韓英交雜，且為期三年的留學並沒有賦予她流暢的會話實力，而只留下半吊子的捲舌口音。現在，我總算明白為何她執著於美國高校生的風格了，也因此突然覺得她有點像美國影集《六人行》中的瑞秋。我並不認為她散發出的氛圍惹人厭，反而覺得她有點可愛。

貴為家中獨生女，她有如溫室裡的鮮花，自幼至今只吃海味山珍。珍妮的奶奶廚藝似乎相當精湛，總是用她喜歡的食材為她料理三餐，不知道是不是因為從小飲食就以肉類為主，她的身高明顯比我高不少。

「我討厭paprika跟broccoli。」

奇妙的是，當我問她對於這些討厭的食物有什麼回憶，她卻也描述不出特定的負面記憶，因為她壓根不曾嚐過甜椒和青花菜。所以，她到底為什麼會挑食呢？

「小時候，朋友都說vegetable很難吃，那些愛吃蔬菜的人都進不了我們的小圈圈喔，如果跟大家不一樣就會被討厭。有一次，我因為好奇想嚐看看，結果就被嘲笑說『妳以為自己是大人嗎？』so terrible! vegetable簡直是地獄！」

聽到她的回答，我不自覺地歪了頭。我不是想否定她的想法，怎麼說呢，我想大家都多多少少有過這種經歷——當天學校營養午餐的菜色感覺很符合自己的口味，卻聽到周圍的同學們怨聲載道，嚷嚷著：「這種菜單怎麼也能稱作是飯呢？」等諸如此類的惡毒批評。語畢，大家一起手牽手走向合作社，在這種情況之下，我們還能堅持己見、去吃學校的營養午餐嗎？或許有些人會認為「自己覺得好吃就好了」，但我相信，僅因朋友們表明不喜歡，便受朋友意見影響、而選擇一起去合作社的人肯定佔多數。

成長的過程中，我們透過多種途徑反覆接觸各種食物，並且體會到各式食材「值得一吃」的那一面。珍妮卻沒有這種學習機會，食材當前，她的腦中還烙印著幼時同儕們展露嫌惡之情的模樣，而她也僅是維持了同樣的生活方式生存至今。前面幾位顧客，是因為曾針對特定食物經歷過負面的體驗，導致他們心生抗拒而挑食；珍妮的情形則截然不同，她不曾實際嚐過這些食材，卻被先入為主植進了錯誤的觀念——與其說她是帶著負面記憶有意識地挑食，倒不如形容她是排拒特定食物成習慣了。

「那您現在吃吃看不就好了嗎？」

「No，很難吃耶，我不吃難吃的food。」

「那，您大可一輩子都不碰這些食物也行呀！」

她到訪我們餐廳、聲稱想改掉偏食習慣，這些行動背後真正的理由是什麼呢？她先拿樂原先生當擋箭牌，聲稱是「因為學長叫我來的……」，然而此話一出，樂原先生便隨即打斷她，反駁她「說這什麼話，最後送出申請的人可是妳耶」。她那透著珊瑚色色澤的臉頰突然微微一震，似乎是有些慌張。

就像過去的客人們一樣，珍妮對於要掏出自己的內心話還是有些猶豫。我並未展現出同情、亦沒有嚐試表達同理，而僅是以平靜而不夾雜任何情感的眼神凝視著她，一心一意等待她回應。而和我預測的一樣，她過了好一段時間才開口。

「我現在挑食的話，大家好像會隱隱約約覺得我很丟臉，但明明以前挑食才是我們姐妹之間的守則。」

「您怎麼不就直接嚐試一次看看呢？甜椒跟青花菜應該不是太有挑戰性的食物才對。」

「我就是自己做不到才來報名的呀。嗯……就是……不會『想』吃它。」

「那如果朋友拜託您吃的話，您會願意嚐看看嗎？」

她說話的語氣大約介於耍賴和撒嬌之間，其自帶魔力，能讓聽的人感到有些厭煩，這種感受，跟過往我從顧客們身上感受到的悲痛顯然存在區別。

「Yes，but現在已經不會有人對我提出這種請求了。」

「您不能自己鼓起勇氣吃吃看嗎？」

「我何必呢？這樣一點也不帥。」

「珍妮小姐，您是有決心想克服挑食的對吧？」

她總是拿朋友當擋箭牌，以此隱藏自己的內心。我覺得，這並非是純粹涉及嚐試青花菜和甜椒與否的簡單議題，她的內心深處還有更複雜的糾葛碰撞。我希望她能真正打開心房與我談談，至今為止到訪此地的所有客人都得這麼做，因為要這樣的起始才可能帶動改變。

「Of course，我也想像朋友們一樣。」

「您的意思是，您想成為什麼都敢吃的大人嗎？超級平凡、非常正常的那種人。」

「Yes。我和樂原學長前陣子的某個星期五見了面，當時下定決心提起委託，也是因為我想體驗看看改變。」

珍妮想要的究竟是什麼呢？她的眼眸依舊清澈，看起來天真爛漫。聽從朋友們的意見，而不嚐試同儕們排拒的食物……我試著思考著，她小時候抗拒甜椒和青花菜，究竟在當時能得到什麼？我看見她高大身影背後藏著的小女孩，我必須想點辦法，讓她踏進充滿未知驚喜的菜園才行。

話說回來，她竟然會跟樂原先生在珍貴的週五約見面……？算了，先別想這個了。

我小時候很愛看的漫畫《蠟筆小新》，裡面有一個片段是：美冴為了讓小新吃下青椒，使出渾身解數、展開一連串的奮戰。然而小新卻從一大盤青椒炒肉絲中，將青椒一一挑掉，使得美冴氣得跳腳，打他的頭、再嚇唬了一頓。頭上腫起一個包的小新不禁閉著眼大聲喊痛，美冴還是像老虎一樣直挺挺地站在前面，小新只得勉強把青椒塞進嘴裡。

「你看，很好吃吧。」

美冴很開心，但幾秒後，小新卻……

「嘔嘔嘔。」

他終究將食物全部吐了出來。

人只要下定決心討厭一個食物，它的實際味道便不再重要了。不管是炒青椒、辣椒，抑或是派出香甜的甜椒，小新也會全吐出來的，因為偏食的根本在於心理而非舌尖。因此，我需要了解載妊——不，是「珍妮」的心——包含她為何堅持要他人稱呼她為珍妮，這也是我必須嚐試理解的部分。

我得了解這個人，這位打扮得像美國高校生那樣光鮮亮麗，實際上卻只是想跟朋友變得一樣的少女，如此一來，我才可能為她開闢一條專屬於她的菜圃小徑。東熙是這個領域的專家，她擅長察言觀色，有著強大的洞察力，所以對人心瞭若指掌。在東熙面前是藏不住秘密的，每次跟她在一起，我的秘密總是會被揭穿。找她做心理諮商有兩個優點：第一，免費，第二，因為她很喜歡分析別人，所以我總能得到詳盡而充滿誠意的答案。

「她一臉就是個關種[33]啊，時時刻刻都想獲取他人關心。」

今天我們心理師沒什麼誠意呢，她的語氣很斷然，看起來沒有其他想補充的。關種，我並不是不知道這個詞，也確實，她除了很享受他人關心之外，似乎也

33. 譯註：關種「관종[gwanjong]」，是由韓文관심종자（關心從者）縮寫而來的流行語，意指強烈地想要得到關心的人。

沒有其他的特徵了。問題是，她為什麼會成為關種呢？這又怎麼會與挑食扯上關係呢？東熙顯然對後者不感興趣，畢竟她不是廚師，但她也開始對深掘珍妮內心感到好奇。

「像妳說的，妳把她當成瑞秋再思考看看，所謂的關種有什麼特徵呢？」

東熙打開搜尋引擎，找了好幾張瑞秋的照片給我看之後，要我嚐試回答這個問題。認真打扮的外表、購物狂、偶爾有些被動的態度、幾分呆呆的美，嚐試如此辨析，我才意識到珍妮與瑞秋遠比我想像中還相似。瑞秋這個角色的特徵是什麼呢？我繼續回想美國影集《六人行》的幾個片段，再試著建立瑞秋和珍妮之間的連結，但又好像想不到什麼的共通點。

「關種的特徵……不就是喜歡獲得人們的關注嗎？除此之外還能有什麼？」

「沒錯，這就是關鍵。她們都是渴望被愛的人啊，比任何人都渴望愛的人。」

東熙一邊回應我，一邊浮誇地用雙手抱住全身，像是墜入愛河一般興奮激動。

老實說，我從沒細想過，為什麼這種人會如此懇切地希望能獲取他人的關注。不過實際上，我們每個人多多少少都有點類似的特質，畢竟，解決攸關性命安危的生理需求之後，我們還需要獲得他人的關心與關愛，才足以支撐起我們的生命。若是有人是特別外顯的關種，他大概會比任何人都渴望被愛、並且懇求與人建立關係吧。我想，珍妮也屬於這種類型的人吧。我開始回溯起她的過往——不顧學業成績一敗塗地，她更在乎如何花錢討朋友歡心，而雖然她起來毫不費力地在同儕間獲得了人氣，但了解過後會發現，這一切都是她努力創造的回報。

請朋友吃飯、身穿引人注目的衣服、改成一定會被多問幾句的名字、碰也不碰朋友討厭的食物……她看似依著自己的意志有個性的生活著，然而，仔細觀察便會發現，她世界的中心或許根本不是她自己。她很熱愛人群，同時也很需要來自他人的關心，如今想改掉挑食習慣，理由也是為了「想跟朋友一樣」。珍妮小姐是個很單純的人，而正是因為太單純，才讓她無法脫離稚氣。她並不知道，即使她長大成人，也是個值得被愛的存在。

我從冰箱拿出兩罐啤酒。冷靜思考過後，再喝進沁涼的啤酒，更是令人痛快。一旁的東熙也手忙腳亂地打開啤酒罐，手往我這伸來，我們於是短暫地乾了一杯。

「哇，爽。」

通體舒暢。氣泡的力量使我嘴裡不禁蹦出感嘆詞。東熙還來不及擦拭沾滿啤酒泡泡的嘴巴，又立刻向我提問：

「但妳要怎麼用青花菜和甜椒告訴她這些道理啊。」

「當然要想點厲害的辦法啊。」

幹嘛問我這麼理所當然的事？我們各自以不同的神情笑著，嘴裡繼續飲下一口口啤酒。就像前面說的，珍妮最需要的是「愛」，我必須要能告訴她，她大可不必把自己包裝得光鮮亮麗、她也沒必要順從朋友的意見、更不必用金錢換取歡心……她就算不這麼做，也一定能遇到真心接納、喜歡她的人。她要努力的是，學習如何不刻意矯揉造作，也能自然地得到他人的愛意。此外，我還想讓她脫離已經像習慣般固化的稚氣，讓那個少女長大，成為真正的「大人」，而非成為馬齒徒長的女人。

甜椒的優點是鮮豔的顏色，青花菜的優點則是口感，我本來打算利用它們各自的優勢，創造出色澤繽紛又口感豐富的料理。然而，我又決定改變策略，使用一種名為「洪水療法」的行為療法。所謂洪水療法，是改善問題行為的其中一個手段，意指不刻意掩藏患者們討厭的事物，反而是反向操作——讓患者直接暴露於討厭的事物前。然後讓他們切身了解，這些事物不會對他們有害，甚至能創再更豐富的美好體驗。依據書上的描述，比起抗拒感較為強烈的成年人，這種行為治療更適合接受度較高的孩童。

想與朋友一同成為成熟的大人……我思考了一下要如何應對這位稚氣未脫的

關種。這次我打算正面迎擊，但我還需要其他資料。如果猝不及防將食物推到她面前說「請您長大吧」，任誰都不會接受的。要想讓珍妮小姐改掉挑食的習慣，就要用大人的方法鼓勵她。為此，我決定要找更多參考資料，我向東熙分享了我腦中的計畫後，她也頗為滿意我的做法，當下也立刻開始幫我用手機找資料。了不起，那瞬間迸發的專注力可不是鬧著玩的。

「如果以前我們有這麼認真讀書，應該都拿到首爾大的畢業證書了吧。」

儘管東熙嘴上如此抱怨，看起來卻很樂在其中。我們繼續邊聊天邊搜尋，後來也順利找到了一些不錯的資料，正好適合到時用來招待珍妮小姐。是不是該事前讓樂原先生知情呀？不，還是算了，我不想介入他們之間的關係。

人生總得有這種日子——難得所有事都順利解決，無事一身輕的好日子。距離珍妮小姐到訪餐廳用餐還剩幾天，時間還算充裕，不如就明天再來煩惱料理的事吧。所以我難得早早回家，一路上想著要趕快洗完澡來看綜藝節目，尤其樂原先生說最新這集非常精采，還傳訊息催促我一定要去看。究竟是有多好看呢？我心中帶著小小的雀躍，迅速在玄關處甩掉了兩隻鞋子。然而，鞋櫃裡竟然有雙這個時間不該出現在這裡的鞋子。看來，有人今天比較早結束？我又多了點興奮。

「今天怎麼這麼早？」

我開心地喊著，並打開臥房的門，打算問媽媽今天是不是也試了很多料理，同時在心中想像稍後將會聽到一如既往的相同回應，並預計再藉此開心地分享一整天發生的事——明明我是這麼想的……

「媽，妳怎麼了？」

我急忙開口問道。臥房床上的婦人無力癱軟，臉頰紅得發燙，急促的呼吸聲有些刺耳，我第一次看到媽媽變成這個狀態，嚇得渾身發抖，馬上走過去搖了搖她的身體。她似乎只是緊閉著雙眼而沒能睡著，見她緩緩地坐起了身，我上前摸了摸她的額頭和脖子以確認她的體溫，看起來燒得很嚴重。

「妳哪裡不舒服？怎麼這麼無力？為什麼發燒了？」

「可能是積勞成疾吧，先是肚子有點不對勁，接著渾身都不舒服了。」

「媽媽，拜託！之前就跟妳說要多休息了！」

我無法控制地扯開嗓子喊。比起發燒，聽到她說肚子不舒服，我才變得這麼激動。我早就預想到會演變成這樣，媽媽也是人嘛，人總是會生病嘛，她即使再怎麼假裝自己很注意身體健康，仍隨時都可能無力地倒下。

我只盼望媽媽至少不能再重演父親的悲劇。看著她一直以來過度努力地生活，我心生的鬱悶不捨遠比敬畏之心還多。媽媽究竟是為了什麼，才總是把自己的身體折磨到這種地步？就如同我生病的時候，她常愧疚自己無法為我做什麼一樣，她也是生了病便會食不下嚥的人，難以透過他人的照護重獲健康——她分明自己也非常清楚這件事，面對病痛，我們總是帶著同樣的恐懼。

「我只是最近太累了，又不是什麼絕症。」

媽媽在我面前吞下了兩顆藥丸。她顯然是為了表演給我看這一幕，還特意等我回到家才服藥。我對於她的「貼心」感到憤怒，所以又一股腦地叨唸了一堆，具體說了些什麼內容，我已經想不起來了，只記得自己氣得暴跳如雷……

「我現在收集到六份簽名了，合約達成之後，妳就必須馬上把餐廳交我經營。」

看著稍早為了吃藥而坐起身的媽媽，我煩躁地要求她躺回去、再粗魯地幫她蓋上被子，最後奮力地關上了門——我就知道，今天怎麼可能整天都順順利利的。現在可不是悠閒看綜藝的時候，為了趕快完成合約的內容，我必須卯足全力。我激動的情緒尚未完全平復、整個身體尚存發怒後的餘溫，顧不著洗澡不洗澡，我隨便換上一件衣服後便坐到了書桌前。我隨意地拿起了食譜書，再將其雜亂地堆疊於桌上，心裡邊重複唸叨：我一定要接手琴貴妃餐廳，我必須這麼做。

蔬菜能以任何方式料理——可炒、可煎，也可以烘烤，不同料理方法適合搭配的醬料也會有所不同。雖然蔬菜在料理中時常只是配料及點綴的角色，然而，真正高品質的蔬菜，亦能單獨成為美味的一頓正餐。為了將青花菜內的雜質與泥土濾掉，在正式料理青花菜之前，要先將它稍微用水汆燙過，而且那水要夠熱，才能讓它更顯翠綠。那就這麼決定了，青花菜就用汆燙的吧，燙過的青花菜拿去炒熟、最後再放入烤箱烘烤。為了讓青花菜被料理成最美味的狀態，我絲毫不可懈怠。至於甜椒，我打算先切開，接著在表皮上劃出刀痕。

「忘草小姐。」

咚、咚，我拿出要把手指切斷的氣勢、用力地來回敲擊砧板，待水咕嚕咕嚕地沸騰，我再一把抓起所有食材，將其全部丟進沸水裡燙熟。我無論如何都要利用這兩種蔬菜，創造出最美味的料理才行，我別無選擇，我相信我一定做得到的。

「忘草小姐？」

我必須要完成任務，拿到一份份署名才行。光用蔬菜就能變出各式各樣的花樣，可以炒，也可以煎或烤，再根據不同料理方法……

「忘草小姐！我說我來了。」

我回過神，才注意到樂原先生正用著滿是擔憂的眼神凝視著我，我簡單地回應了他的招呼，接著又回頭繼續切椒。

「您究竟在做什麼料理？從我進門到現在，您已經切了七個甜椒了。」

流理臺裡堆滿了料理後的食物，而我卻完全沒有印象自己煮過這些料理。炒時蔬、炸時蔬……我竟然難以猜想到它們會是什麼味道，只知道它們明顯看起來不是特別可口。我這才反應過來，驚訝於這期間自己到底都做了些什麼。看著那些被我浪費的食材們，我滿懷著歉意。樂原先生關心我怎麼了，我卻不想回答，因為我不大想說明事情的來龍去脈，也幸好樂原先生與東熙不同，他沒有東熙那番一眼就能看穿心底的眼力見。

一開口，原本壓抑的情緒一股腦釋放出來，難過的情感如海嘯般湧了上來，我指尖忍不住猛然顫抖——我只要想到媽媽就會這樣。我拜託他先離開，並告知他我想一個人待著。縱使我一路獲得了樂原先生的很多協助，這卻是我第一次向他提出這樣的請求。我此話一出，他可能有點在意，而突然開口問我。

「您在哭嗎？」

說什麼啦。我「還沒」哭耶。我不喜歡他這樣臆測我，所以有點不悅地向他嚴正否認。

「您的眼睛看起來好像快哭了。」

他有些難為情地說著，悄無聲息地把某樣東西放在桌上。我透過冰箱手把上映射的倒影觀察了自己的臉——那雙眼睛看起來確實隨時都會有眼淚潰堤，我反省到是我剛剛反應過激了，而對他心生了歉意。儘管我的眼眶裡未有眼淚打轉，我仍是不由自主地揉了揉眼睛。他又一如往常地兩手提著滿滿的東西來訪店面，雖然很感謝他以客人的身分對這裡產生了情感，但說實話他還真是有點沒完沒了。究竟他為何要這麼常來勿忘我餐廳呢？他明明是個朋友王，為何偏偏愛來餐廳跟我閒聊呢？我當然沒有把這些疑問說出口。我們默默地看著彼此——樂原先生就這樣盯著心中如此混亂的我，而我也任由樂原先生盯著滿心混亂的我，一邊揣測著他是否也有相同的心情。

處理食材到一半突然發脾氣，便朝著食物出氣，這不是廚師該有的行為，因此我暗自對自己感到格外心寒。然而，我僅是大力地甩掉手上的水珠，作勢毫不在乎。我跟他說我今天想獨處，於是嚴厲命令他不可以留在這裡共餐、而要求他當場離開，希望他別再打擾我了。

「您看起來很累，記得要填飽肚子，才能打起精神。今天我買來的終於不是豬腳了，想必您應該吃膩了吧。」

他怎麼知道？難不成他在我心裡裝上了監視器不成？他是什麼時候發現我吃膩豬腳的？不對，世界上哪會有人像他一樣買這麼多豬腳來，一般人鐵定都會吃膩了吧。他齁，名字取叫「樂原」，卻沒有像樂園一樣帶給人們快樂，而只會窺探別人的想法、讓人覺得渾身不適，我莫名地覺得他今天特別惹人厭。

「那我走囉，有什麼事再聯絡我。」

「我哪有什麼事情需要聯絡您？」

糟了，顯然我是真的心力交瘁，又向他說出了尖銳的話，這下，說出口的人甚至比聽的人還要驚慌。但我也害怕聽到他的回答，只能趕緊把目光移開。

「因為您幫助過我，所以我也想幫助您嘛。」

他的回答比想像中平和，讓我不自覺回問「什麼？」樂原先生其實什麼也沒做錯，但不知為何，今天我的嘴巴尤其不聽使喚、開口就特別傷人。搞不好他只是「看起來」像社交達人，而實質上是個沒朋友的孤單上班族也不一定。而且說到底，我從樂原先生身上得到的，遠遠比我為他付出的還多。但奇怪的是，今天的我沒辦法像以前一樣，百分之百接納他的句句言語，我本來心胸有這麼狹窄嗎？我承認——我不喜歡樂原先生和珍妮總是看起來有交集。不過我今天真的反應過度了，此刻的心情複雜到難以用單一的語句形容，我嘗試向我那早已不知去向的理智祈禱，希望自己能停止說出那些尖銳的話語。

樂原先生的表情和平常不同，我想一定是對我的態度感到失望。伴隨著塑膠袋的沙沙聲，他打開袋子、拿出了裡面的東西——是韓式麵點中的辣炒年糕和血腸。之前為輝旻準備派對那天，我們和東熙一起享用辣炒年糕的同時，我也和樂原先生分享了媽媽跟宮廷炒年糕有關的故事。大概是聽到我說媽媽很喜歡吃炒年糕，他於是猜測我也會喜歡辣炒年糕吧，真是聰明的推論。

這讓我對於剛剛的尖酸刻薄倍感抱歉，卻只能看他拿起塑膠袋，折得整整齊齊後丟到垃圾桶裡，然後他轉過身、拿起書包立刻走向門邊。看似要就此離去的他又突然停住了腳步。我懷著抱歉的心情，想說即使跟他打招呼說聲慢走也好，而正要擠動喉嚨之際，他比我還快一步說了話。

「每次您在做料理的時候，看起來都非常幸福，但今天卻不是如此呢。不管是面對什麼樣的食材，做料理的人要幸福，吃的人也才會感到幸福不是嗎？我喜歡的是那樣的您。」

我的嘴唇僵在那。他說喜歡那樣的我，是什麼意思呢？他說廚師要懂得愛人，所以做料理的人也要先學習如何幸福，他對我的這番指教聽起來並不陌生，我對這句話可有印象了。纏繞在身上的憤怒和尖刺消失了，從手臂到胸部及腰側，全身的體毛瞬間豎起又歸於平靜，樂原先生的聲音裡有我想念的溫度。

我不能忘記我在這努力的理由，我必須銘記於心，料理只是一種手段，其盡頭終究是為了守護我和媽媽。愚蠢的我之所以會像今天一樣敏感，是因為我還不夠成熟，為了我愛的人，我得學習斬斷那些不必要的念頭。

「總之，您別餓著了。」

本來打算目送樂原先生離去的背影，但充滿紛雜思緒的大腦卻壓得我只能低頭。他叫我不要餓著的那句話，烙印在我心裡。樂原先生喜歡的我，一定是幸福的我吧。那個幫客人改掉挑食習慣，並為此感到開心的人……但怎麼會變成這樣呢？我看到媽媽生病而變得異常敏感，然後又把傷害轉嫁給無辜的人。我對樂原先生感到很抱歉，是他把珍妮介紹到餐廳的——他該是我的恩人，而我卻有失禮節了。

我慌張地拿起手機撥出電話，向尚未走遠的他表達了我的歉意。對此，在電話另一端的他卻僅是以沉默代替了回應。看來道歉不論何時都嫌晚吧……在我感到越來越後悔的時候，他終於出聲了。

「真的很抱歉，我只買到辣味的炒年糕。」

我好想向那些明明自己沒做錯，卻還是先道歉的人們看齊。這樣看來，我不只對於料理還不夠純熟，做為「人」還有更多的未周之處。我真心對他感到抱歉。

勿忘我餐廳為了珍妮小姐量身打造的主題是——「vegetable garden for adult.」。雖然我對我的英語實力沒太大自信，但這是我精心取的名字。我準備了啞光黑的桌子，再製作了小小的牌子放在桌上當裝飾，我並且將環境燈光調暗，靠著一盞無香氣的紅色蠟燭為空間添上一絲光亮。食物的香氣跟燈光取得絕佳的平衡，勿忘我餐廳彷彿成了那種會謝絕孩童入場的高質感餐廳。說實話，這種既現代又高級的裝潢沒有想像中這麼難以達成。

這次，不願獨自出席的珍妮小姐也帶著樂原先生一起前來。她想必十分喜歡餐廳營造的氛圍，一到場便熱中於拍攝認證照。她今天戴著粉紅色貝雷帽，穿著短版白色上衣和薄荷綠的網球裙。我領著認真打扮的她到桌子旁，且考量到她沒辦法自己吃飯，所以今天勿忘我餐廳決定破例，三個人一起共進晚餐。

幫助她「登大人」的菜單就是……

「菲力牛排佐烤時蔬。」

如果只有蔬菜可能會吃不飽，所以我連同牛排也一起準備了。但是為了不讓蔬菜淪為不起眼的配角，我對擺盤也下了功夫——我將牛排置於樸素且無色的盤子裡，蔬菜則是盛裝在散發光澤的亮紅色餐盤裡。這麼一來，即使牛排同樣近在眼前，但任誰都會被一旁的蔬菜吸引著眼球。豔紅底色容器裡，裝有經烘烤、並撒上了特製調料的甜椒與青花菜。我對烤時蔬的口感充滿信心，畢竟，誇張一點地說，在準備這道料理時，我可是經歷了多次失敗、烤了一大卡車的蔬菜，才創造出這些色香味俱全的倖存者。

珍妮小姐一看到蔬菜後，本來忙於拍攝認證照的手就停了下來。她接著迅速地將手機收進包裡，顯然對於眼前這一幕感到不甚滿意。

「牛排感覺很好吃。」

這是她在面對「萬綠叢中一點紅（肉）」留下的第一個評價。不一會兒，是時候輪我唸出事前準備好的台詞了。

「要成為大人的第一步，就是在面對難吃的食物時，也不會耍賴不吃。」

我跟樂原先生對到了眼。雖然我們幾天前才鬧得有些尷尬，但樂原先生還是識趣地配合演出，率先開始大快朵頤。面對沒辦法自己吃飯的珍妮小姐，我和樂原先生就像她的父母一樣，分別坐在她的左右兩邊，並時不時各叨唸一句。

「她說得沒錯。」

「以前珍妮小姐您順應了朋友們的意見，而拒絕吃這些食物，但是現在，大家都能夠習以為常地吃蔬菜了，周圍只剩妳還尚未改正偏食的對吧？因為他們都長大了呦。」

珍妮瞪了我一眼並皺起眉頭。從別人口中聽到自己不想承認的事實，確實是件令人很不悅的事，我趕緊在她生氣之前，切了一塊肉放進她嘴裡。這是我第一次餵客人吃東西，但我想她應該對這個舉動很熟悉，畢竟她縱使皺著眉，嘴巴卻很配合地張開了。她咬了咬嘴裡的肉後，緊鎖的眉頭才稍微放鬆。讀到訊號的樂原先生繼續接著說：

「載妊啊，成為大人以後，即使有時遇到不喜歡的事，也要能自己克服才行。」

珍妮這次瞪向樂原先生，我又不留空檔地接續補充他的話。為了完成任務，我們展現了驚人的默契，彷彿成了曾花費好幾天互相練習對戲的音樂劇演員一般。

「博娜皇后是波蘭文藝復興時期具有重要貢獻的人物，她在波蘭散播了各式蔬菜種子中，其中一種就是青花菜。所以說，青花菜是優秀的大人精心挑選出來的優秀品種。」

「那青花菜真的是很有代表性的蔬菜呢！」

「甜椒也是大有來頭。加入甜椒料理的食物中，最具代表性的就是匈牙利燉牛肉，這是匈牙利大使夫婦為了招待韓國人而端出的匈牙利傳統料理。每個食材都有自己的故事，所以吃下食物的同時，人們也是在品嚐它們的故事。如果單憑味覺來認識料理，那可就會錯過很多細節。」

我們事前沒有排練過，卻心有靈犀地用叉子叉起了一塊烤時蔬，慢慢品嚐它的風味。甜椒越嚼越甜，青花菜則靠著它茂密的外表，為它創造了豐富的口感。在口中咀嚼的時候，鎖在焦香外皮下的鮮甜湯汁滿溢而出，嘴裡隨即被溫燙的水分浸濕，摻雜胡椒和香料互相配合點綴。多虧那些調味料，在保留蔬菜原有風味的同時，又增添了味蕾體驗的豐富性。這是我至今做過的時蔬料理中，最令人印象深刻的味道。

「即使是平凡的食物，也能想起特別的回憶，這就是成為大人的證據。」

珍妮的眼神透露出她對於現在的情況感到有些驚慌。

「您們兩個有在戲劇班上課嗎？」

我們不動聲色，繼續默默品味著眼前的菜餚。牛排很嫩，跟蔬菜更是絕配，每次品嚐後，嘴角都會幸福地上揚。雖然今天的客人是珍妮小姐，但我也彷彿在招待自己，享受著自己完成的傑作。珍妮看著樂在其中的我和樂原先生，仍然只切了肉來吃。雖然她有心改掉挑食習慣而來到餐廳，卻沒辦法輕易下手。難道是她身體裡的少女向她乞求，拜託她不要打破小圈圈的規則嗎？今天的她依然會向著孩子一樣耍賴嗎？

我準備料理時，並沒有刻意掩飾甜椒和青花菜的存在，我既沒有撒上五花八門的醬汁，也沒有把它藏進麵衣裡。和躲在自己懦弱身後的珍妮小姐相比，這些蔬菜反而無意退縮——或許比起拿著刀叉的狩獵者，被吃的對象更有大人堂堂正正的風範。我拿走了珍妮小姐的叉子，幫她叉上甜椒和青花菜再遞給她，貫徹今天決定採用的洪水療法正面迎戰。她接過叉子，表情透露出滿滿的掙扎。

「您當然可能還是會討厭它，但試著反覆體會它的價值，然後正面挑戰它，您才能獲得成長，不是嗎？」

「但它們現在看起來還是不好吃。」

「對，有可能不好吃，畢竟對您來說，青菜不可能比肉類好吃。但我還是可以吃下它，樂原先生也可以，我們並不會因為別人討厭這個食物，就拒絕吃它。至少也要先親自試過才進行評價——因為您是大人呀。」

她的瞳孔微微顫動，試著向樂原先生投射求救信號，這些舉動全被我收進眼底。我沒有放下叉子，樂原先生也無意救援這個少女。她是要接受也好，要永遠停留在小孩也罷，總得經過一次面對面的較量。這裡再也沒有朋友會跟她說「聽說這個食物很難吃，姐妹們我們都別吃」。

「I'm not a baby.」

「但您就是發覺自己沒有完全長大成熟，才來到這裡的對吧。」

「是這樣沒錯……」

「這事您的朋友們都能克服，您也試著挑戰看看吧，然後像朋友一樣學會成長。如果您自己沒辦法作決定，不管您做再多看似有意義的事，都沒辦法成為大人。」

「……」

她接過了叉子，並緊瞪著叉子上的蔬菜，烤得紅通通的甜椒還散發著誘人的熱氣。

「我的朋友們以前都很討厭這些食物，為什麼他們現在都敢吃了呢？不吃這些食物是我們的默契，我還在遵守跟朋友們之間的約定呢！我多努力守護著我們的小小世界耶。」

「因為『成長』同時也象徵著變化囉。」

「我不能永遠當個童心未泯的大人嗎？」

「『人』跟『時間』的共通點就是兩者都不會停止。」

「真令人傷心。」

「不，如果您開心地接受它，它就會變成一件值得開心的事。」

「明明小時候大家都一起遵守這個規約……」

「沒關係，您現在可以違背那個規定了，是時候創造屬於妳和自己的約定了。」

「以前，朋友們明明都說青花菜和甜椒的味道很可怕，還說如果我吃蔬菜，他們就不跟我一起玩了。我那時候超害怕的……」

「把蔬菜吃下肚到底會不會發生什麼恐怖的事情呢？您不親自挑戰看看，是永遠無法知道的。」

玩捉迷藏時，總有孩子不知道鬼早已經跑回家，只剩自己還守在原地繼續躲藏。固執的她就像獨自堅守著久遠前的遊戲規則，大概是覺得她若不遵守約定就會被討厭吧。她比任何人都喜歡與人交往，而不想被朋友們疏遠。懷著不想被踢出小圈圈的渴望，她始終在孩提時期原地踱步。但她終究意識到了——不管是時間還是朋友，世上的一切都沒辦法永恆留在自己身邊，是時候要學會自我成長了。

她倔強地閉上眼睛，將那溫溫熱熱的食物遞入口中。闔上的嘴巴再次打開後，叉子上的食物中終於消失在眼前。她哭喪著臉，不情願地反覆咀嚼著，她現在實則正努力向前，追上那些拋下自己遠去的昔日朋友。儘管我裝作毫不在乎，但其實我正屏氣凝神地觀察她的反應：第一次嚐試的青花菜和甜椒究竟是什麼味道呢？

「嗯。」

我聽到了微小的聲音，但她似乎還沒準備好對食物的味道作出評價。幸好她親自拿起叉子又多嚐了幾口，然後也試著搭配牛排一起食用。撇除挑食這點，她是個餐桌禮儀很完美的人，如果只看她的行為舉止，其實和一般大人吃飯沒什麼兩樣。看她開始既吃牛排也吃蔬菜，我安心了不少。儘管我內心有股衝動想問她味道如何，但我不想讓她感到彆扭而選擇不問出口。轉頭看向樂原，我立刻能知道他和我的想法不謀而合。我們如約好似的，正一同靜靜地進行眼神交流，並關照著珍妮小姐的狀態。

大概過了十分鐘，除了「請給我一杯水」之類的用餐基本需求，我們並沒有其他任何有實質內涵的談話。雖然如此靜默的餐桌多少有些尷尬，但我今天烤的牛排味道不錯，所以無傷大雅。為了鎖住肉汁保持風味，我使用了慢烤後煎的方式烹煮牛排。此烹調方法難度很高，失敗是常有的事，但幸好今天很成功，肉排得內部溫度都恰恰維持在55度，肉質的口感和香氣都呈現出最完美的狀態，因此我們果不其然都清空了自己的盤中飧。

珍妮小姐從包包拿出手帕擦了擦嘴，那是條粉色跟紫色交雜的格紋手巾，光從這單品，便能感受出她時尚品味以及對小細節的注重。雖然盤子裡還剩了一點肉，但看得出來她很享受這豐盛的一餐。蔬菜的部分她沒有全吃完，畢竟我幫她盛了很多，所以我並不感到意外，且光是盤中的蔬菜明顯減少許多，就已經令我心滿意足。等待她把手帕折了三折放回包包，我默默用水漱了漱口，接著終於有時間開啟對話。

「嗯，我不知道妳會這麼直接地呈現這個料理給我吃。」

她的評價很令我意外，這讓我想再多作說明。

「因為我想讓妳感受蔬菜最純粹的味道。雖然我大可以變出各種花樣，但又想到拒絕吃蔬菜的您其實根本沒有認真嚐過它們的味道，所以，我想至少扭轉您這股無來由的排斥感，讓您見識它們的原汁原味。」

珍妮小姐用略顯不滿的表情點了點頭，無法確定她有沒有理解我想傳達的意思，我一如往常等待著客人分享最終的心得。

「我按照您所說，挑戰了這一次。蔬菜跟我預想的一樣不好吃呢，看來我朋友的話是對的。」

好吧，這不是我預料中的回答。為了讓青花菜和甜椒特有的味道顯現出來，我很用心地烘烤，結果還是沒通過顧客的標準嗎？但喜歡吃肉的人的確不會喜歡蔬菜特有的清爽風味，因為這番輕盈感跟肉品的厚重正好完全相反，清爽與濃厚無法同時共存，因此缺乏油脂的蔬菜裡頭沒有動物性脂肪的醇厚滋味。但換個角度來說，肉品也無法呈現出蔬菜的清脆，若能夠感受到吃蔬菜的趣味，自然會著迷於它的滋味，而要是選擇將蔬菜拒於門外，那麼就只會無止境地與它漸行漸遠。為了讓珍妮小姐能體驗蔬菜原本的味道，我主要只添加了香草，以簡單的調味作為點綴，顯然這可能不合她的胃口。難道我該撒點乳酪絲，幫她準備一份沙拉碗就好了嗎？最初構想時，我腦海裡有很多個選項，但看來我沒選到最好的答案，這讓我有點後悔也有點挫敗。

我撕起握在手中的衛生紙，眼神盯著盤中的烤時蔬。曾經閃爍著光芒的烤時蔬料理跟剛剛已然不同，只讓我覺得很討厭。如果我得不到這個簽名，可能就無法在期間內履行合約了，一瞬間腦裡閃過很多想法：早知道就不要直接明目張膽地端出蔬菜了，眼不見為淨，看要用炸的？還是跟麵團裹在一起蒸？或是直接切細切小，是不是就會有更好的結果了呢？我開始嫌棄自己當初選擇用蔬菜的原味正面迎戰。

「但其實沒有想像中那麼糟糕。至少吃的時候不會反胃想吐，也不會覺得它們會要了我的命。」

她用精心保養的指甲敲了敲烤時蔬的碗這麼說著。食物又沒有餿掉，怎麼會讓人想吐或奪人性命呢？即使這裡的裝潢有點破舊，但終究稱得上是家餐廳，我也是有受過訓練的廚師。我有點不懂她說出這句話的意圖是什麼，這究竟是稱讚還是侮辱？

「總之，雖然我還是吃不懂它們是什麼味道……」

她繼續說著。如果客人嚐不出味道的話，那麼廚師也無話可說，只不禁有種自己犯了罪的感覺。雖然準備料理的我沒有向她收任何一毛錢，但我的責任是要讓客人滿意整個用餐體驗，沒能讓她感受到彷彿置身田園間玩耍的心情，我很是抱歉。

「……但能帶著平常心嚐嚐看這些食物，感覺還不錯，好像吃著吃著就覺得自己長大一點了？吃下去才發現這根本沒什麼，反而突然無法理解為什麼自己要一口斷定它們很難吃，而一直拒它們於千里之外。至少，在這裡我能跟隨著自己的意志行動，然後體驗到，擔心的壞事完全不會發生，好痛快喔。雖然我之後大概還是不會想特別買菜來吃，但要是在餐廳吃飯時看到小菜碟，我想我也能像其他大人一樣，若無其事地吃幾口蔬菜的。吃菜不會世界毀滅，現在我也是個大人了吧？」

這席話，聽起來就是妥妥的稱讚了，那我可以放心地笑了嗎？我收起自責的表情後抬起了頭，我該說些什麼呢？現在反而是我想對她表達感謝呢。

「妳長大了耶！是個成熟的大人囉。」

樂原代替我拍了拍珍妮小姐的肩膀，她像完成重大任務的挑戰者，露出得意洋洋的表情。

「嘿嘿，現在我也跟學長一樣了。」

她雙手抱胸，朝著樂原驕傲地抬起下巴。雖然蔬菜還是沒能獲得她的芳心，但至少她臉上沒有一絲不愉快，這對身為廚師的我來說，已經是最好的慰藉了。

第六個署名很小巧可愛。她簽上了自己的名字JANE，再畫了個蝴蝶結上去，更凸顯出她的獨一無二。珍妮小姐簡單地向我道了謝，謝謝我讓她得以感受到蔬菜的本來面貌，儘管她沒再多說什麼，我相信她已經充分理解我想傳達的寓意了。她臉上閃過了難為情的表情，說著自己明明免費吃了一頓大餐，竟然還能被別人道謝，很令她害羞，不過她的眼神又立刻變回了原來的她，不久後便向樂原先生撒嬌、央求他載她回家。在沒有人開口勸過珍妮小姐時，樂原先生既知道她的挑食問題、又如此願意伸出援手幫助，顯然珍妮小姐和樂原先生間處得很自在，而樂原先生又真的是一個很好的好前輩。

但看著他倆互不相讓地鬥嘴，討論著樂原先生送不送她回家……我的心情有點難以言喻的奇怪，怎麼回事呢？

我沒有親自送客到門外過，但畢竟珍妮小姐是樂原先生的學妹，且我也想目送他們的背影久一些，就莫名一起跟過去了。他們看起來很親近。如果我身邊也有這種人該有多好，能發現我的缺點、並願意幫助如此我的人。我總是埋頭於料理世界，導致我的交友圈不廣，這確實有點可惜，只顧著在料理的道路上奔跑，這樣的生活很充實，但我也不免因錯過的風景感到很空虛。同樣地，媽媽畢生也只想著琴貴妃餐廳——媽媽是否也能理解這樣的我呢?不能再這樣度日了。心情愉悅地得到署名之後，也不該因為看到他們親近的模樣，又開始感到傷心了，今天是個好日子，我不該再為這種事操心。

「您哪裡不舒服嗎？」

兩人的鬥嘴告一個段落後，樂原先生看著我問道。我沒有不舒服，但我的心情確實有所轉變，我本來不想露餡，卻還是被他看出來了。不知為何，我對他察覺這樣的變化而感到了一絲喜悅。

「沒事，只是看著兩位這麼親近的樣子，也讓我想起了一些往事。」

「忘草小姐身邊也曾經有像我一樣好的學長姐嗎？」

「沒有，無論我怎麼想都沒有。」

他們停止了對話，看來原先歡樂的氣氛被我潑了冷水。他們慌張地打圓場，試著用吵鬧的笑聲填滿對話的空白。我擺了擺手，告訴他們說我並沒有認真煩惱這個問題，他們臉上僵硬的表情才稍微緩和。最後，我向珍妮小姐打招呼道別。

「我以後會秉持我的信念，勇敢挑戰各種新事物、試著活得更像個大人。」

她鄭重地點頭致意，我重新回歸招待客人的廚師身分，用眼神向她道別，無論她身在何處，我都祝福她能成為成熟的大人，享受自己的人生。

「我們走囉，現在部落格上又多了一篇餐廳評價呢，一定要看哦！」

樂原先生朝我揮揮手打完招呼後，他們兩個便一起轉身離去。

看著他們漸漸遠去的背影，我佇立在那好一陣子，直到他們小到只剩下一個點，我才拿起手機上網搜尋，一邊走回餐廳準備收拾善後。部落格的評價？我的客人不過只有六位，難道是樂原先生透過網路文章幫我助威嗎？我搜尋關鍵字「勿忘我餐廳評價」，只跳出了唯一一篇的文章。

「我去了麻浦區的勿忘我餐廳，他們的定位是專門幫客人改掉挑食的壞習慣。儘管我不覺得是詐騙，在去之前還是讓人挺半信半疑的。我曾經也會挑食……多虧這家餐廳，昨天在公司聚餐嚐試了泡菜煎餅。雖然很難為情，但初次體驗泡菜煎餅的味道很不錯呢！世界上肯定也有像我這樣的人，在此將這家餐廳推薦給所有跟我有一樣煩惱的人們。」

這位客人到訪後，便沒有再特別聯絡過我，能透過這種方式知道他的近況，讓我有新的感觸。聽到裕賢先生現在已經能吃下泡菜煎餅，我由衷地感謝他，這代表我做了對的事，完成了有模有樣的料理，這也讓我能夠再次思考餐廳存在的理由。

夜還未深，但已能見星光閃爍——我仰望著天空，想起了一個人——我可以自信滿滿地告訴他「我現在做得很棒」。我再依序想起了受我觸動而改變自身的客人們，裕賢先生、泰俊小姐、萬秀先生、輝旻小姐、珍妮小姐，還有樂原先生，個個顧客我都相當珍惜，那些滿足和成就感無法輕易忘懷，還有……

我打了很長一串留言，但寫了又刪，刪了又寫。我想對裕賢先生說，我對他更滿是謝意，感謝他以客人之姿來到餐廳。除此之外，我想對他說的話還有很多，我很榮幸自己能在他端正工整的生活中留下美好的記憶，也祝福他不要忘記自己擁有這份勇氣，在面對任何食物都能勇於嚐試，還想推薦他瑞和洞附近有家很好吃的泡菜麵疙瘩……腦海裡的思緒如洪水般氾濫，這小小的留言區不足以容下我說不盡的心意，我意識到自己想說的太多，倒不如都別說似乎才是最上之策。

還是別留言好了，我默默關上手機，將其重新放回口袋。但我決定再多觀賞幾眼今日的夜空，並且輕輕地祈禱——無論大家身在何處，希望所有到訪過我餐廳的客人們，都能幸福地生活——若遠方格外耀眼的星星是爸爸，我現在應該就能跟他對上眼了吧？我回憶起對我總是展示溫柔微笑的爸爸，且願他能以我這個女兒為榮。

我想問樂原先生是否安全到家了，於是摸了摸口袋裡，但最終還是沒有拿出手機。明明這比留言還簡單，我卻什麼也沒有說——不，是說不出口。

第八章

充滿愛意的滑蛋粥

我仔細地閱讀了申請者們的故事，每個人都有著與食物相關的痛苦回憶，傷痛或失敗也好，恐懼和否定也罷，共同的是他們都帶著這份複雜的悲傷逐漸長大。這些人將過去的傷痕寄託在特定的食物上，並帶著厭惡的心情抗拒到現在。有很多人因為害怕再次摔倒受傷，而像因噎廢食的孩子一樣不願再起身。他們沒有做錯任何事，而食物也是無辜的。

不過，即使無法釐清責任歸屬，問題仍有辦法得到解決——我們能淘洗掉不好的記憶，並成為更無所畏懼的大人。為了協助人們度過這段艱辛的旅程，我以勿忘我餐廳作為診間，並且在經營餐廳的過程當中，學會如何撫慰人們的悲傷，並幫助他們學會如何愛人。在履行契約而付出努力的每一刻，我從未忘記這間餐廳存在的目的。

若要從這個崇高的理想裡挑剔，那就是需要愛的人太多、又有太多悲傷需要被撫慰。眼看現在只需要再收集一份署名，我們三人決定分批閱讀申請書，根據治療的可行性與必要性加以篩選，每人各挑三份申請書，一共選出九位候選，接著互相交換各自中意的對象再次進行選拔，以選出最後一位顧客。時間剩下兩個禮拜左右，我沒有餘裕和每個申請者一一見面，而必須要選定一位委託人、並將精力集中在他身上。

「都差不多重要。」
東熙擺弄著手中的申請書，臉上露出一副尷尬的表情，樂原先生的表情也大同小異。
「最後的決定權在於忘草小姐，請您選擇自己想協助哪位申請者吧！」
「既然如此，妳就選擇妳認為最『需要』品嚐妳的料理的人選吧。」
兩人遞給我他們最後選出的幾份申請書。其實我也不太清楚我最想幫助的人究竟是誰，準確的說，是我無法判斷究竟誰最需要幫助。大家都有各自的痛苦，但我實在無法明確地比較其重量，而這也是理所當然。對著眼前的白紙黑字，越是陷入苦惱之中，我便越是難以集中注意力，只剩兩隻眼睛無念無想地掃過一頁又一頁的文字。

在漸感壓力沉重之際，令人高興的突發情況讓我得以抽離——手機好巧不巧的響了，螢幕上顯示著媽媽的來電。多虧媽媽，我才得以遠離那些讓我煩惱的文件，我於是稍微坐得離他們稍遠一點、並接起了電話。
「有什麼事嗎？」
「我打算讓餐廳從今天開始休業兩週。」
電話那頭傳來前所未見的決定。琴貴妃餐廳除了國定連假之外，從未停止營業過，就連媽媽生日當天，我都要親自買蛋糕去店裡慶祝。不知道內情的人會說琴貴妃女士是個守財奴，但媽媽其實是個毫無物慾的人，家裡的每張椅子甚至都有些裂痕。

「我會顧好餐廳的，別擔心。」

媽媽這麼做的目的僅是為了遵守和爸爸最後的約定。爸爸經營餐廳時，媽媽總比任何人還想早早下班，抱怨她想趕快回家裡追上電視劇積欠的進度。

但自從爸爸離開之後，媽媽眼看自己料理的完成度尚顯不足，便會獨自留在打烊的餐廳，反覆嚐試提升料理的品質，以努力維護餐廳的名譽。餐廳就是她的家，更是她生活的全部，如今的她早已不知道最新流行的電視劇是哪部。這十九年來，她就這樣一直獨自堅守著琴貴妃餐廳，甚至有傳聞說，她是一位冥頑不靈的經營者。

媽媽其實比任何人都需要休息。當我懂事之後，我也開始將注意力全放在料理上。在過往以弟子身分向媽媽拜師學藝期間，我不僅考取了各種廚師執照，還進入相關科系研讀，就算尚有不熟練之處，我仍已盡心盡力完成了我能力所及的一切。因為我相信，我需能表現出有所成長的樣子，媽媽才得以安心地把餐廳傳承給我。就這樣，我文忘草不斷的精進自己，在爸爸細心灌溉的樹叢中等待著自己開花結果的時刻。然而，直至我突破最後一關卡以前，媽媽依舊沒放棄對餐廳的執著與熱愛。

「我會成為能為琴貴妃餐廳注入新血的經營者。」

在我向媽媽表明決心後不久，我們兩方簽了約，唯有我達成合約當中的條件，她才會將餐廳轉讓給我。她還表示，如果我無法履行合約，她會繼續用盡全力經營琴貴妃餐廳到最後一刻，然後自己將會歸隱田園。我一開始並不明白媽媽的固執何來，但現在我懂了。

我想守住這片花園，我想遵守與思念的園丁之間立下的最後約定，在三十歲之前營運一家屬於我的餐廳。從文廷原到琴貴妃，再由琴貴妃到文忘草，現在是時候接棒給下一位主人了。媽媽的休假對我來說簡直是大好機會，我的腦子裡只想著趕緊拿到最後的簽名，讓媽媽得以完全休息。

「這樣也好，媽媽是該休息一下。但，怎麼突然說要休息？」

這麼說來，我剛剛都沒問問媽媽休業的原因。雖然時機已經有點晚了，但我這在思緒的盡頭終於想要該如此問道，不曉得媽媽是打算重新裝修店鋪還是何如。

「我的身體不太舒服。」

我全身僵直在原地。媽媽說是因為自己反覆胃痛和脹氣，才決定暫時停止營業。雖然大可以將餐廳交給副經理營運，媽媽卻不放心放著餐廳在自己缺席的情況下持續接客。

是我大意了，我明明知道媽媽比任何人都需要休息，卻忘記她最近經常表現出異常虛弱的模樣。媽媽一句身體不適又是壓倒我的最後一根稻草嗎？我的心臟劇烈地跳動著。每次看到媽媽生病，我都會感到非常生氣，眼下這不是一般的休息，而竟是在病痛當前不得不作出的決定。我很害怕看到家人生病的樣子，就是說啊，為什麼要一直這麼拚命工作？如果連媽媽也生病，那我……

「我早就叫妳休息了，但妳卻連碗粥都嚥不下去！」

我提高音量吼了幾句，再一氣之下狠狠掛斷電話。樂原先生第一次見到我這副模樣，好像被嚇了一跳，而東熙似乎也察覺到了此事。我回到原來的位子，想若無其事地拿起申請書，但手卻止不住地顫抖。

「您還好嗎？」

我對於耳邊傳來的關心置之不理，因為我正為剛剛的失控感到羞愧。

「連餐廳都不得不停止營業，看來妳媽鼓起了很大的勇氣，快點回去關心她的狀況吧。」

這樣可以嗎？我思考一番後拒絕了這個提議。原訂今天一定要決定出最後一位人選，並開始聯繫最後的客人，不如趕快從這堆文件裡隨便挑一個吧。我舉起手指粗略地掃過紙上的字，但腦袋裡卻無法把這些線條串成有意義的詞彙。我必須讀下去，集中精神，專心點。

「最後一位客人這下不是選好了嗎？」

東熙搶走我手裡的紙，溫柔的眼神又夾帶一絲令人難受的強迫感。我要她把紙還給我，但她沒有照做，且表現得非常堅決又充滿自信。我們到剛才為止明明還在一起考慮最後一位客人，現在這又是在搞哪一齣？樂原先生在一旁也忍不住詢問東熙為何這麼說，但她仍只是一言不發地望向我這邊。我並不想深入理解她的言下之意。

「顧客不得是親朋好友，契約的第五條寫得清清楚楚。」

「別這麼頑固，在擺出老闆的架子之前，她，是妳的媽媽耶。妳真的認為完成契約才是最重要的嗎？契約當前，妳還有其他更重要的事吧？」

「夠了。」

一氣之下，我簡短而粗暴地強制中斷對話，並從東熙那搶回申請書。粗魯的動作使氣氛變得一觸即發——我總是重蹈覆轍類似的錯誤。

「如果妳連最親近的人都照顧不好，妳要怎麼幫助客人改善挑食的習慣？」

她毫不掩飾的道破問題的核心，把言語化作最鋒利的刀刃刺入我最脆弱的心窩。我當然明白東熙說的話，正是因為太過清楚，我才會感到更加生氣、又不願意承認。我的憤怒不是源自於他人，我那為數無幾的朋友說得沒錯，錯的只是我不願意接受現實的心態而已。

「妳不要太多管閒事。」

我又犯下另一個失誤。東熙以失望的表情望著我，那令人感到不舒服的沉默使我立刻為自己的言行感到後悔。唯獨在提到媽媽的時候，我就會變得異常敏感，尤其是在她生病的這段時間，我的個性又變得格外咄咄逼人。

「兩位都怎麼了啦？」

樂原先生試圖出面調解，卻一點也沒有效果。尷尬沉悶的氣氛幾乎足以使人窒息，逼得我用盡全身的力氣深吸一口氣，再重重地將氣吐出來。嘆息之聲在悄無聲息的餐廳迴盪，彷彿能將地板和牆壁鑿出洞來。

「妳自己看著辦吧。」

留下沉重的答覆後，東熙離開了餐廳。任何人在說出這句話的時候，都不是真心暗示著對方「自己」「看著辦」，這次也不例外，且我必須承受不願面對的不適感。或許打從一開始，這就是契約的最終試煉，也是勿忘我餐廳存在的真正原因。也許從媽媽拿出契約的那一刻起，她就清楚，最需要由我協助克服恐懼及負面記憶的人，正是提出契約的那個當事人。儘管我不願承認，但勿忘我餐廳的最後一位客人必須是我的媽媽。

我將胃炎藥遞給媽媽之後，還沒來得及讓她作點心理準備，我便告知媽媽她將是勿忘我餐廳招待的最後一位客人。

「什麼？」

本就知道答案的她，仍然這麼問我。

「粥。」

短短一個字便回答了一切。而她的臉上則露出了早已預料到的表情。

「……總之就是這樣。」

一如往常地走進廚房打開冰箱看看後，我忍不住直接躲回了房間，想暫時清空一下腦袋。「為什麼不好好照顧自己，讓自己病得這麼嚴重？明明早就可以休息兩週，為什麼要拖到現在？」我把這些想說的話都壓在心底。因為我害怕一旦說出口，就會止不住叨唸，把想說的話全都釋放出來。

像往常一樣吞了吞口水後，我再次把即將說出口的陳腔濫調硬是塞進喉間，用力壓回心裡深處，創造粉飾出的和諧。我閉著眼睛，無力的斜倚椅腳。我能釋懷嗎？我能改掉媽媽的挑食嗎？此時的我比任何時候都還要沒信心。

那是爸爸正式住院前的最後幾天。雖然媽媽從爸爸那得到很多食譜，但唯獨沒能掌握調味的技巧，因此吃了不少苦頭。在照顧爸爸的過程中，媽媽沒有忘記加強拿捏口味的火候，其中媽媽最傾注心血的，就是為爸爸熬煮的粥。爸爸的身體狀況差到無法消化一般食物後，每日的粥品便成了他補充營養的唯一管道。清粥裡頭既不放什麼鮑魚，也不加韓牛，僅由白米、水和些許調味煮成。

爸爸過得很痛苦，胃灼燒到連媽媽熬煮的心意都難以下嚥。雖然媽媽每天認真熬粥，一遍遍地確認鹹淡，爸爸卻沒有一天能輕鬆地享用食物。每到夜裡，我們常常以淚洗面。我們並非為了空蕩蕩的冰箱感到悲哀，而是父親那日漸消瘦的身影，成為我們兩人最難以面對的景象。然而，神的殘忍幾乎沒給我們任何心理準備的時間。媽媽煮的粥成了住院生活開始以前的最後一餐，但就連最後一碗粥也都被灑落於了地面和桌子上。

在死亡這件事上，並不存在著因果關係，畢竟每個人都難逃一死，而只是爸爸永別世間的方法剛好是癌症而已。有人這樣安慰我們母女，但那是不曾經歷過至親死亡的人所吐出的話語。如果曾經與珍重的人訣別，留下的生者絕對無法如此輕易釋懷，而唯有將至愛之人的離去歸咎於自己的不足，才能保有生存的動力，否則無法接受上天奪走至親的不公平——這便是媽媽至今走來的自責之路。

爸爸的病灶不在肺、不在肝，而偏偏是胃，媽媽認定爸爸的病痛起自飲食問題，而怪罪於自身的無能為力，後悔自己怎麼沒能儘早上手餐廳的事務。然而，爸爸的胃腸疾病實際上與餐廳的工作無關，他不是因為職業是廚師才生病，而是他早有家族病史，從小消化系統就很脆弱，爸爸會難以嚥下媽媽的粥也不是因為媽媽煮的粥藏著可能傷害身體的劇毒。然而，對媽媽而言，她需要一個明確的理由來接受現實。面對丈夫的死亡所承載的一切痛苦，她唯有選擇永無止境地追打自己的無能，並且一輩子活在後悔當中，她才有辦法否認丈夫已經永遠離去。

「要是我能更擅長料理就好了，哪怕只是一碗熱騰騰的粥。要是我能即時為家裡做更多事就好了……」

過去爸爸對媽媽的濃情蜜意，似乎被媽媽藏到某個不知名的角落，不留一點蹤跡。媽媽接手琴貴妃餐廳，專心於保持營運、全心投入餐廳工作，這並不是克服悲傷的體現，反而是一種更深度的偽裝與迴避——永無止境的愧疚如枷鎖般將媽媽勒緊，這才是媽媽成為工作狂、醉心於餐廳事務的真實原因。

其實媽媽在爸爸去世前也經常自我責備。我的右眼上方有個傷痕，那是我在幼稚園時期，和朋友一起玩扮家家酒時，被指甲刮傷而留下的疤痕。由於傷口不怎麼痛，所以我那天能笑嘻嘻的回家，但看到傷口的媽媽第二天卻把幼兒園鬧得一片狼藉。

「沒有很痛呀。」

因為當時的我無法理解媽媽為什麼會這麼生氣，所以我只能不斷地說著自己不痛，我以為這麼說，媽媽就會消氣。但從那以後，媽媽把我留在家裡的時間變長了，她認為是自己沒照顧好我，才會讓我留下無法抹去的傷疤。和爸爸媽媽相處的時間變多，讓幼時的我相當高興，同時我卻也讀不出爸爸臉上的苦澀從何而來，以及不知為何，媽媽每次看到我的額頭時，總會反覆地道歉，有時甚至會帶著難以言喻的悲傷表情，把我抱得緊緊地。媽媽就是這樣的人，會把所有的責任都歸咎於自己的可憐人。

爸爸曾向我交代，務必好好愛著媽媽，即使說到聲音沙啞，他仍堅持請託我一定要盡力灌注愛意給這樣的媽媽。也許我才是那個應該要幫忙媽媽減輕肩上負擔的人——在她對琴貴妃餐廳充滿莫名瘋狂的執著時，在她試圖迴避死亡帶來的無限悲傷時，我應該出手幫助她的——我應該要用盡全力抬起媽媽低下的頭，讓她直視悲傷淒涼的現實，我應該要抱住她顫抖的雙臂，用自己的存在守護她，不讓她再持續逃避下去。共同走過一切痛苦的過程才是愛的真諦。

當時的我不夠成熟，所以並不知道怎麼做才好。但現在我必須要拉她一起回到現實，不能讓一個逃避痛苦的人獨自留在無盡的自責當中。我想要為她抖掉一碗粥所代表的懊惱和後悔，媽媽沒有錯，爸爸也沒有錯，我們比任何人都還要愛著對方，因此沒有人必須為了不幸的結果感到痛苦。生病就喝碗溫熱的粥，互相扶持、共同突破難關，再一齊從痛苦中恢復——這才是我們家庭的歸途。

經過檢查之後，很幸運的只是輕微的胃腸蠕動異常疾病。媽媽以追劇行程開啟了為期兩週的休養，從一大早就開始不斷按著遙控器東轉西轉。奇怪的是，她沒在任何一個頻道久留，最多在同一個頻道停留個三分鐘，隨即又會迅速地轉到別的頻道。

「選一台認真看吧。」

畫面變換的速度令人眼花撩亂，眼睛疼得有些受不了的我不禁抱怨了一句，但媽媽還是沒有停止手上的異常舉動。

「因為我一部都沒看過，所以根本跟不上劇情嘛。」

媽媽換台的頻率越來越快了。畢竟長久以來，她根本沒空看電視，所以理所當然的難以在任何一個頻道多做停留。媽媽不是一個善於表達的人，此時此刻，她的行動也正在代替話語傳達出她的心情。我於是把遙控器搶了過來，關掉了令人頭痛的電視。

「別再這麼焦躁了，就單純地休息一下吧。」

如果是平時的媽媽，肯定會狠狠地打我的背表示抗議。但現在的她卻對我的話毫無反應，只是呆呆地坐在電視機前，露出一副思緒萬千的模樣。看著黑色的螢幕畫面，難道能想起什麼嗎？我從冰箱拿出即食鮑魚粥，並放進微波爐加熱。機器開始運轉的聲音一響，耳邊就傳來媽媽要我別浪費寶貴食物的話語。我沒把母親的警告當一回事，依然故我地撕開熱粥的封膜，後將熱好的粥和勺子一起放到托盤上。我知道媽媽不吃粥，這樣下去浪費掉的粥品何止一二，但我這不單是在勸說她吃粥，而是在開啟委託人諮詢環節，這還是我第一次在勿忘我餐廳以外的地方進行諮詢。

「妳不是知道我不吃粥嗎？」

「妳不喜歡鮑魚粥嗎？那海帶粥呢？豆芽粥呢？還是馬鈴薯粥？」

「我沒有挑食的問題，妳去找別的客人吧。」

「妳平時應該喜歡吃得清淡一點吧？因為妳怕吃太鹹的食物會拉肚子。」

「妳突然搞這哪一齣啦，真是的！」

我自顧自地繼續說了下去，但客人卻十分不配合，不願回答我所提出的任何問題。一般來說，若遇到這種情況，由於實務上無法為客人準備合適的食譜，諮詢便會就此中斷。但我並不打算放棄這個客人，畢竟我提出的問題，我心底早已知道答案為何。我暗自下定了決心，我打算一直追問下去，直到粥裡冒出來的熱氣消散為止。媽媽的內心就如同銅牆鐵壁般堅硬，沒有一絲能挖出資訊的縫隙，但越是這樣，就越是加深了我自己必須堅持的決心。

「這位討厭粥的客人，我們真的必須趕快改善妳的挑食問題。」

我跟媽媽在持續爭吵和辯論的輪迴中各執己見。疲憊不堪的媽媽喝下一杯冷水，氣呼呼地把裝著即食粥的碗丟入水槽，將裡面的所有食物倒了出來。我看著這樣的媽媽，忍無可忍地對她高聲吆喝：

「妳不吃粥的話要吃什麼？難不成每次生病都要餓肚子嗎？」

「說話注意一點。」

「妳明明生病了，妳卻連自己都顧不好。」

「我叫妳說話注意一點！」

「怎樣？媽媽也要像爸爸一樣生病後走掉嗎？」

越是不應該說的話，就越想要至少說出口一次——嚥下無數次、而一直哽在喉嚨的話語，總有一天獲得解放。媽媽不發一言地乾瞪著我，在短暫的沉默之後，她開始收拾起背包了。她不顧自己從剛剛服用胃藥以後，肚子還呈現空腹的狀態，她只往裡面放了一個水瓶。而沒在背包裡放進任何零食。她稱要去散散心，便拿起幾乎全空的包包，火冒三丈地用力甩門離去。巨大聲響在屋裡洪亮地迴盪，一再重複著媽媽至少會出門半天以上的訊息——雖然待媽媽不夠柔軟溫順是我有錯在先，不過媽媽的舉動果然也很有她的個性。

獨自在家的期間，我用早已製作好的表格確認現有食材狀況。勿忘我餐廳即將結束營業，與其追加購買新的食材，我更傾向優先消耗現有材料進行料理。剩下的食材很一目了然，練習用的食材都已用完，只剩下百搭好入菜的基礎底料。不過，我打算熬粥煮出最後一道料理，這正並不需要華麗至極的食材，畢竟無論用上多好的食材，粥都不會因此而變得華麗。用以治療病患的粥品，味道與香氣自然不會是優先看重的部分。比起金裝外觀，透過飽含其中的真心決一勝負才更有價值。

身為一名廚師，發揮出所有食材的最佳味道是理所當然的基本任務，但這次比起「味道」，我更想以「治癒」為優先目的。那麼該煮人參粥那種的補品粥比較好嗎？但媽媽對補品的喜好度普通，而且我也不敢肯定補品粥是否能對媽媽的治療上有很大幫助。究竟什麼樣的食物能幫助復原呢？我再次細細瀏覽記載剩餘食材的表格，卻沒有發現令人眼睛為之一亮的好東西。為了治療最後一位客人病入膏肓的心理問題，看來我應該先將精力置於食材的意義傳達，而不是著眼於食材所蘊含的營養成分，才能為顧客解開這道難題。

在我檢查食材狀況時，我順便看了一下家裡的冰箱和倉庫。不確定媽媽什麼時候整理的，但確實分類得十分乾淨利落。媽媽的性格自始至終都是如此地一絲不苟，蔬菜已經被處理過後整齊存放、加工食品也陳列得井然有序、放眼望去就能確認有效日期，這都是最好的佐證。要能兼顧好餐廳和自宅並非易事，我對媽媽感到心疼，同時也抱有深深的歉意。而在過去的這段日子裡，媽媽之所以會這樣故作堅強地呈現完美面貌，相信我也有責任，因為她知道我討厭她展現出脆弱的一面，而我卻不曾嘗試諒解媽媽的難處。看著她打理過的每個角落，我感受到一股乾淨俐落的悲傷，以及油然而生的愧疚感。

原先預期的半天時間早已經過，但媽媽仍舊尚未賦歸。我開始感到擔心，而想撥通電話或傳訊息給她，但又知曉是我剛剛先說了不該說的話，所以沒能鼓起勇氣有所動作。媽媽是個坐在咖啡廳不到一個小時就會站起身的人，她現在到底在外面做什麼？怎麼還不回家呢？

我心裡早已浮現出一個她可能會去的地方，僅是我由衷希望我的預感錯誤——別說是半天或一天，只要媽媽下定決心，她甚至可以在那裡待上一整週。焦躁不安的我趕緊打開大門，迎面而來的冷空氣讓我不禁更加擔心那個單薄的脆弱身影。前往該處的路程很短，路線我亦是再熟悉不過。我真希望等等到達後，看見的不是未滅之燈。

那扇本應緊閉的門現在竟然敞開著，我不禁在踏入建物的同時嘆了一口氣。空蕩蕩的櫃檯保持著一貫的一塵不染，闊別已久的我駐足環顧這個許久不見的大廳。熟悉的鮮花依舊盛開，而此處還是記憶中的乾淨俐落，不過，相較於我最後一次踏進此地時的模樣，牆的一角出現了許許多多從沒見過的花草，知名人士來訪留下的簽名也多了許多，看來我在勿忘我餐廳孤軍奮戰的期間，這裡也不停歇地繼續忙碌著。

媽媽的那份腳踏實地刺痛我早已滿懷愧疚的心，讓我喘不過氣。如果是見到與我毫不相干的人，我肯定會對他努力工作的模樣給予稱讚。但是，親眼看見和我最親近的人每天都過分地認真生活，卻讓我感到非常痛苦，胸口彷彿被盔甲緊緊包覆，有一股難以宣洩的鬱悶。

「妳在做什麼？」

「妳怎麼知道我在這裡？」

「哎呦。」

媽媽正一如往常地整理冰箱裡的肉類。她口口聲聲說要出門散步，卻又來餐廳做著一如既往的工作？這我實在無法接受。每當看到媽媽令人鬱悶的舉動時，我總是忍不住情緒爆發，但我必須壓抑湧上心頭的滾燙情緒，因為我現在是必須治療她的人。沒有任何一個醫生會威脅患者，同樣地，廚師也不該逼迫客人。

「準備暫停營業的時候，你們員工們好像沒有整理到豬肉，牛肉怎麼也是亂七八糟……餐廳可是要等到兩週之後才會重新營業耶！就算你們的主食材是冷藏肉，冷凍肉也不能就這樣隨便擺放吧！他們到底在幹嘛，怎麼都沒有好好整理！」

為了轉移媽媽的情緒，我開始代替媽媽的嘴巴朝著肉品發火，並著手一起整理冷凍庫的肉類。明明媽媽比我更清楚庫存情況，卻是我這個局外人對著紊亂的擺放方式表示強烈的不滿，媽媽反而始終保持著沉默寡言。像石頭一樣堅硬的冷凍肉品每次與隔板相撞時都會發出沉重的嘎吱聲，這些低沉的雜音和我高分貝的抱怨在同一個空間裡持續交疊而無法散去。我再費了點心力，刻意四處挑剔發火，媽媽反倒顯得淡然，而只是偶爾點頭附和。

「吃飯了嗎？」

「吃過了。」

「吃什麼？」

「豆沙包，走過來的路上發現一家新開的包子店。」

「妳吃甜的不是會消化不良嗎？怎麼不吃個菜包？」

「我以為自己挑的是菜包，吃了之後才發現裡頭是紅豆餡。」

最後，我問媽媽是否有按時吃藥，直到聽到她的回應後，整理冰箱的工程才總算告一段落。我們一起在水槽洗手，清理散落在地上的冰塊。

「還有什麼事要做嗎？」

「沒了。」

「那走吧。」

我拉著她那還想繼續勞動的手從廚房裡走了出來，沿路順手關掉一盞盞燈。餐廳走廊的燈全部熄滅後，我們回到了餐廳的主用餐區，接著該關掉櫃檯跟門口前的最後一盞大燈了。

「媽，這裡交給妳關！」

媽媽臉上表現出她的遲疑，再再透露出她特別想留在無事可做的店面裡。要是平常的話，我肯定會順著她的心願將她留下而獨自先行離去，但我今天偏不打算如此。我們該回家了，別再對餐廳依依不捨了，該回去躺在床上休息了吧。

「答應我，在休息的這兩週裡，妳不能再來這裡了。」

「為什麼我不能來？」

「我說過了，妳是我的最後一位客人啊。媽媽也要盡到自己身為顧客的本份。」

「我沒答應過這種事。」

「算我拜託妳！就聽我的吧，免得我把餐廳的所有東西都砸碎。」

她忍不住輕笑一聲。我舉起我的小指頭，直擺到她的面前要她勾手承諾——面對女兒傲慢的挑釁，媽媽這次網開一面，似乎並不打算責罵我。後來我實在等不及，便半強迫地拿起她的右手小指，當作我倆手勾手達成協議。就算自家女兒的行為無禮，媽媽顯然也能明白我的用意，而露出了淺淺的微笑。

「妳知道爸爸討厭說謊的人吧？」

在最後一盞燈關上之後，我架著她的手和胳膊，像警察帶著被逮捕的罪犯似的走出餐廳。現在真的該回家了。

「等一下！我再做最後一件事。」

我以為媽媽又留有迷戀，而不願輕易放過她。媽媽用同樣一隻手匆忙地把餐廳外牆上的迷你招牌轉到了另一面——從「OPEN」轉成「CLOSED」——終於再次關閉了餐廳。

樂原先生居然莫名其妙突然拉著東熙來到餐廳，描述我跟東熙上次不歡而散後，他感覺自己沒辦法再像以前一樣悠哉地到餐廳坐坐，於是他要我們倆面對面坐好，再握手言和、向彼此說聲對不起——我們又不是幼稚園小孩，這完全不像是我們這個年齡層解決問題的方式，他提出的解決方式實在荒唐到令人難以理解，而使我感到非常荒謬。

東熙看起來似乎是在遛狗的時候糊裡糊塗地被拉來的，因為她手裡拿著絕對不曾帶到餐廳的寵物拾便袋。其實我們根本沒有吵架，所以也壓根沒有需要和解的事，我們之間僅是做錯事的那方不低頭認錯，所導致的溝通不良而已——當然，有錯在先的人就是我。

類似的事情在我們學生時代也是經常發生。東熙並不是會輕易發怒的性格，我亦不是容易生氣的類型。但如果想法出現歧異，東熙通常會直言不諱，而我那無謂的自尊心偏偏又很強，於是常會因為她的一句真心話而鬧彆扭。雖然承認自己鬧彆扭是很丟臉的事，但這是不容否認的事實。大部分時候我們的冷戰大約會持續一個星期，但每次總有東熙先忍不住向我搭話，靠著她一句「要不要去福利社？」糊裡糊塗地解除冷戰關係。

長大以後，我們再沒有像現在這樣如此意見相左，且再也無法以相約福利社為藉口緩和針鋒相對。比起洞悉別人的真心，我總是更不擅長揭露自己的真實想法，被別人看穿後就平白無故地發脾氣，還拉不下臉道歉。樂原先生某種程度上相當不會察言觀色，一直打圓場、勸說我們好好相處，我們只好配合他勉強擺出和好的姿態。我明白自己的不足在於無法坦然面對自己，我也希望自己能夠克服這點，或許在幫助客人突破之前，真正需要有所成長的主角，是身處同一個屋簷下的另一個人。

我之所以總是不能坦誠，是因為自我揭露並非無須代價。「說出真心話」這個舉動，相對應要付出的是奢貴的「勇氣」，但我總是等待他人先付出勇氣，而自己卻是持續積欠著厚重的歉意，我意識到自己欠下的情感債務繁重，不過我也有了決心想要還清。

我該說些什麼呢？我討厭說「對不起」這類的話，不單純是因為這句話太過陳腔濫調，也是因為脫口的瞬間將有羞愧感伴隨而出。那是只有幼稚園學生才能坦蕩說出的臺詞，我想要以委婉的語言打破我們之間的尷尬，但到底該說什麼才好？

「所以……妳打算煮什麼粥啊？」

眼神盯著浸泡在水中的白米，東熙率先開口搭話了，儘管我們雙方還沒完全放下身段，但她的聲音已經不再具攻擊性。我又被搶先了，誰叫我有一個心胸如此寬廣的朋友，這是我相對應的懲罰。

「還沒決定好……」

「因為粥也有很多種類嘛。」

我小心翼翼地點頭回應，不敢停下手上攪拌白米的動作。看到東熙靜靜地坐在沙發上，我為了努力緩解尷尬的氣氛，便也放下手邊工作，跟著坐了下來。

「不知道鮑魚粥跟人參粥哪個比較好，我想找個更有吸引力的品項。」

「妳媽媽不是不喜歡吃苦的食物嗎？」

「所以我很苦惱。」

「就做妳最想給她品嚐的粥如何？」

我沒有自信的時候，總是會習慣地望著地板——幸虧我打掃得很乾淨，才有亮晶晶的地板可以看。東熙猶豫了一下，以稍有力量的聲音提出她的想法。

「有人說，粥是最能傳達安慰的食物。」

她說，上次她之所以會替我準備撒滿碎蔥的粥，是因為她之前肚子痛時，她的母親曾做過同樣的粥給她吃。因此，有了被那碗媽媽牌特製粥治癒的經驗，她便也毫不猶豫地作出同樣的粥，以讓我能迅速恢復。至於我呢？我能夠瀟灑地端出什麼樣的食物，再毫無保留地治癒媽媽呢？

事實上，在爸爸去世之前，媽媽並不害怕吃粥。我想起過去病重到無法去上學時，媽媽也曾經煮粥給我吃。那是將雞蛋打散後再和米一起煮熟的粥，上面放了青蔥碎作為配料，並用醬油代替鹽巴調味。媽媽設想到只吃粥太單調，還會一併熬煮小黃瓜冷湯[34]給我喝。嚴格來說，那碗粥用到的材料就只有雞蛋、蔥和醬油，但在高燒時品嚐的滑蛋粥對我來說卻是那般特別，要是吃一吃體溫又升高太多，媽媽便會再將小黃瓜冷湯遞到我嘴邊降溫。兩者看似毫不相干，卻又能相互搭配出這個協調的組合。儘管從那以後，每當我身體稍有不適時，我內心都會期盼著媽媽牌滑蛋粥，但那是媽媽最後一次用粥對我施以溫柔的治癒魔法。

在腦中回憶過往後，我心生了一個疑問，於是有些緊張地將視線從地板移向東熙——我倆視線交會，因為她也同樣看著我。

「如果我選擇做自己想做的粥，這也能讓媽媽感到幸福嗎？」

東熙默默地撫摸著她的愛犬。球球緊挨著她的大腿坐著，表情安詳、慵懶地閉上了眼睛，看得出來牠對主人充滿信賴，彷彿能將全身都交給她——我像在欣賞一幅風景畫般看著她們，並從她們的互動感受到心靈的安定。

「我認為這改善挑食的療程中，接受治療的人固然扮演重要的角色，但負責療癒人心的那方也同等重要。如果妳沒有放輕鬆而用力過猛的話，接受幫助的那方會覺得很愧疚的。」

到目前為止，我為客人們準備了各式改善挑食的料理，其中有使用過昂貴的食材，也曾需用到繁瑣的烹調方式，我卻從來沒有因此在心中留有疙瘩，而都是我心甘情願地作出的選擇，就因為我相信那道料理會是最符合客人需求的作品。然而，當顧客是媽媽，我竟無法輕易地在鮑魚粥和牛肉粥之間拿定主意，因為我對自己的選擇沒信心。要是抱持著這種心態，我就算煮出再奢華的海味山珍，也將難以體現我的真心。因此，與其追求華麗的粥品，我更想為媽媽熬煮她很久以前曾做給

34. 譯註：「오이냉국[oinaengkkuk]」，清爽解暑的小黃瓜冷湯通常在炎熱的季節食用，切成細條或薄片的小黃瓜口感清脆、清湯的味道則略帶酸甜。

我吃的滑蛋粥。

「妳的心最重要，誠實面對妳自己。」

東熙對待我的態度自始至終都很一致，我總是藉由她才能獲得很多啟發。我經常透過她來描繪我對於親密關係的理解，並從中定義朋友對我而言是什麼樣的存在。她的思維與包容心精準地領先我一大截，要是她的夢想也是廚師的話，她大概會成為我難以超越的競爭對手。

「這次給炸雞不夠喔。」

久違登場的幽默緩解了原本沉重的氣氛。我沒有回答，只是默默地伸手摸了摸東熙的狗。當我抱住牠、再來回梳理牠身上的毛髮時，牠也對我露出了舒服安詳的表情。樂原先生一路都不敢插話，而只是來回地看著我們，看來在嚴肅的氣氛下，他有些話沒能說出口。直到和我對上眼，他才終於獲得開口的勇氣……

「妳們還不和好嗎？」

樂原先生提出了相當令人無言的問題。看來這個人還差得遠了。

滑蛋粥本身就是一道不需要太多食材的料理，配菜越澎湃反倒會對胃造成負

擔，而失去了粥品養身的原初意義。因此在今日採買時，我沒有考慮購買新食材，只購入了一些新米與十顆放牧蛋。一直以來，我都希望能透過食材本質的美來治癒人心，而不倚靠華美不實的配菜，但這次光是靠優質米與嚴選蛋，似乎仍不足以傳達我的真心，且礙於媽媽成了本次的顧客，我也無法再從她那邊獲取有益的建議。歷經一番掙扎後，我決定使出絕招，召喚被供奉在衣櫃深處的救世主。

我回到家的瞬間，媽媽興奮地到門口迎接我——雖然這樣的比喻好像有點不恰當，但她簡直跟迎接主人回家的毛小孩一模一樣，聽到鑰匙轉動聲便衝到了玄關。這樣的畫面讓我感到於心不忍，自從我對媽媽下了「禁止出入琴貴妃餐廳」的禁令後，她在空閑的時間裡便顯得十分不知所措。從連續嘗試上午時間爬山、下午騎自行車穿梭於兩三間咖啡廳，到看電視、種些花花草草等，似乎都沒有辦法完全填滿她空出來的時間。儘管她嘴上說自己是為了促進健康才開始爬山，我也知道這是她消磨時間的藉口。

除了自家餐廳之外的空間，媽媽都不大能久留，於是她的生活演變成日日喝兩三杯咖啡、徘徊於數間咖啡廳之間，我開口詢問她「今天又喝了幾杯咖啡？」的次數，幾乎快超越以往「今天妳也試了很多味道嗎？」那句老話。我不甚滿意她這樣的生活節奏，但同時我也擔心要是我再出面制止，媽媽恐怕會更難撐過這段休養的日子，我於是只好把到嘴邊的話再次吞了回去。

我負責打理家裡的一日三餐，為了減輕腸胃的負擔，我都盡量挑選好消化的食材，像今天的晚餐避開了肉類，主餐為煮到熟透的燉菜，搭配清淡的蘿蔔湯及海鮮小菜，餐後也同樣為了媽媽的身體著想，以溫熱的麥茶取代冷開水，所幸媽媽終於能不再飽受胃痛的困擾。眼看媽媽喝完了杯裡的茶水，我接著試探性地問道。

「媽媽，妳休息的這段時間不都是我在煮嘛……」

「說吧，妳想要拜託我什麼？」

才剛開口就被媽媽一秒識破，尷尬寫滿了我的全臉。在媽媽的催促之下，我短暫地掙扎後，鼓起勇氣說出了自己的訴求。

「我可以看一下爸爸的書嗎？」

「妳又忘記我們的規定了嗎？『不得仰賴琴貴妃的建議』。」

「我只是想參考一下書而已，沒有跟妳要建議呀。而且合約上只寫不得仰賴『琴貴妃』的建議，又沒寫到爸爸文廷原。」

說完，我趕緊從褲子後方的口袋拿出被折得整整齊齊的合約書，並且把它攤在媽媽眼前。我以食指指著最後一條規定，證明自己真的沒有胡說八道，光是用眼角餘光就可知道媽媽的表情有多不甘願，只是這次我也無意讓步。真的很幽默，媽媽明知道自己就是最後一位客人，怎麼還這麼不配合。

「妳打算煮什麼樣的粥？」

我沒有回答，因為不提前對外透露食譜內容是勿忘我餐廳的慣例，這也同樣適用於琴貴妃餐廳。之所以有這條規定，其實是為了防止客人在直接親自品嚐料理之前，就先入為主地要求更換菜色。現在媽媽正是我要接待的顧客，因此按照規定我什麼都不能透露，而只能眨眨眼睛、靜靜的看著她。

「我全身會這麼痠痛，還不都是因為每天晚上得準備五道菜。」

我以最激怒人的語調，挑戰著媽媽的底線。誇張的無病呻吟似乎讓媽媽覺得過於荒謬，而忍不住嘆了口氣，我則依然故我地繼續著表達我的要求。

「我就是想借看一下咩！」

「看了也沒幫助吧？」

「琴小姐，拜託就讓我看一眼嘛！」

「好啦，拿去拿去。」

人們總說父母贏不過子女，就算身為女兒的我已經長大成人也依舊如此。舉雙手雙腳投降的媽媽敞開了臥室房門，再邊用手揮了揮眼前灰塵、邊快步走向衣櫃，接著拉開了衣櫃角落的抽屜。

「不可以參考太多喔。」

意識到媽媽即將開啟碎唸模式，我急忙地應了聲後稍微關上房門。因為沒煮飯的媽媽要負責洗碗，我還能趁媽媽洗碗期間趕緊利用時間坐在床邊翻閱書籍。這本救命寶物裡有很多令人懷念的紀錄，還記得在很久很久以前的某次，我很想念爸爸，而就是在那時第一次翻開了這本書。當時沉浸在思念之情中，我沒有認真讀完內容，今天感覺可以好好拜讀內文。

〔米就像是一張純白畫紙，隨著水質而呈現不同口感。在歐洲，人們喜歡加入番茄或是橄欖油來提升風味。而某些亞洲國家則會將茶入飯，讓茶葉的清香融入米飯的香甜……〕

一段關於白米的文字，隱藏在「米」字的便利貼下。爸爸在眾多料理方式中最喜歡的韓式料理，而韓食好吃的關鍵就是美味的白飯，顯然他也曾經為了煮出最好吃的米飯而苦惱。話說回來，我腦中浮現小時候的記憶——爸爸曾經為了我特別用糖醋水煮過飯。那時的我體驗踏青之後，便深陷於豆皮壽司的美味，吵著不願吃醋飯以外的米食。明亮淡黃色澤的米飯散發著豆皮壽司的香氣，舀下滿滿一匙咕嚕滑下喉間，幸福感頓時湧現的感受歷歷在目。

「……白米猶如純白畫紙可以創造出無限的可能，所以務必銘記，在炊飯時就必須觀察並考量到客人的喜好。」

閱讀以『白米』為題的段落，從字裡行間可見爸爸對米飯的熱愛，也讓我再次憶起爸爸曾經是位多麼優秀的廚師。即使是碗平淡無奇、無法與華麗菜餚相比的米飯，也能讓爸爸願意付出所有情意。想起他為了我將醋飯勉強入口的模樣，教會我對彼此喜好的尊重。當下我才發現，過往的我總認為粥是很單調的料理、沒什麼可以發揮的空間，但其實一碗白飯便足以蘊含著對他人無盡的包容。我的手指輕輕撫過書頁，那些泛黃紙張發出的沙沙聲響，為我心中注入一股暖流。我閉上雙眼，試著用想像勾勒出爸爸寫作時的模樣。

不久，我的腦中又浮現了另一段回憶。畫面是我們一起煮泡麵的情景。那時候，爸爸將一碗三分鐘速成的即食品搖身一變為一盤完整的料理，講究的細節包括：入泡麵的蔥段該用什麼切法、打蛋的時機對湯頭的影響、火候大小對泡麵口感的改變等，人們從經驗中建構出完美泡麵煮法，我在當天便學會了。

煮泡麵並不困難。爸爸配合我當時的年紀，一邊親自展示烹煮的過程、一邊餵給我一勺勺嚐味道，我能直接一邊試吃、一邊聽著爸爸的解說，這省去了我走冤枉路的時間。即使那是我第一次煮泡麵，我也發展出自己的一套流程——像是將煮麵時間壓在約三分鐘以內，如此一來才能創造出我最喜歡的口感，然後雞蛋要最後入鍋。爸爸也教我，由於泡麵的麵體是油炸品，煮泡麵時要先用熱水將麵體川燙過一次、並將川燙的水濾掉，這樣就能去除多餘的油脂、減輕胃的負擔。接下來在加入調味粉包時，要用手指捏住一小角，留下些許粉末不加入湯中，這樣才能調出鹹淡適中的湯頭。最後，要記得放入蒜末及一滴醋補足調味粉留下的空白，一道別具特色的風味拉麵這便算是大功告成了。

「忘草，以後妳一定要代替爸爸……」

爸爸所做的這一切，都是因為掛念著留下的她。他深知妻子和自己一樣，容易因為刺激性食物而腹瀉，所以才手把手地向女兒傳授這份泡麵食譜，而這也成了爸爸對我唯一的一次個別料理訓練。

看完這些記載在「拉麵」段落裡的內容後，我感到一陣鼻酸。我始終堅信爸爸能給我一切所需要的幫助，而我果然在這裡找到了答案。即使爸爸的食譜缺少精準的計量與準確的食材名稱，它仍是一本夾帶著數不清回憶的珍貴書籍，也是我走向廚師之路的重要養分。

我已在腦中梳理出該如何料理滑蛋粥的方法，而且我有預感，我這輩子第一次為媽媽煮的粥應該會非常完美。一想到事情會往好的方向發展，我的腳步也變得輕盈起來。我小心翼翼地將食譜歸位、並留下了一抹微笑，想著如果爸爸有在這個空間陪伴我的話，他應該會很欣慰吧！走出房間後，我才注意到媽媽正坐在客廳的沙發上等我。

「怎麼看這麼久？」

眼看媽媽又要長篇大論開始碎唸，但我也沒有阻止她，僅是心情舒暢地迅速與沙發融為一體、依偎在媽媽旁邊。面對最後一位顧客窮追不捨的提問，我持續擺出她難以解讀的表情回應。意外的是，媽媽竟然沒對我的嬉皮笑臉做出負面反應，就此停下了追問。解開了煩憂，我們一起在原位看完一集最近熱播的電視劇，度過大笑與憤怒夾雜的六十分鐘，今天就以放空觀劇的模式畫下完美句點。

煮粥的關鍵在於白米，越是挑選優質的食材，粥品的味道也定會跟著提升。我在腦中根據爸爸的食譜制定烹飪計畫，接著意識到水質也是影響煮粥成果的因素之一。水也有很大的空間可以供發揮，我於是開始思考要放入什麼樣的水才能更促進身體健康，接著我想到了「大骨湯底」，這個想法來自於我自己的經驗，我想到過往身體虛弱時，我會吃碗湯飯或是大骨湯以此養身補氣。問題是，使用百分之百大骨湯所熬製的粥油質含量會過高，且會維持不了白粥該有的口感，而會更偏向羹湯或燉飯。

想要呈現白粥特有軟而不爛的口感，又要保有湯底的營養與自然風味，就需要掌握兩者之間的比例。經過多次的嘗試，我得出了六比四的黃金比例：湯六水四的組合。這樣不但可以完美鎖住大骨湯的濃郁，同時能夠保留稀飯該有的口感，再加入些許氣味清淡的中藥材，就更能讓白粥升級達到養生的效果。

再者，既然是要做滑蛋粥怎麼能不提到雞蛋？滑蛋粥的基底是白米，但致勝的關鍵在於雞蛋，也因此這次我特別選擇使用兩顆有機雞蛋來料理。回憶起小時候媽媽煮的滑蛋粥，其帶有著綿滑及細膩的口感，要如何復刻出兒時的味道，令我煩惱不已。我知道不能在一開始煮就加入蛋液，但若等到米粒都熟了才打蛋入粥，則容易因為蛋腥味太強烈而變得不好吃，因此也不是個好時機。

至此之後又過了好幾天，我依舊還沒找出破解難題的妙方。樂原先生看著深陷煩惱的我，提議晚餐時間去喝杯酒轉換心情。他頭頭是道的說著「身為廚師怎麼能連自己的三餐都不顧……」之類的話，至少他後面沒再邀請我一起去吃豬腳，我已經覺得萬幸不過。說著說著，樂原先生用「沁涼啤酒可以幫大腦重新開機」的藉口，問我要不要去附近的酒館小酌幾杯。他的口氣聽起來又像是閒著無聊要找點事做，難道是因為被載娃拒絕轉而來找我嗎？對我而言，他真的是個又愛又恨的存在，明明心裡感到厭煩，嘴上卻總是答應他的每個邀約。想到自己曾因他的一通電話，就高興得像是收到生日禮物一樣，那樣的我實在令人感到厭惡，我卻又難掩臉上的笑意。

於是我們最後一起在深夜漫步散心、分享彼此的日常。與樂原先生聊天的時光很有趣，我總是會忘我到幾乎拋下了自己平常的說話習慣，在我搞不清自己在說什麼內容的同時，也聽了很多樂原先生的故事。在這些時間裡，我彷彿跳脫自己原有的生活框架，成為另一個人格；而他就像是一道沒有試過的料理，待我發掘品嚐。明明走去小酒館是徒步二十分鐘的距離，實際體感時間卻像只過了片刻。

我們簡單點了一份蕎麥麵與一瓶啤酒。在拿起冰鎮過啤酒杯的瞬間，一陣冷意傳遞到手指的關節，沁涼的觸感冷卻了腦袋，為腦中的喧鬧暫時按下靜音鍵。心情正好，於是我開始想做些平常沒做過的事。

「哎哎你看，都是泡泡。我來倒吧！」

「就跟您說杯身要傾斜。」

「噗哈哈，這是什麼奶油啤酒嗎？」

我們兩個看起來一樣奇怪，就這樣邊笑邊無厘頭地鬥嘴。同時，我們一遍遍倒滿酒杯、舉起喊乾杯，再聽著兩個酒杯敲擊出清脆的聲響。儘管蕎麥麵感覺還要過一陣子才會上菜，我們已經等不及地咕嚕咕嚕大口下喝啤酒，一次立刻清爽解渴，液體的沁涼感彷彿要將喉嚨凍僵，再使全身涼的像冰塊。

「啊！好爽！喝了冰涼的啤酒，感覺苦惱都煙消雲散了。」

「真的嗎？真希望您母親的痛苦能早日獲得治癒。」

開口點出「痛苦」一詞後，樂原先生倏地收起剛剛開玩笑的姿態認真為我煩惱著，我雖然不懂為什麼他要這麼關心我，也持續懷疑他是不是只是想打發時間，卻也覺得他真的是個好人，為他願意分攤我的憂慮而感動。

深夜人少的店裡，我們還互相傾訴了好多好多以前的經歷與煩惱。不管是樂原先生還是我，都對彼此的過去有更多的認識。我們的對話從父母的故事，到前幾天閱讀爸爸的食譜內容等不斷地交替，毫無冷場的此起彼落。

蕎麥麵在上菜不久後就被秒殺，時間也不知不覺在我們聊天中流逝。奇妙的是，當我深深凝視他的臉龐，世界彷彿就安靜了下來；而當我專注聆聽他的一言一句，又會無餘力注意眼前的一切。每回過度專注於他的時候，我的五感都會變得遲鈍。難道是我喝醉了嗎？驀然看了一眼時鐘，才發現時間已經這麼晚了。

「差不多要走了嗎？」

在彼此欲言又止的氛圍下，樂原先生搶先開口問道。雖然好像也沒什麼理由繼續待下去，但我仍不由得感到惋惜。想不到藉口挽留的我只好點著頭拿起包包準備起身。

「剛好今天客人比較少，這請你們吃！」

端著兩個小碗的廚師突然探頭說著。我們倆一邊沉浸在「招待」兩字的喜悅裡，一邊伸長脖子端詳著散發誘人光彩的黃色物體，那亮滑甚至會反光的表面讓人看了食指大動。我在心中思索著，眼前的食物是不是布丁，一邊用湯匙稍微刮了刮表面。

「是日式茶碗蒸耶。」先吃下一口的樂原驚呼道。

原來不是布丁，而是很有小酒館風格的日式蒸蛋。面對這道料理，我也毫不猶豫地用湯匙往中間挖，並大口地往嘴裡送。當蒸蛋與舌頭相遇的瞬間，我立刻能感受到它綿密的質地，那滑嫩的口感實在令人上癮。不知道是不是因為使用蝦醬調味，微鹹微鹹的味道不同於食鹽的鹹勁，讓在舌頭上翻滾的料理顯得格外別致。就在我沉浸在品嚐舌尖上的味道時，樂原先生卻讓我分了神。

「這好好吃呀。」

「是吧！介於液態與固態間的口感，吃起來跟布丁有點像。」

「沒錯！質地很特別，又好入口。」

的確，口感很不一般。它既如棉花糖般入口即化，又保有一點口感，與韓式蒸蛋完全不同。完全熟透的蒸蛋通常吃起來很柔嫩，沒熟的蒸蛋則呈現湯湯水水的狀態。究竟廚師要擁有多高超的廚藝，才可以讓雞蛋的狀態，介於液狀與全然固狀之間？

要能讓蒸蛋維持這般口感，想必要符合很多苛刻的條件，而願意執行如此繁瑣程序的廚師想必是以發自內心的真誠對待料理。我不禁覺得將日式蒸蛋尊為雞蛋界的高級料理好像也不為過……忽然間，腦中靈光一閃，我驚覺這個概念正適合應用到我的滑蛋粥。今天又再一次承蒙了樂原先生的協助了。

「假如未來我當上琴貴妃正食的老闆，您會願意來用餐嗎？」

「那當然！可別忘記邀請我。」

我總覺得自己屢屢欠他人情，有時又深刻的感受到他就是我的「樂園」。我的心因著莫名的情愫開始產生變化，即使明知道他始終都不會成為「我的」樂園，陌生的溫度，陌生的風，卻已吹動了我心中的風車。

今天是我們第一次單獨在外一起用餐，而我也有預感，這天的每個瞬間都將深深刻在我的心中。

為了迎接最後一位客人，特地將用餐地點從勿忘我餐廳改到了家裡。雖然媽媽極力勸阻，我仍堅持這道菜非得由她來品嚐不可。我將為她準備的滑蛋粥盛入素雅的白碗中，並搭配加了海帶的大醬湯來增加菜色豐富度。

「妳明知道我不吃這個。」

我當然比誰都清楚，媽媽不喜歡吃粥，但正是這個理由讓我更想煮給她吃，勢必要為她端上一碗再樸實無華不過的粥。我既沒有用各式各樣的配料妝點粥品，也不打算讓粥品隱身在滿滿的配菜裡。這碗純粹的粥裡，承載著一份期待，希望媽媽改掉挑食行為——我為這碗粥付出的一切，終究是為了媽媽。眼看媽媽又要拒絕嚐試，我先往媽媽的右手塞了湯匙，再以我的雙手緊緊握住她的手說道：
「我想起的是小時候妳煮過的滑蛋粥，所以特別幫妳準備這道。」
「不要，我現在不想吃。」
「就算滑蛋粥是生病時吃的食物，我還是覺得妳煮的都很好吃。」
「我說我不要。」
「對我來說妳就是這樣的存在。」
媽媽就這樣定格在手握湯匙的姿勢，再多的勸說都等不到她的動作。當我看出她想用無聲的抗議拖延時間、讓我有自知之明舉白旗投降後，我直接拉了張椅子坐到她身邊。即使我承認我比誰都想要繼承餐廳，今天煮這碗粥的目的絕對不是為了完成合約，而單純是身為子女的我想為媽媽準備一道富含心意的料理。今日任務雖然是要讓客人吃下一口滑蛋粥，但僵持不下的我們沒有人願意退一步，使任務進度持續延遲。於是我再度握起媽媽的右手並鼓勵她，難過的是這場「看誰先退讓」的爭霸戰終究進入了延長賽環節。
媽媽終究是推開了餐點，甚至是粗魯地把湯匙都丟到地上，不怎麼悅人的金屬聲冷卻了飯桌的氛圍。
「妳明明就知道為什麼我不吃粥，為什麼還要故意這樣逼我？如果是因為合約時間不夠，那沒關係，我現在就同意妳延長，拜託妳去找別的客人！明明世界上偏食的人多到滿出來，為什麼還要這樣對待自己的媽媽？身為女兒的妳不覺得這樣做太過分了嗎？」

媽媽對我的不滿震耳欲聾、尖銳刺耳。就算她如此不滿，我也無法因為這些話討厭她，我感受到我眼前的這張臉龐已經寫滿了無數恐懼。為了陪媽媽一起克服心魔，我再拿來了一把新湯匙。

「我答應過的事絕不反悔。」

看來這場仗還有得打。在我重新把湯匙放到媽媽手中時，她卻把裝有滑蛋粥的碗推得更遠，過程中數不清拒絕了我幾次。但是只要讓媽媽願意吃下「粥」，我能不厭其煩地跟她耗下去。一股厭惡的情緒逐漸漫佈媽媽的雙眼，我想我現在大概是她人生中最恨之入骨的人吧。

料理的最佳賞味時間，就是熱騰騰剛出爐的時候，而提供最美味的料理給最後一位客人一直是我的野心。如今看著看著滑蛋粥漸漸冷掉，雖然焦慮卻也急不得，因為偏食並無法靠別人的逼迫獲得改善，因此比起強制的要求她，我更想用對話的方式解開彼此之間的心結。

那麼，我首先該要做的是什麼？顯然不會是強塞湯匙，也不會是用拜託的方式求她品嚐滑蛋粥，我們母女倆需要的是「對話」，哪怕只有一次，也應該要鼓起勇氣開誠布公地揭露自己的傷痛。

「我明白這對妳而言是多大的困難，因為妳對爸爸的愛有多深，內心就有多痛，那份痛楚讓妳甚至連粥都不願意碰。也是因為如此，我在煮粥的時候，心裡面掛念的都是妳。」

講著講著愧疚的情緒莫名湧上心頭，一碗看似簡單的滑蛋粥卻讓我無時無刻惦記著媽媽。小時候媽媽熬粥的心意、爸爸在世時總是嘔心瀝血完成料理的記憶，還有爸爸去世後我在一旁看媽媽痛苦的複雜心情——雞蛋粥裡蘊含的是過去我經歷過的哀慟，而這種感情終與獨留媽媽孤單一人的愧疚感環環相扣。

過去壓抑的情緒如潮水般湧出，我開始陷入了自我懷疑。不禁想著：如果我是個有同理心的女兒，是不是媽媽就能少點難過、多點開心？如果當初嚴格地管制爸爸只能吃健康的食物，他會不會現在就還能活著陪在我們身邊了？時間真的不能倒轉嗎？守護不了媽媽的愧疚感逐漸吞噬我。

媽媽老練地遞了衛生紙給我擦淚，那雙拿不起湯匙的手仍時刻呵護著我。

「妳哭什麼哭，是我沒成為一個夠格的母親，對不起。」

對不起三個字就像緊箍咒一樣掐住我的胸口，讓好不容易壓下的情緒再次失控爆發，淚水浸濕了數不清的衛生紙。

「才不是！我也有錯，錯在當初沒能多關照妳一點。」

「亂說什麼！」

手中的衛生紙不足以負荷流淌的淚水，媽媽焦急地伸手抹去我臉上的淚珠，她的手撫過臉龐時留下了掌心溫熱的氣息。我沒能好好控制的情緒，而對自己這般不成熟的心態失望透頂，同時也對於媽媽依舊不願直視傷痛的冷漠感到心寒。

假如爸爸還在世的話，他如何安慰遭遇困難的媽媽呢？我也好想親自感受一下爸爸在製作料理時的心情，因為我知道他總是用他無盡的愛意創造出豐盛的佳餚。即使在經營勿忘我餐廳的這段時間，我接待過數名客人，我卻還有許多不足，努力主動拉近距離、敞開心房，並在過程中慢慢學習何謂真正的料理，並且認知到，要成就一道完美的餐點，必須讓客人從舌尖感受到食物背後蘊含的溫情。

然而面對媽媽我依舊毫無頭緒，即使再煽情都無法表示我對她的愛。爸爸，我到底該怎麼辦才好呢？好像做再多都是徒勞無功。或許我根本沒有資格成為像您一樣優秀的廚師，我唯一能做的只有坦誠地表明我的心意了。

「媽媽，我只希望我們身體不舒服的時候，可以靠著粥恢復體力，就像一般人一樣。」

「……」

「我希望我們能可以為有能力自我療癒、克服傷痛的成熟大人。」

「幹嘛突然說這些？」

「就覺得好像一直以來都沒有機會把這些話說出口。對不起，我沒有盡到好好照顧妳的責任。」
「克服」這兩個字像是我和媽媽兩人之間的違禁語，好像「承認身上的傷痕、再學習療癒跟克服」，就是在承認自身的脆弱跟怯懦。同時，這也是我一直藏在心底不想被發現脆弱，直到現在敢面對。
空氣安靜了幾陣，媽媽才開口：
「妳還好嗎？」
我輕輕點頭。從窗外傳來的生活噪音停止了，這使我可以更加集中於她的聲音上。
「妳難過的神情跟我真像，妳爸爸被推進急診室那天，我也像妳這樣痛哭了一場。」
畢竟我們是母女，怎麼可能不像。媽媽用她溫熱的雙手握住我，接著說：
「那時候真的好難過好難受，怎麼我也讓妳體會了同樣的傷感。」
那雙強忍著淚水、微微顫抖的雙眼映照在我的瞳孔，深不見底的空虛感不知吸納了多少悲傷。但媽媽再一次緊握我的手，微弱的體溫乘著肌膚到達了心臟，我彷彿能感受到從她眼裡看不見的真心。
「對不起，讓妳連帶承受了我的傷與悲。」
我大力地搖了頭，媽媽才沒有錯，她不必感到愧疚，我相信她可以走出這段痛苦的。那雙溫熱的雙手終於拿起湯匙，而我也終於可以放下肩膀上的重擔。

「媽媽最後一次煮給我的粥就是這碗滑蛋粥，還記得每一口都充滿妳的心意，期望我們平安健康長大，現在這碗粥也是蘊含了我希望妳能永遠健康快樂的心願。」

湯匙盛起口感猶如日式茶碗蒸般細嫩的滑蛋與軟綿的白米，勾勒出一幅誘人食慾的畫面。媽媽直到滑蛋粥冷卻至適合入口的溫度才抬高湯匙，深呼一口氣後閉上眼睛吃下一口——吞下了我們長久積累的苦難與哀傷。

一開始，媽媽只是輕輕地含著、好一陣子沒有動嘴咀嚼。我明白此刻是過去與現在之間的內心掙扎，因此就只是靜靜的在一旁等待，緊握雙手替媽媽加油。不久後，媽媽開始緩緩品嚐起了嘴裡的粥。媽媽終於像一般人一樣可以自在地吃粥，同時緩緩地放下對於爸爸的執念，這令人欣慰又感動的模樣，讓我好想抱抱她。

努力試著消化苦難與哀傷的媽媽，在平復後向我說：

「……女兒。」

「嗯。」

「……謝謝妳。還有，對不起。」

「妳沒錯幹嘛道歉啦，我真的沒事。」

我們緊擁彼此，世界彷彿重獲生機再次運轉了起來，我們隨著窗外孩子們嘻笑聲，與過去道別、再走向未來。午後的徐徐暖風吹入屋內，融化了心中名為愧疚的冰山。

媽媽把滿滿一碗的滑蛋粥吃得乾乾淨淨，雖然理由除了我準備的粥真的很美味之外，應該也跟她肚子餓脫不了關係。媽媽說這是一道有靈魂的食物，料理之人所注入的心血透過食物的味道傳達給了用餐的人。蒸蛋口感的蛋花，在初嚐時有種雞蛋布丁誤入稀飯的違和感，但吃著吃著卻又覺得意外很搭。媽媽冷靜之後，也問了這個組合的由來，我便以專業廚師的身分表示靈感的來自上次與樂原先生去小酒館吃到的料理，以及爸爸留下的煮飯秘訣。

「家有女初長成，妳的滑蛋粥跟妳爸爸的料理一樣，擁有溫暖世界的力量。」我終於獲得了第七張署名，並且用燦爛的笑容回應：

「我有多愛妳，就有多努力完成任務。」

「那是指妳很……」

「就是我超級超級辛苦的。」

還好，故事的結尾是令人開心的發展，而不是以眼淚收場。我們好一陣子就靜靜地看著彼此相視而笑。經過這次，我好像變得更堅強了一些。相信未來無論遇到什麼困難，我和媽媽都能像今天一樣攜手面對。

一碗滑蛋粥成功解開媽媽心中多年的結，那位我最愛的人也終於重拾發自內心的快樂笑容。我終於在拿到第七個簽名之後滿足了合約生效的所有條件，那個讓我與媽媽始於勿忘我餐廳的約定「成功改善七位客人挑食壞習慣」的目標，也在家中的小廚房畫下句點。這輩子最愉悅的心情，大概就是此時此刻了。

「我以為名為『愛』的情感已經隨著我丈夫的離開而狠狠死去，沒想到它默默陪在我身邊成長。」

我和媽媽一起懷著感慨的情緒修補著破碎的曾經，而那些無法討厭的過去則被一一留在了空碗裡，我的人生必解習題也順利找到了答案。

第九章

「勿忘我餐廳」

我病了整整一個星期，也許是因為這一百天來的緊繃終於有所緩和，積累的疲勞感與憂慮爭相從體內釋放。所幸，在成功履行合約內容後，那如釋重負的安心感讓我慢慢地、一步步地恢復健康。而這段期間，媽媽也鼓起勇氣，逐漸克服了對粥的陰影，開始每天與粥親近起來。就在我快要痊癒時，媽媽終於重新變得能自己煮粥。把媽媽準備的白粥清盤下肚後，我終於感到神清氣爽。

徹底痊癒不是一人的功勞、而是兩人共同努力的結果。就在我康復的同時，臨時的餐廳也關門大吉臨時的餐廳就在我康復的同時關門大吉。

「都已經跟它有感情了，這下要停止營運，心裡真是不好受。」

「即便如此，我們已經不再需要這個地方了。」

「希望這個空間能再開一家好店。」

「嗯，這裡的租金開得比周圍便宜，只要遇到有志之人前來，相信這裡就能再次發光發熱。」

「比周圍便宜？這樣沒關係嗎？」

「當然沒關係。妳知道嗎？我不是為了賺大錢才買下這個空間的。就像妳爸爸之於琴貴妃餐廳一樣，這個空間也會成為其他人實現理想的一片天地。」

雖然不知道以後這裡會成為什麼樣的營業場所，但契約已經簽訂完成了。採光特殊的勿忘我餐廳空蕩蕩的，每個角落都能勾起所有曾經發生在這裡的、每個令人心懷感謝的故事和記憶，我於是默默地對著整個空間致意。

合約結束後，我成為了正式的繼承人，我們協議將試營運時間訂為七天。媽媽並沒有給我太多指示，僅對我喊了聲請多多關照。我首先花了三天時間觀察琴貴妃餐廳，一邊開始交接工作。我本來以為自己已經無所不知，然而實際上我不知道的部分卻是出乎意料地多。哪個包廂的照明最亮、自然採光如何、食材要擺在哪裡才最能保鮮……不只是這些，還包含——哪位餐廳管理幹部人最親切、哪些員工需要協助等等，我還有很多事情必須學習。

看著記事本上密密麻麻的內容，我體會到正式成為老闆後應肩負的責任，這樣的重擔已壓得我喘不過氣。這分明是我一直以來引頸期盼的事情，卻還是很不容易呢。儘管任務繁重，當穿梭於餐廳內外時，我的心臟仍然亂跳個不停，藏不住心中的興奮與悸動。果然，比起執行簡單的任務，挑戰艱難的事情更能令我心跳加速。琴貴妃餐廳即將迎來新舊世代的交替，我想在剩餘的這段時間裡全力以赴。

我不打算將客人視為練習的對象。凡事的「第一次」總是讓人畢生難忘，所以我決定把珍貴的第一次奉獻給東熙跟樂原先生。畢竟，比起其他任何客人，這兩位才是我最感謝的人。我打算在正式開業的當天邀請他們，並為他們精心準備最好的料理。於是，在試營運期間，兩人為了接受訪談而提前來到琴貴妃餐廳、尷尬地坐在桌前。雖然深信我們都非常瞭解彼此，但就如同我跟餐廳之間的關係一樣，我們之間仍有不少互不清楚的地方。

我像招待客人一般鄭重地向他們抛出提問——平時偏好的食物、以及對食物有哪些特殊的記憶等。東熙尷尬地撓了撓頭，一臉茫然地回應：

「相信妳也知道，我這個人什麼都愛吃。」

聽到東熙一陣躊躇後所表達的想法，樂原先生也添了幾句。

「我也是。我現在連豬腳都愛吃了。」

看著我身穿印有琴貴妃餐廳商標的制服，他們或許覺得非常神奇，所以表現得格外尷尬。他們甚至說這過分禮遇，一搭一唱地開玩笑說不如叫外送就好。這怎麼可能呢，我可絕對沒打算要應付了事。

我們聊了很多，像是東熙家的小狗長大了不少，現在連「握手」、「擊掌」這種指令都聽得懂。樂原先生則是將於年末升職，這些在忙碌之餘不為人知的日常相當有趣。正因如此，我們以後要互相認識的地方也還很多呢，怎麼能不高興呢……

為了東熙——我的第一位客人兼唯一的朋友，我想向她表現出與我對待媽媽一樣真誠的態度。考量到她平時喜歡吃炸雞，所以端出雞肉料理是再好不過的了。再結合時下流行的「氣炸」技術，就能同時兼顧「健康」與「美味」了。此外，與普通炸雞不同的是，我打算在調味的粉漿中加入高級食材，嗆辣的青陽辣椒與麻辣調味粉，再添入少許的辣椒油，這既能減低油膩感，似乎也能使其散發出高級韓式乾烹雞的風味。由於現在還處於試營運期間，所以我尚能一邊接受交接一邊練習。

不僅是對東熙，我也沒忘記球球的感謝之情。雖然我從未做過寵物零食，但在參考網路資料後，我發覺料理方法出乎意料地簡單。只要留心味精跟調味料的使用，便能按照類似於烹煮人類食物的方式製作料理。我於是將雞肉乾一併納入了料理清單，以此招待我人生中第一位狗狗客人。

那麼該為樂原先生準備什麼呢？奇怪的是，我一時好像想不出明確的答案。畢竟和成天喊著要吃炸雞的東熙不同，我跟樂原先生相聚時總是在吃豬腳。這似乎不是因為我們有任何一方真的喜歡豬腳到難分難捨，而只是因為豬腳已經成為了連結我們彼此的共同記憶。我數次嘗試在腦中回想印象中的樂原先生——他第一次走進勿忘我餐廳的模樣、一起看著電視有說有笑、和東熙一起張貼傳單的回憶……他有股力量，使我在反芻記憶的過程能全神貫注。不過不知道為什麼，我越想越覺得心情有些微妙。若說回憶其他客人時，我的心臟彷彿跳著藍調舞蹈[35]，那麼，念著樂原先生時，我的感覺更像是跳起了踢踏舞。這不太好吧，畢竟樂原先生看起來和載妊很親近。

兩人離開後，我回頭進行工作交接，在餐廳一路留到晚上。同時，我一有空閒便抓緊時間為要給東熙的炸雞備料，但每當我突然念起他時，我又會呆站在原地，停下來整理思緒，到底該為他準備什麼料理才好呢？我怎麼想也想不出個明確的答案。

「妳在幹嘛？」

我沒聽到第一次提問。直到媽媽又喊了兩遍，我才將頭轉向她。媽媽對我說「收拾好之後一起下班吧」，我於是手忙腳亂地脫下餐廳制服、換回了便服。在整理衣物的同時，我腦中依舊縈繞著同樣的想法，好奇怪，連我都搞不懂我自己了。

我真的很享受我們一起在小酒館喝酒的時光。在此之前，我分明還莫名地覺得他有點討人厭，但是，每當看著他對我的玩笑話表現出愉悅的反應，我那複雜交疊的矛盾情感又會柔和地收展開來。這明明是一種正向的感受，然而，當我想起他、而他又不在身旁時，為什麼會感到如此空虛呢？

正當擦到最後一張桌子時，我一閃神，便不小心把上頭沒收走的杯子弄掉了。

「怎麼不小心一點呀。」

「我自己收拾。」

「算了，妳就放著吧。好險是塑膠杯耶。」

於是媽媽幫我把杯子收好了。沒過多久，餐廳燈熄，我們將牌子翻向「CLOSED」，一起下班回家。自從東熙和樂原來過後，我像靈魂出竅般失神，媽媽看出了這點，於是問起了原因。我哪知道啊。夜裡，一盞盞路燈以固定的間隔閃爍，我們亦沿著那光亮繼續走著。

我默默地開啟了話題。

「我聽我一個朋友說啊，她只要想起某個人，就會害她沒辦法專心工作耶。」

「朋友？哪個朋友說的？」

35. 譯註：藍調舞蹈（Blues Dance），又稱為布魯斯舞，起源於十九世紀末、二十世紀初，其與非裔美國人的藍調音樂發展習習相關。此種舞蹈風格多樣，動作柔和流暢，強調即興、身體的律動和與音樂的配合。

「哎呀，不是東熙，所以妳不認識啦。反正她說他們其實也沒到多熟，只是公務上有點交集而已。但她就說，她總是會時不時想到他……？」

「啊就喜歡上人家了吧。」

真是讓人措手不及。媽媽此話一出，我立刻猛力擺了擺手。我才沒有那種感情咧，現在說這什麼話，太荒唐了，到……到底在說什麼啦。媽媽怎麼對我的煩惱諮詢一點幫助都沒有。

「沒有啦。聽說那個男方看起來有更親密的對象。」

「妳到底在說什麼啦，沒這種事。」

「要是沒有一點愛意，何必管人家特別重視誰呢？會在意這些，就是愛情的開始。」

這位大嬸真的是！愛ㄑ……不說了。怎麼用這個詞來描述我的情感，太不像話了。然而，我的身體先作出了反應，彷彿我那不想被發現的祕密被拆穿似的，我感受到體內一股滾滾熱流湧上、胳肢窩也開始出汗——這種體驗很是陌生。媽媽瞥了我一眼後不再說話。

夜裡，我們靜靜地走著。我假裝撥弄瀏海，並用手碰了碰額頭，發現連帶我的臉也變得滾燙。距離青春期都過多久了，竟然還表現出這麼可笑的模樣。絕對，才不是，因為媽媽的猜測一語命中，我只是覺得今天回家路上特別悶熱罷了，畢竟不是每天晚上天氣都很涼爽嘛。

趁媽媽不注意時，我偷偷地用手搧風、讓臉頰降溫，接著再從口袋裡翻出髮圈，將頭髮緊緊紮高。遲至後頸觸碰到涼爽的空氣後，我的體溫才逐漸開始恢復正常。我相信這些動作全都只發生在一瞬間而已。媽媽沿路不發一語，直到快到家時才無心地拋出了一句話：

「我認識妳爸的時候，也曾經對妳阿姨說過同樣的話。真是有其母必有其女。」

在到家前的最後一小段路，我一直上下蹦跳、矢口否定媽媽的臆測。

「我就說不是了齁。媽媽妳怎麼會這樣想啦。」

然而，媽媽只是噗哧噗哧地笑著。

不知不覺中，已經來到了試營運的最後一天。這幾天我為了準備料理而操心煩躁時，樂原先生也經常主動聯絡我，主要是因為他現在不能像以前一樣常來勿忘我餐廳，所以常常來訊問安。但是，我沒有回覆其中的任何一則訊息。

這時，電話響了，還不只一通。每每看到手機螢幕上顯示的名字，我的心便沉重起來。以前收到訊息時，我會懷著愉悅的心情點開，但自從聽到媽媽那席話後，我心裡開始有點彆扭了。我實在難以脫口而出「喂你好」三個字，所以都沒接電話。每當盯著積累的未接來電與未讀訊息，我便會感到莫名的煩悶。我們頂多也只能稱為友人關係，我卻從這位朋友身上感受到了不同的情愫。

每次電話響起時，我都會反覆地將手機拿起來再放下。接電話與回他訊息成了世界上最可怕的事情，不知為什麼，我總害怕：一旦我接起那通電話，一切就會結束了。但矛盾的是，看著他始終如一地試圖與我聯繫，這件事又讓我感到非常高興。這反覆無常的心彷彿已經不受我控制。不是，到底為什麼……

在這期間，我下定決心要達成幾件事。我決定不刻意忘卻與樂原先生的開心回憶，那些共同歡笑的記憶就有如精緻的糕點般香甜，為吃下去的人們帶來幸福。我烤了布朗尼、並用櫻桃裝飾。即使我的思緒一片混亂，致使我連他的電話都不敢接，但我並不想否認他曾經帶給我的這些快樂。他跟載妊的關係再深厚都沒關係，我只是想要回報我所收到的那份喜悅罷了。世上就屬糖分能夠為人們創造最大的幸福了，所以我便想用甜膩膩的甜點傳達我的心意。

交接工作早早就結束了。在大家下班後，我又留到最後、練習甜點製作，反覆地烘烤布朗尼。由於布朗尼會隨著麵團的烘烤程度有不同的質地，故找出麵團的最佳狀態至關重要。為此我已經嚐了過量的甜食，甜得舌頭發麻，但我仍不想輕易懈怠。

正當我全神貫注時，有人敲了店鋪的門。這分明不是客人會來訪的時間了。

「請問ㄕ……？」

世界上最可怕的那個人就站在那頭。

「我今天加班，回家路上剛好能路過這裡。您怎麼都不接電話呢？」

空氣瞬間凝結，愣在原地的我理所當然地給不出什麼帥氣灑脫的回應。

「欸……這個嘛……就是……」

奇妙的是，參半的喜悅與害怕同時向我襲來。即使見我說話結結巴巴、驚慌失措，樂原先生臉上的表情卻沒有任何一絲變化。

「因為一直聯絡不上您，搞得我很擔心呢。」

他說他很擔心我。就算這話讓我有些哽咽，我仍舊認為他只是說說而已，他不是還有載妊嗎？他不該來擔心我吧。不不，我為什麼要秤斤論兩這些呢？這是過了青春期以來，我第一次感受到自己的腦袋與心意不受控制。

現在這裡沒有其他人了，沒有東熙會無意識間擔起開話題的大樑、也沒辦法麻煩媽媽負責招待，眼下就只有我和樂原先生兩人，好想逃跑。理論上我們完全是可以輕鬆聊天的關係，我卻再也沒辦法做到了。究竟事情是從何時開始變質的？我真的不曉得。還是我乾脆立刻把門關上呢？我好想逃離現場。但，要是他當初沒過問我任何事情，也根本不會認識我。

我不由自主地持續對他保持懷疑的態度。這使我猛然想起了樂原先生曾經說過，他不是在懷疑他人，而是在懷疑自己。

「我不方便接電話，所以就刻意迴避了。」

不知道，我不知道該如何回答。但可以肯定的是，我不能藉著編造謊言來逃避問題。在這場無意義的追擊戰中，我是不是正以「被追緝者」自居呢？我不想要成為卑劣的人。哪怕只有一次，我也想停止自我懷疑、全然接納自己的心，並且接受他人原原本本的模樣。不要再逃避了——我指的不是對他，而更是針對我向著他的那顆心。

「有什麼好不方便的，我又不是妳的公司主管？」

「……說實話，我對樂原先生您的心意似乎有點變了。」

我闖禍了。他臉上表情似乎沒什麼變化。難道他還沒聽出來我想說什麼嗎？

「只要一想到樂原先生，我的心中就會吹起一陣春風。」

「吹……吹起風嗎？」

「是啊，我的心不由自主地起了漣漪，但我又清楚您已經有載妊小姐了，因此我沒能表達我的心意，畢竟人該要有點分寸才行。不過，按照原本的約定，您跟東熙還是餐廳的第一批客人喔。那麼就到時見吧！」

「咣」一聲，我將他推出門外、再狠狠關上了門。儘管我鼓起勇氣向對方傳達我的真心，可不代表我作好準備聽他的回應。即使不曉得這是不是一個正確的選擇，我仍是全盤托出了。我的兩腳發軟、雙手瑟瑟顫抖，好丟臉，真想找個縫鑽進去，不過……換個角度來看，說出來也是很痛快啦……

「為什麼要關門啦。」

樂原先生又立刻拉開了門。我一時驚惶失措，連忙從另一頭抓緊門把、阻止他開門。稀裡糊塗間，我們彷彿隔著一扇門對峙著。

「哪有人說了剛剛那種話之後又把別人拒於門外的啦。」

「為什麼您還不走啦，請趕快離開！」

「我是來給您這個的耶。」

一隻手從門外伸了進來，手上握著一包紙袋。裏頭是裝著錢嗎？果然我們就只是有著業務上的往來嗎？我腦中浮現了各式千奇百怪的想法，手一邊小心翼翼地拿起了紙袋、取出袋內的物品。出乎意料的是，裡面竟然放了兩張遊樂園入場券，為什麼要給我這些呢……

「我本來也正要鼓起勇氣的……結果您沒給我機會呢。」

樂原先生小心翼翼地打開門、與我面對著面。他說他想要邀我一起去遊樂園玩，當作慶祝餐廳開業。我瞪圓了眼睛，緊緊地盯著他，心中思索要如何解讀他的這些話語。

「我也說謊了。我以為忘草小姐想要維持在朋友關係，所以我才一直強調我們只是朋友。我實在是拿不出勇氣。但是……現在我每次吃豬腳的時候，想起的人不再是其他人、而是忘草小姐妳了。我記得您曾經說過，您希望您的人生能一直跟朋友去遊樂園、出外郊遊，要是我可以成為那個朋友就好了。」

我的心臟劇烈地跳動著。彷彿有一股電流穿透我全身，從腳尖傳導至頭頂。他的聲音像種「味道」，他的臉則像一陣「香氣」飄來，聽到他的話，我便如置身於逝去的春日中，周圍的空氣變得更加暖和了。

「然後啊，載妊對我而言就只是學妹而已，真的！」

我一句話也說不上來，僅是凝視著樂原先生的臉龐。在他身後是遼闊的夜空，今夜高掛的星星顯得格外閃耀。儘管如此，我的眼裡再也容不下其中的任何一顆星星。」

每次想起樂原先生時，莫名的不安與恐懼總會找上門，並在轉瞬間點亮一盞明火，那有如晚春及初夏的恰當溫度，使我全身暖和。一開始，我只是猜測「這就是人們說的悸動吧」……而果然，他就是我內心懇切追尋的依歸。

正式營業的第一天，我按照約定將餐點呈給東熙和樂原，那是勿忘我餐廳的新主人準備的第一道料理，而兩人也精準地演繹了廚師心中所期待的反饋——微笑地品嚐著餐點、不吝地給予稱讚，再真心說著這是他們吃過最好吃的炸雞。另一方面，樂原還大讚，甜點就像現在的心情般香甜，聽著他的話，我忍不住笑出了聲，不過這個秘密只有東熙還不知情。

本來我打算跟樂原去完遊樂園後再告訴東熙的。短短幾瞬間，我們交換了眼神、彼此心照不宣，整個情境有點好笑，卻也幸福到滿溢——這是勿忘我餐廳送給我的緣分啊。

在這之後，餐廳繼續以預約制接待客人，一開始，大部分的熟客見餐廳易主，多少有些半信半疑，但在品嚐了料理後，都收起了那份疑心。其中不少人還送上了小禮物、祝福餐廳平安無事地過渡到下一代的手中。第一天營業不免有點手忙腳亂，我卻也不討厭那種慌亂的感覺，從媽媽接手了爸爸的事業、到今日輪到我來繼續守護這家餐廳，這個空間刻印著我們家族的生命與歷史。我很感激能夠繼承這家店、更感謝能以我的料理接待新的客人，如今，我更能相信我自己了，而接下來，我也期許餐廳更興榮繁盛。

氣喘吁吁地結束了第一次營業，我跟其他夥伴們一起整理、收工。還有點生疏的我，幸虧有資深員工的相助，才能安然地撐過第一天營業，並以亮眼的銷售額作結。先送走員工們後，我自己留下來，按照交接時學的程序繼續善後。直到最後要熄燈時，媽媽來到了店門口，打算陪我一起下班。

我終於能親手將「OPEN」的招牌翻到「CLOSED」的那一面，這是第一次正式打烊。

「恭喜！第一次下班。」媽媽伸長了雙臂等著我，而我也用笑臉跟大大的擁抱迎接。

「哎呀，滿身汗味了妳，回家第一件事：趕快去洗澡。」

「欸～怎樣～我順利完成一天的工作了，快抱抱我！」
「趕緊回去洗洗身子，然後冷靜地整理一下今天發生過的事情吧。」
熟悉的嘮叨又開始了，一整天忙進忙出，看來我真的流了不少汗。但我一點也不覺得丟臉，反而驕傲地將汗水視為努力的痕跡，嘻皮笑臉地向媽媽炫耀。而媽媽則遞給了我一份文件和一個小小的夾鏈袋。「這次又是什麼花招？」我不知怎地有種很好的預感，一邊接下媽媽手裡的東西，一邊快速翻閱文件內容。
「別忘了，唯有真切地愛人，才能成為真正的廚師，而妳已經擁有這份資格了。」
文件是招牌設計的合約書。媽媽瞞著我訂了新的招牌，而且招牌已經在運送的路途上了。表訂的更換日是這個週末。招牌上刻著的文字吸引了我的視線——
「恭喜，接下來店面真的是妳的了，屬於妳的『勿忘我餐廳』。」
媽媽說我藉由積累至今的經驗，學到了「愛」，但我真的學到了嗎？前陣子的種種回憶在我腦中閃過：「媽，其實，在經營餐廳期間，我承蒙了很多周遭人們的幫助，我不知道這究竟算不算靠我的力量得來的成果。我還不夠成熟，這樣的我真的能好好經營餐廳嗎？」

「妳以為這一百天來收到的幫助都是免費得來的嗎？」

「是也沒有這樣覺得啦……」

「能跟他人建立良好的關係，也證明了妳有資質——因為在成為好的廚師之前，要先能夠成為好的『人』才行。人在世間，就要懂得接受幫助、也懂得再回報他人，要是妳都不靠別人幫忙、然後只靠自己吃力地閉門造車來達標，媽媽我可能還會覺得更傷心，因為我不希望妳變得跟我一樣。」

「媽……」

「所以啊，妳已經表現得很好了，做得比我還好！辛苦了，我真為妳感到驕傲。」

我打開剛剛一併收下了的夾鏈袋，裡頭塞滿了小小的花卉種子。

「這是勿忘草的種子，在這個季節，它一定可以好好發芽茁壯。」

「種在餐廳外一定會很美。」

「還記得勿忘草的花語吧？別忘記那些鑲嵌於妳和餐廳的心意。」

經營勿忘我餐廳，需要思慮如何透過料理治癒人們的痛苦記憶。那些時間裡，把注意力投注在自身之外的他人身上，過程總是像破案一樣複雜難解。但我總是熱血地追尋著答案，並在找到七種解答後，達成了最初的任務要求。

在那個過程中，我結識了與我截然不同的人們，從點頭之交，再發展為更堅韌穩固的關係。看來我真的學會如何愛人了吧，仔細想想，媽媽當初說的「想成為廚師，要先學會愛人」這句話，早已說明了真正的任務內涵，而我也終於完成了跟媽媽的約定。媽媽說要將一切都傳承給我，而我則深深地點了點頭，以此傳達我無盡的謝意、崇敬，以及透過媽媽學到的愛。

所有對要做到好的堅持、以及害怕做不好的恐懼，皆有如春雪一般融化消逝。母親的那句「辛苦了」，承載了我這些日子裡竭盡追尋的答案。下班路上望向的天空格外令人依依不捨，黑暗中的星辰則看起來更加閃耀。帶著創傷的人們或許也能夠從他人的愛找尋到一道曙光，而廚師大概就是用餐點治療心靈的醫師吧。往後，我要帶著母親教導的愛，幫助更多人找到星星——我們的過去越是艱難，明日也更能光亮耀眼。

我的腳步跟隨著一盞盞路燈，走在漫漫的下班路上。每跨出一步，就見這片土地被明亮之火充盈。初次下班的感覺還不錯，那是心中的風車特別奮力地轉動的一晚。

【今日已打烊】

國家圖書館出版品預行編目資料

勿忘我餐廳營業中 / 清燁 著；吳念恩 譯.--初版.--臺北市：皇冠. 2024.12
面；公分. --（皇冠叢書；第5197種）
（故事森林；06）
譯自：마음을 치료하는 당신만의 물망초 식당

ISBN 978-957-33-4229-8（平裝）

862.57　　113016850

皇冠叢書第5197種
故事森林 06

勿忘我餐廳營業中

마음을 치료하는 당신만의 물망초 식당

作　　者—清　燁
譯　　者—吳念恩
發 行 人—平　雲
出版發行—皇冠文化出版有限公司
臺北市敦化北路120巷50號
電話◎02-27168888
郵撥帳號◎15261516號
皇冠出版社(香港)有限公司
香港銅鑼灣道180號百樂商業中心
19字樓1903室
電話◎2529-1778　傳真◎2527-0904
總 編 輯—許婷婷
責任編輯—林函鼎
美術設計—嚴昱琳
行銷企劃—鄭雅方
著作完成日期—2022年
初版一刷日期—2024年12月

法律顧問—王惠光律師
有著作權・翻印必究
如有破損或裝訂錯誤，請寄回本社更換
讀者服務傳真專線◎02-27150507
電腦編號◎592006
ISBN◎978-957-33-4229-8
Printed in Taiwan
本書定價◎新臺幣450元/港幣150元